凝望浮光的季節

春雪

（穹風）

那麼，我便預訂下一個航班，啓程去尋覓了。
聽說那地方的人們徹夜不眠，歌舞著，
是因爲害怕寂靜後的慌張。

然而搖晃起的風鈴聲還叮嚀，還叮嚀，
或許這迢漫的旅途，從來都只是爲了回一個虛無的故鄉，
那些所想的，所思念的，還有深愛的，
始終都是最初與最後的，未曾改變的方向。

而我嘆息，
夜漸深的時候，思念才正要開始。

01

外頭車陣正緊湊，偏偏細雨濛濛落下，點點雨珠凝結在擋風玻璃上，模糊了駱子貞望向外面的視線。但她不急著扳下雨刷掣，反正交通號誌已經變了兩次，車陣長龍卻還紋絲不動，就算急著把雨滴給抹去，清理出乾淨視野，看到的也只是讓人難耐的擁擠，照樣不能令車子往前挪動半分，倒不如閒適地端起杯架上的熱卡布奇諾，小心翼翼啜飲一口奶香混和咖啡的氣息，讓自己有這麼幾分鐘的安閒。一邊享受咖啡，她凝望雨水落在擋風玻璃上，一點一點，漸漸聚結成片，最後扭曲變形了車窗外的景致，那些號誌燈、別人的車燈，全都含混在一起，形成片片光影，像在勾勒什麼圖像，卻又如此不具體，由得觀賞的人自行想像，浮光漫漫，讓她看得失神。

當然了，如果有得選擇的話，她也很樂意踩足油門，三兩下直抵公司停車場，然後投入一天的工作，但事實就是這麼教人無奈，早上已經九點二十分，一下點雨就塞車，這是台北的正常現象，誰也莫可奈何，她都特別提早半小時出門了，卻還是塞在半路上。

「我會晚點進公司，塞車了。」在百無聊賴中撥了一通電話，駱子貞說：「麻煩幫個忙，先叫我們家那幾個天才趁現在把企畫的報告都準備好，等我到了就立刻開會。」

「沒問題，他們已經洗好脖子，隨時等妳來摘腦袋了。」透過電話傳來一個男人的聲音，他好整以暇，氣定神閒地說：「希望妳別太早到，以免毀了一夥人整天上班的好心情。」

「他們的好心情，跟我的好心情，誰比較能讓你有好心情？」駱子貞冷笑了一聲。

「無所謂呀，我現在正要出門呢，別忘了，今天是總公司的例會，我到傍晚才回得來。妳有本事就把公司屋頂給掀了吧，反正我也鞭長莫及，救不了他們。」那男人先是一副不在乎的口吻，後來才又忍不住勸她，「不過妳還是行行好吧，一個小組才四個人，這年頭人才很難找，今天才星期一而已，別急著把他們全逼得上吊了，好嗎？」

「是誰逼誰上吊，那還難講呢。」哼了一聲，前面的車子終於開始駛動，於是她把電話掛了。

這算不上美好的一天，星期一往往是辦公室氣氛最沉悶的日子，而偏偏又是個誰都得踏進會議室報告自己業務的日子。習慣性地單手轉筆，看著鋼筆上那一個細膩的「貞」字，一面想著年邁的父親，當年把這支鋼筆送給她時，臉上的期許與盼望之意，她忽然就對會議室最前面，正側著身，在投影幕上指指點點著講解的傢伙不滿了起來。

「SWOT 分別指的是什麼，在座的各位一定都很清楚，事實上，只要在這家公司待上幾個月，這表格裡面的優勢、劣勢，還有機會跟威脅，大家都心知肚明。至於怎麼編寫 SWOT，每個人在學校裡頭都學過了，但你們老師應該還有往下講吧？這些優劣條件都整理出來後，是不是還有交叉分析？是不是要討論對應關係？我們要聽的，應該是一個綜合後的結果才對，不是只有簡單說明到底這個公司有哪些長處或短處。這些條件性的東西，隨便來個大學生，光看公司資料都可以分析得出來，實在沒有重複再重複的必要了。」心裡響起丁舜昇在電話裡的叮嚀，她極力忍住自己的不耐煩，將後面大約幾千字的牢騷跟責備都省下了，搖搖頭，只說了幾句話，「在我引咎自殺，把自己吊死在丁總的辦公室裡之前，拜託你們給條生路，讓我好過點吧，可以嗎？」

她不知道當初做這個決定到底是對或錯。按理說，自己人生的前二十幾年，從沒有過這方面的懷疑。她駱子貞不是很常犯錯的人，這名字象徵的永遠是睿智、冷酷，還有堅強與果斷才是，但最近卻經常問自己，是不是搞錯了什麼，否則為何會放棄原本在紐約的優渥待遇與升遷機會，遞出一張辭呈，買來一張機票，一進一出之間，又回到了台北？

只是回到了台北又如何呢？之前當她還在遙遠的地球另一邊時，曾想像過無數個畫面，現在她回到地球這一邊，都已經兩個多月過去了，那些畫面中所有該出現的人物，卻連一個都沒機會見到。整天除了面對那個要死不活的小組團隊，忙得焦頭爛額之外，根本毫無生活可言。

「怎麼樣，去不去？要參加的話，打通電話給旅行社，新增一個名額應該沒問題唷。」傍晚，丁總一回公司，忽然把駱子貞叫了去。本以為是要告知什麼攸關工作的事，然而他一開口，提的卻是過陣子的員工旅遊活動。在駱子貞加入工作團隊之前，這是原已排妥的計畫，舉辦地點在沖繩。

「別讓他們連在日本的領土上都做惡夢比較好吧？」一點自知之明駱子貞當然是有的，簡單回絕之後，她轉身要走出丁總的辦公室，想了想，回頭指指對方桌上的文件夾，又提醒，「那些五花八門、包羅萬象的一堆案子，你最好趕快看一下，特別是春季的企畫案，裡面有些事情我們得提早安排跟張羅，沒有時間等喔。」

「我才剛回公司耶，好歹讓我喘口氣吧？」

「喘氣是用你的鼻子跟肺臟，看企畫案用的是腦子跟眼睛。」白了一眼，她說。

一回來就以空降之姿坐上行銷主管的位置，雖然底下沒幾個部屬，不過就四個而已，但面對那些資歷比她深厚的行銷人員，她沒有絲毫不安，更不背負公司裡的人情包袱，而這也是丁總看上她的原因——既然四個老員工都只具備單方面的專長，又缺乏統籌與領導的才能，那就換個有膽氣的年輕人來統御好了。他當初是這麼想的。

這偌大辦公室中，唯一能跟她在工作之餘，還談得上一點私交的，唯獨一個丁舜昇，而那點微薄私交，其實建立在三年前。那時她剛到紐約不久，丁舜昇卻正將返台，一層狹窄的出租公寓裡，一個打包行囊，正忙著寄運回國，另一個則拖著行李箱，等著住進新家。

若不是因為老邁年高的父母殷殷企盼，年過四十的丁舜昇原沒有返國的打算，樂得在異國的大學裡擔任客座教授，過他不受羈絆的逍遙人生。

「這裡以後就交給妳了。」第一個學期剛結束，向來討厭人群雜居的混亂，成天想搬離宿舍的駱子貞從丁舜昇手上接過了公寓鑰匙。他說大家都是台灣人，肥水不落外人田，有便宜當然留給自己人。而倏忽三年過去了，這段日子當中，她跟丁舜昇偶有電子郵件的往來，除了針對專業的行銷學科領域請益外，也常在信件中彼此交換各種財經資訊的觀點。當駱子貞半工半讀地念完碩士，畢業前夕，正準備在當地的公司升遷任職時，平常只在文字上互相交流的丁舜昇卻忽然來了一通電話，打亂她的全盤布署。

下定決心後，她向打工好幾年的公司提出辭呈，決定回台灣就業。返國前，在人來人往、雜沓混亂的甘迺迪機場，手機響起，原來是丁舜昇不放心，怕她又變卦，還特別再打來跟她確認班機時間，說要來機場接人。當飛機降落在桃園機場，兩人再次見面時，當年的丁教授已經變成了丁總經理。在車上談完工作事宜，駱子貞也一一點頭答應後，丁舜昇還是那句話，他說：「這裡以後就交給妳了。」

因為下雨塞車的緣故，今天遲到了半小時，儘管沒人在意，她卻自動加班，把工作時數補了回來。雖然是隆冬之際，但台北絲毫不冷，在室內恆溫空調下，駱子貞只穿一件短袖襯衫上班。

公司裡已經沒人了，她晃了晃腦袋，輕拍一下後頸，舒活筋骨，也讓自己稍微清醒些。本想去茶水間沖杯咖啡的，但剛剛才把腳上的鞋子給脫了，又不想再穿回去。站起身來，她回頭望向窗外，隔著厚厚的玻璃，車水馬龍的台北竟如此安靜，流光閃爍。她望見一輛駛過的公車，明亮的車內照明，彷彿能看見車上乘客的表情。每個人都帶著一點自己的故事，要走向屬於自己的遠方。這輛公車，不過是一次命運中偶然的安排，讓他們齊聚一起而已，但緣分也僅止於此，車子沿途行駛，人們在各自不同的站牌下車後，展開的又是截然不同的一段人生境遇。

有些人，注定了只能擦肩；有些人，則在擦肩之後，卻還惦記著對方。她嘆了一口氣，不知怎地，今天特別有緬懷的心情。回頭拿起桌上手機。本來打算等春季活動的行銷企畫都完成後，再撥電話找人的，但現在她真有些忍不住了。

順著電話簿裡的聯絡人清單，依序往下滑動，她的視線在李于晴的號碼欄上停留許久，最後還是放棄，手指再一撥，又出現下一個熟識的名字，然而電話打過去，一個合成的女聲居然告訴她，楊韻之的號碼竟然已經變成空號。

納悶不已，她不死心地再往下找，然而程采跟姜圓圓的電話不約而同都沒人接聽，就在她決定放棄，把心思挪回公事之際，斜前方的玻璃門忽然開啟，本來已經下班的丁舜昇居然又進了公司。

「不是走了？」

「回來拿你們的企畫案呀，想想還是先帶回家看看吧，免得明天一早妳又來追問進度。」他半開玩笑地說。

「我可沒逼主管加班的膽子啊。」駱子貞哼了一聲，卻也笑了出來，「下了班就乖乖回家去，這麼念念不忘工作做什麼呢？」

「下班又怎麼樣，還不是回基隆去陪我爸媽吃飯，再不就自己一個人吃便當，然後看電視跟發呆，最後無聊地躺在床上睡著？千篇一律，毫無新意。」丁舜昇回自己辦公室，把那疊企畫案夾在腋下，走出來才回答。

「找個人一起吃飯？」

「找妳？」

「什麼關係？上司跟下屬？老師跟學生？朋友跟朋友？還是男人跟女人？」駱子貞坐回自己的位置上，把鋼筆收進包包裡，也悄悄地把光腳丫套進鞋子裡。

「都可以，妳覺得哪一種身分能比較有食欲？」

「不好意思，我晚上還有點事。」她客氣一笑，伸手從抽屜裡，在那堆習慣性亂放的雜物中掏出一張明信片，在丁舜昇眼前晃了晃，說：「有些不曉得銷聲匿跡到哪兒去了的傢伙們，今天我很想把她們都找出來。」

心的騷動從也無關乎季節寒暑，只為了想念的人。

那是一張紙角微捲的明信片，上頭印著澎湖七美島上雙心石滬的美麗景致。那三個女人，趁著駱子貞出國留學的時候，居然約著一起去玩，還炫耀似地寄了一張明信片到紐約，不過她們顯然沒把駱子貞的國外地址帶在身邊，所以只好等回來了才另外填寫信封寄發，因為明信片上填的寄件地址寫的是台北。

按圖索驥地找來，雖然慶幸已經過了街道最壅塞的下班時段，但要一邊留意依然車多的路況，一邊又要仔細聽從汽車導航的語音指引，還是讓她有些忙亂。回台北一段時間了，往常開車總只有固定的通勤路線，她還可以悠閒地在車上喝咖啡、聽音樂，然而一旦要她握著方向盤，在市區穿繞，壓力便倍增了起來。

穿梭在光影撩亂的街道，小心翼翼地按照地址找來，在緊鄰著高架橋附近的巷道內，一連轉了幾圈，卻始終沒發現導航地圖上所指示的巷子。最後只好停在路邊，走進便利商店去詢問店員，結果兩個員工面面相覷，竟是誰也不曉得。

難道還有人會在明信片上寫錯地址嗎？駱子貞心裡犯疑。這是程采的筆跡，撇捺勾畫，簡直可以用龍飛鳳舞來形容。她納悶地想著，如果這張明信片是楊韻之或姜圓圓執筆來寫，也許地址的可信度還會高一點，但偏偏她們居然把這個重責大任交給了行徑最難以預料，出錯風險最高的程采。

有些懊惱，乾脆買了杯咖啡坐下，隔著便利商店的櫥窗，看著外面兀自閃爍警示燈的那部舊車。車子是父親退休後鮮少再用到的交通工具，正好讓她開來台北代步。望著那輛車，駱子貞忽然想起，在她大學即將畢業前，生平第一次帶著男朋友回家。她家遠在屏東，他們搭了好久的火車，抵達車站時，父親就開著這輛舊車來接。

那時他們為了到底要不要出國留學的問題，已經偶有齟齬，平常不管大小事，李于晴總是任由女友決定，從來也沒半個不字，唯獨這件事例外。然而難得一起出遊，更難得要把男友介紹給家人，駱子貞小心翼翼，旅途中盡量不提未來的盤算。他們在家過了一夜，翌日便由李于晴負責開車，駱子貞沿途指點道路，避開容易車多的省道，介紹的全是專屬於當地人所熟諳的小徑。看她熟門熟路地指引，李于晴顯得很驚訝，他不敢相信這個充滿現代都會氣質的女孩，居然能對那盤根錯節般，每條看來都大同小異的鄉間道路如此瞭如指掌，還問是不是女孩子卸下妝容後，也跟著換了另一個靈魂住進身體裡。

那幾天，是她難得放棄思考、放棄理性，也放棄原則的日子。車子開到哪裡，他們就睡到哪裡，路上若有汽車旅館，便進去投宿，再不然就直接把車上座椅打平，兩個人各睡一邊。駱子貞擱在後車廂的旅行袋裡裝滿了盥洗用具。事隔多年的此刻，她人在台北街頭，燈光明亮的便利商店裡，嗅著咖啡香氣，心裡卻還依稀能回味起，當他們在一處荒涼山坳的晨間清醒，走下車來，蹲在地上刷牙時，牙膏的檸檬薄荷味道竄入鼻腔的那種清新感覺。

只是很可惜，這些令人愉悅的美好，並沒有幸運地貫徹到旅途的最終。後來他們把車開到墾丁附近的海灣，對著明媚風光，原本聊的只是些閒話，然而不知怎的，最後還是扯到了未來發展上。

剩下的就不忍卒睹了。駱子貞嘆了一口氣，李于晴這人哪，什麼都好，偏偏就是長不大，對人生也不夠積極進取，仗著自己的爺爺是大學校長，平常上課能躲就躲，老窩在吉他社混日子，不只各項校園活動都有他登台獻藝的機會，還有電視節目製作的校園偶像單元前來採訪，儼然成了學校裡的大明星。但當駱子貞輕易地修完所有的必修課程，也拿到了足夠的畢業學分，正悠哉等待畢業典禮時，李于晴得到的，卻是風光之後，一個宣告延畢的悲慘結局。

「請大鯉魚跟韻之他們去吃頓延畢大餐吧？」以吃遍天下為己任的姜圓圓是這麼懷抱同情的。

「阿彌陀佛。」大四時已經放棄排球、遺忘拼圖，也不想再喝紅酒，卻忽然開始學佛的程采則是虔誠地雙掌合十。

「因為他是名人嘛！名人讀大學，如果不延畢，那就不叫名人了呀。換個角度想，這叫作進身之階、是一個前提。沒有延畢、沒有成名，懂嗎？」對此，在校內的名氣不亞於李于晴，自己也忙個不停，還剛因為出版一本小說而躋身暢銷作家之流不久的楊韻之輕描淡寫、理所當然地說。那時，她也剛拿到延畢半年的通知書，跟李于晴還真是同為天涯淪落人。

「敬妳這良好的自我感覺。」駱子貞對於這種謬論嗤之以鼻。她舉起酒杯，只說了幾句話，「加油，親愛的，希望台灣的經紀公司夠多，在妳跟李于晴的聯手折騰之下，能一時三刻倒不完。」

都遠了。她不由得搖頭嘆息，儘管紛至沓來的回憶那麼多，然而與李于晴有關的、那些最讓人難受的片段，終究還是不忍去回想。如果可以選擇，她希望保留那些甜美的部分就好，至於悲傷與難過，當初上飛機前，她就決定不帶出國。

三年的空白還不算久，有些東西還忘不掉，而另外一些事物，卻因為時間的累積，愈發鮮明了起來。所有本來日常不經意的點點滴滴，隨著時間發酵，變得有滋有味，教人渴望再去追索與尋覓……不對，駱子貞搖搖頭，這些一整天都讓她找不到人的傢伙算是什麼夠義氣的死黨？居然有人連換電話號碼也不通知？她想起的那些愉快與美好，沒有漾開什麼酸中帶甜的回味，反而強化了了自己一整晚找不到人的火氣而已。結束了所有傷春悲秋的情緒，手中那杯咖啡也老早喝完，駱子貞緬懷故人的心情猛可中斷，她倏地起身，滿腦子想的只是等哪天找到這些傢伙時，要先狠狠痛扁她們一頓。

把空杯扔進了商店裡的垃圾桶，重新再坐回車上，一看車內電子鐘的顯示，居然已經晚上九點半，浪費了大半個夜晚，除了漫無目的地空想之外，竟然一個人都沒找到，甚至連程采家的巷子是哪一條也不確定。

再看那張明信片一眼，字跡雖然潦草，但自己的辨識能力應該還沒退化，可偏偏放眼所及，附近就是沒有明信片上寫著的六十八巷。莫可奈何，她發動引擎，最後決定放棄，回家洗澡睡覺算了。她想，下次還是別這麼心急地貿然跑來，先透過電話找到人了再說吧！一邊想著，左手抓著方向盤，右手先放下手剎車，然後調整了冷氣開關，再打開音響，跟著要繫起安全帶時，車子已經開出街邊，正要轉到大馬路上，然而便利商店旁邊，那一條幽暗漆黑，看起來連野狗都不會有興趣的小防火巷裡居然瞬間衝出一輛腳踏車！猝不及防，駱子貞連剎車都來不及踩，更無暇按下喇叭，只聽見砰的一大聲，對方直接撞上了她的車頭，巨響中，她看到一道黑影飛了起來，整個趴跌在引擎蓋上。

「妳該不會要告訴我，那就是神祕的六十八巷吧？」吃驚地停車，駱子貞慌忙推開車門，本來被眼前的人給嚇了一跳，但仔細一看，她整個又冷靜了下來。只見那個趴在她車子上，呈現五體投地狀的冒失鬼表情也是一愣。瞧她那肥胖臃腫的樣子，以及要多醜就有多醜的姿勢，駱子貞忍不住嘆息。

「子貞？」

「這下可好，撞到自己人的好處，就是不怕索賠無門了。」雙手叉在腰際，先哼了一聲，駱子貞冷冷地說。

願時光如一道格紋細密的篩網，只濾留著我們美好的記憶。

03

「事情是這樣的，明信片上的地址確實是我家沒錯，而那條防火巷，也真的是傳說中的六十八巷。」姜圓圓臉頰上還有車禍造成的瘀青，她揉揉腫起來的一個大包，苦惱地說：「可是那次從澎湖回來後，我就摔車骨折了，右手打了石膏，根本沒辦法握筆，只好讓程采幫我寫。」

「既然是她寫，那幹嘛不寫她家地址，要寫妳這裡的？」駱子貞有些納悶。而姜圓圓則給了一個匪夷所思的反問，她說：「妳看程采像是那種會記得住自己家地址的人嗎？」

這麼說來似乎也挺有道理。過後幾天，駱子貞心裡一直在想，對於程采的評價，姜圓圓那一句可謂一針見血。程采這個人，一旦熱中於什麼事情，就會沒日沒夜，全心全意地投入，不管別人怎麼阻攔都沒用。大學那幾年，除了排球隊之外，程采著迷過的東西不少。遠一點的，她曾經因為玩拼圖玩過了頭，廢寢忘食到連學校也不去；中間一點的，是她忽然跑去學紅酒評鑑，結果害得整屋子四個女人差點都成了酒鬼；再近一點的，就是大學快畢業之際，程采愛上佛學，險些剃度出家，還在屋子裡整天播放佛經音樂，幾乎把每個人都逼瘋了。像這樣的人，只要迷上什麼，就會一頭栽進去，永遠只看得見自己想看見的，至於家門口的門牌地址寫什麼，確實不會是她可能留心的內容。

那天的時間晚了，路邊找不到停車位，無法到姜圓圓的宿舍作客，兩個人只能回到便利商店裡小聊幾句，也講好了，姜圓圓負責聯繫所有人，這週末下午聚會。

「妳看起來心情不錯。」心裡想得遠了，不自覺地停下手上的工作，連丁舜昇走到旁邊都沒察覺，當回過神時，這黝黑的臉上有著剛直線條的中年男人正露出興味盎然的神情，笑吟吟地看著她問：「怎麼，今天忽然多了點慈眉善目，是中了樂透，還是相親成功了？」

「中樂透比較難，我沒什麼偏財運，但要是真的相親成功，只怕還要連累你破財。」駱子貞一笑。

「妳要是真能嫁得掉，我很樂意送個大紅包，但就怕等呀等，我都等到了自己的退休單，卻還等不到妳一張喜帖。」丁舜昇嗤之以鼻，把手上的資料夾遞出來，說：「這份企畫我看完了，感覺還不賴，不過有些細節得稍微補充一下，沒問題的話，就動手執行吧。」說完，他正要轉身，卻想到什麼似地，又回頭交代，「業務部那邊最近有拓點的計畫，妳有空去了解一下，也幫幫他們吧。」

「還要拓點？台北已經四家店了耶？」

「我有說要把店開在台北嗎？」丁舜昇一笑，「必要的話，妳跟他們一起下台中去評估評估可行性吧。」

她其實從來沒想過自己會在這裡任職。當初選擇研究所時，她跳脫了原本的國際金融，轉而投入行銷領域。求學期間，本來在紐約當地的一家品牌服飾業打工，當個小助理，那邊的主管很賞識她，也安排了面談，幾乎已經決定一畢業就要轉任正式職員。至於台灣這邊的工作可能，從不在考慮範圍之內。她只聽過丁舜昇一個學期的課，雖然偶有電子郵件往來，但畢竟算不上多大交情，原本沒有非得接受他的邀請，一改自己初衷，回來工作的必要。但丁舜昇哪裡不好待，偏偏就待在這個集團；而集團那麼大，他什麼地方不好去，居然又到了體系裡唯一的餐飲事業區塊，把一家原本要死不活，靠總公司支撐的日式餐廳硬是做大，變成連鎖企業。就是為了這塊招牌，她才願意割捨在紐約即將到手的工作，甘之如飴地回來，幫忙一起打天下。

然而一回來，駱子貞就明顯感受到，職場上的工作跟學校裡的理論，確實有很大落差。她在紐約打工時，只是個助理，掌握不到實際權力，但現在整個行銷團隊裡，諸般大小事情都得親自過問，雖然過足了當小主管的癮頭，卻也被壓力擠迫得快喘不過氣來。只是，這些壓力往往不是來自丁舜昇，而是她對自己的過度要求，連一個品牌故事的操作，都得讓她斟酌又思量好久。

按理說，每個品牌都應該具備一個專屬的品牌故事，透過品牌故事的擴大與傳遞，將企業精神表現出來，並且要讓消費者感受到，從內心產生認同感，進而促進消費欲望。這是很簡單的操作手法，打從她一到任，跟丁舜昇在公司第一次討論時，這就已經確認是她接下來要好好把握的原則與方向。只是幾個月過去了，此時的她心中又顧忌起來，猶豫著是不是要從根本之處再重新規畫一下。

這支連鎖餐飲品牌隸屬一個跨足多元領域的事業集團，集團總裁赫赫有名，一言一行都備受關注，更是許多政治人物亟欲攏絡的對象。今天早上，駱子貞一邊吃早餐，一邊看雜誌時，還在封面上看到大老闆顏真旭即將再婚的消息。

他要再婚了，真想不到哪。駱子貞微微搖頭，她沒有什麼輕蔑或質疑的意思，只是感慨著世界的變化。當年為了一場校園裡的活動，自己有幸跟顏真旭見上幾面，這位沒有架子的企業總裁甚至還對她頗有好感，也曾突發奇想，把自己總公司的活動委託給當時還只是個大學生的她來著手規畫。大約就是在那時候，駱子貞曾跟顏真旭來到這家餐廳，聽他說了一段往事。

好久好久以前，顏真旭的事業還沒這麼飛黃騰達時，曾有過一段婚姻。顏太太是日本人，能做一手道地的日本菜，但很可惜，嫁給顏老闆沒幾年就因病過世。而後顏真旭因為事業遇到瓶頸，又牽扯上幾樁官司，在意志消沉之際，一次偶然的機會，他踏進這家專賣日式料理的小店，意外吃到極為熟悉的口感，那正是亡妻當年手作料理的滋味。

駱子貞還記得，顏真旭說起這故事時，眼裡充滿感慨與懷念的樣子。在事業稍有起色後，他急著跟這家瀕臨倒閉的日式餐廳接洽，挹注了不少資金，把它變成一家裝潢充滿禪風，餐點滿是創意的無菜單日式料理店。現在它又更加擴大，以直營連鎖的方式開起了分店，也有了一派經營人馬，而讓顏真旭如此委以重任，負責統帥經營的，就是丁舜昇。

能在這家餐飲企業任職，不是一種緣分嗎？剛來的時候，駱子貞是這麼想的。但現在她猶豫的地方也在於此，這個品牌故事到底要不要改？顏先生要再婚了，他新任的妻子會接受這個品牌故事嗎？另一個讓駱子貞躊躇的地方，是她不曉得到底還有多少人知道當初顏真旭接手這家店的緣由，那是不是顏真旭深藏在心裡，一個很深很深的祕密？他願意把這祕密公諸於世，變成品牌故事，讓底下的行銷人員拿出去渲染嗎？駱子貞有些懊惱，自己是不是沒有思量清楚，就貿然接下了這份工作，萬一分寸沒有拿捏好，不僅揭發的是大老闆的隱私，搞不好還會造成一堆人的困擾，而自己與顏真旭有舊的事，連丁舜昇都不曉得，以至於她現在連個能商量的對象都付之闕如。

這些過去的牽扯與糾葛實在太多了，平常可以收拾在心裡不管，任由它發酵滋長，就像跟姜圓圓或程采她們的感情一樣，既無害也無妨，然而一旦跟工作有關，想要一一釐清，就覺得是件費神的事。嘆口氣，她看看手機上顯示的時間，下午一點四十分，距離約定的時刻已經超過了十分鐘，但輕食店門口卻一個人影也沒見到。

這些女人大概都好日子過久，忘了天后脾氣有多大了。駱子貞哼了一聲，又回頭望望店裡，裡面滿滿都是人。店員剛剛也說了，現在客滿，如果要用餐的話，必須在店外稍等大概四十分鐘。

四十分鐘？一個女人的青春那麼短，有多少個四十分鐘可以糟蹋？我駱子貞是這種連吃個飯都得跟著大排長龍的人嗎？台北那麼多店家，難道沒地方可去了，哪裡不好約，卻約這種人滿為患的店家，姜圓圓的腦袋進水了是嗎？裡面亂烘烘的，大家難得聚一次，在這種地方要怎麼輕鬆聊天？滿肚子都是怨氣，她一邊在心裡抱怨，一邊感受著兩條腿的痠麻，左等右等，路邊那麼多行人來來去去，就是不見任何一張熟悉的臉孔，最後脾氣再也按捺不住，她低頭查看手機裡的電話簿，正想找個倒楣鬼來罵上幾句，就在滑手機時，肩膀上忽然有人一拍。

「哇靠，從背影看是子貞，但是正面一瞧就變成貞子了。妳臉色這麼差，是不是身體不舒服？要不要我先陪妳去看個醫生？」這傢伙一派輕鬆自若，絲毫不顯任何尷尬。他明明不在今天的四人幫約會名單當中，卻還滿是笑容地向她打招呼，「不好意思，我遲到了。」

「這世界上，只有一個人敢這麼白目，拿我名字開玩笑。」駱子貞咬牙切齒地說。

「不就是我？」李于晴嘻皮笑臉，說：「好久不見，妳好嗎？」

「好你媽的。」駱子貞說。

我們是不可分離的同一生命，只是寄居在不同的身體裡。

她簡直不敢相信眼前的景象，一張四四方方的桌子上擺滿了各形各色精緻而迷人的甜品，本來應該是笑語如珠、非常融洽的一次聚會，幾個老朋友可以各訴別來衷腸，順便聊聊彼此近況，重溫當年情誼，然而現在，駱子貞坐了一方，楊韻之坐了一方，程采卻跟圓滾滾的姜圓圓擠在一起，把駱子貞正對面的那個位置讓給了不速之客，而李于晴居然也沒半點不好意思，還大大方方地落坐。

「這是誰決定的？」指著座上唯一一個男人，駱子貞沒好氣問。

「不是我，妳知道我是最機靈的，不會幹這種傻事。」聳個肩，讓一頭蓬鬆的長捲髮抖出好看的弧度，楊韻之今天畫了漂亮的妝容，搖頭說話時，用小湯匙舀起一勺蛋糕，非常優雅地送進嘴裡，一臉陶醉與滿足。

「我不知道啊。」程采也搖頭，她還沒搞懂到底出了什麼問題，眼神不時在桌上掃描，正猶豫著到底該先吃蛋糕好呢，還是先嚐一口花果茶好。

「那就是妳囉？」駱子貞死死地盯著姜圓圓，「我不記得自己開出的名單當中，會有一條大鯉魚。這本來應該是一場屬於人類的聚會才對。妳是不是忘了人類的定義？人類有兩隻手、兩隻腳，我們活在陸地上，不靠鰓來呼吸，妳知道嗎？」

「可是……妳不是說要找老朋友嗎？」姜圓圓囁嚅著。

「他算老朋友嗎？」駱子貞幾乎就要發火。

就在僵持的當下，當事人開口說話了，李于晴剛嚥下一口冰淇淋，點點頭，迸出一句足以讓火山爆發的關鍵，他說：「把標準稍微放寬一點來看的話，舊情人其實勉強也可以歸類在老朋友那一類的，不是嗎？」

她不知道是自己孤身在外求學幾年，很多經歷在無形中磨去了銳利稜角，或者是年紀稍微長了一點所致，一場聚會結束，李于晴居然能夠好手好腳全身而退，連駱子貞自己都感到詫異。

時間已經很晚，店家開始準備打烊，一群人卻好像還有聊不完的話題似的。那些大學時代的記憶，還有闊別數年來每個人各自的經歷，都是駱子貞感興趣的內容，哪怕只是姜圓圓因為繳不出房租，企圖色誘房東失敗的鳥事，透過楊韻之舌燦蓮花的加油添醋，都變成驚天動地的一場大笑話。還有程采去面試工作，公司明明在永和的中和路，她卻偏偏跑到中和的永和路，結果本來要應徵辦公室內勤，後來卻誤打誤撞被一家自助餐店錄取，穿著制服的上班女郎沒當成，居然繫起圍裙，開始包便當……這在楊韻之口中，也成了近乎傳奇的故事。只是講了別人那麼多，楊韻之卻極少談到自己，只說目前在東區工作，從事服飾業，本來駱子貞還想繼續追問，偏偏店員走過來，第四次提醒他們，說這次真的要打烊了。

她真想跟老朋友們再多聚片刻，或許能將這幾年消失在朋友們身邊的時光全都補回來，只是時間已晚，而且明天一早還得上班。

「要不要我送妳？捷運站在那邊。」走出店門口，楊韻之騎機車載程采回去，姜圓圓則是騎腳踏車來的，揮手作別後，那三個女人顯然心意相通，都知道要把散場後的時光留給這一對冤家，居然一個跑得比一個快。而李于晴張望著四周，躊躇一下才開口。

有些人、有些事總是閃不掉的，是嗎？駱子貞在心裡想著，瞄了李于晴一眼，「如果你想說的，只是一些無謂的解釋，那很抱歉，我不想聽，你也沒有說的必要。」她掏出包包裡的車鑰匙，甩了兩下，又說：「不用你送，我是開車來的。」

轉個身，走在人行道上，她聽見自己高跟鞋踏步的聲響，同時也看到後面跟隨的那人，他的身影被街燈拉得好長，一直遮蔽著駱子貞的影子。

「你到底想怎麼樣？」忍不住停步，她回頭狠狠地瞪著。這一夜的聚會，李于晴的話不多，通常他只是臉上帶著笑容，看著座上四個女孩天南地北聊著，偶爾輪到他接話時，駱子貞會毫不客氣打斷話題，甚至乾脆起身離座去上廁所，再不就是拿著手機走開，壓根沒有想讓對方融入的意思。她覺得這樣的表現已經夠明白了，但可惜，李于晴顯然不是識時務的人。

「已經過去的事情，就跟一條挖爛了的馬路一樣，不管怎麼補，永遠都補不成原本的樣子，要想讓它重新復原成本來的平坦，只剩全部刨掉再重鋪一途，但馬路可以重鋪，人不能重活一次。」駱子貞冷冷地說：「我在機場的那天，你最後一句對我說的話，只有那三個字，而這三個字，我會記得一輩子。」

「我……」

「要『隨便』一個人，你得付出很大代價。」淡淡搖頭，她長嘆一口氣。這一晚，其實李于晴的關心依舊，五個人坐一桌，每當服務生送上餐點，那麼多美食佳餚，李于晴總能立刻分辨出來，究竟哪一份是駱子貞所點的，與其說是這男人的記性好，倒不如說他始終清楚駱子貞的喜好，連翻開菜單要挑選飲料時，駱子貞指著上面的花果茶，還沒開口說話，李于晴就替她叮嚀店員，要熱的，不必給糖包。

「難道真的連朋友都不能做了嗎？」他猶豫好半晌後，勉強問。

「當然可以呀，不然你今晚只怕連幫忙買單的資格都沒有，而這已經是我現在對你能做到的最大容忍限度了。」駱子貞哼了一聲，反問：「怎麼，該不會是想要得寸進尺，讓你陪著吃頓飯不夠，現在還想拜託我送你回家吧？我可沒興趣知道你住哪裡。」

「送我回家是不用啦，我只是……只是想拜託妳一件事……」有點尷尬地笑了笑，李于晴說：「剛剛結帳時，我把身上的錢都花光了，現在連悠遊卡儲值的錢都不夠，可以借我一百元嗎？」

隨便妳。那年說過的話。

「悠遊卡沒錢？這種爛理由你都掰得出來，怎麼不去寫小說？」孟翔羽點了一根香菸，又喝口啤酒，嗤之以鼻地說：「其他的瑣碎都不用說，光看你這表情就知道，今晚這齣戲肯定是砸鍋了。」

「當初還不曉得是誰慫恿我去的。」李于晴沒好氣地瞪了一眼。

「兄臺此言差矣，」像唱大戲般，孟翔羽做了個手勢，笑著說：「要說我存了壞心眼想看好戲，那可也得你這個男主角願意擔綱演出，粉墨登場一番才行。」

「是呀，酬勞就是一張五百元鈔票，我花了一百塊錢儲值，剩下的剛好買啤酒來便宜了你。」李于晴嘆了一口氣。他坐在矮凳子上，這是孟翔羽家唯一看起來能接待客人的位置，而那位主人則穿著老早換好的睡衣睡褲，自己好整以暇地端著啤酒，窩在窗邊眺望城市的夜景。

回憶當時的場面，駱子貞睜大雙眼，似乎不敢置信，這個在一群人散夥時，抓起帳單就搶著去櫃台付錢的傢伙居然是個假凱子？她哭笑不得地掏出一張五百元鈔票，而李于晴本來說要去附近的便利商店找換開來，她立刻搖手叫他收下。

跟駱子貞分開後，他人還在捷運的車廂裡，姜圓圓就打電話來，興高采烈追問續集發展如何，而他的反應就跟現在一樣，一陣頹然長嘆。

「再給她一次機會吧。」孟翔羽也陪著嘆了口氣，「永凍層的冰山也不是一天兩天就能融光的，你說是不是？」

「給機會？要給什麼機會？你可別忘了我現在是什麼身分。」

「一本好小說，不會從頭到尾只出現一個場景，登場的角色也不會永遠只有那幾個人，有交織跟衝突，才有吸引讀者的火花跟亮點。這樣的提示應該夠清楚了吧？一手啤酒換一個提示，現在酒喝完了，話也說完了，麻煩你回去的時候，順手幫我把燈給關了，謝謝。」孟翔羽喝光了啤酒，抓抓他凌亂的一頭長髮，揮揮手只說了四個字，「晚安，再見。」

那一晚，直到天亮前，李于晴始終難以成眠。他賴在小套房的床上輾轉反側，不是因為天氣悶熱，也不是為了隔天一早要下台中巡櫃位而興奮期待，他只是不斷地閉上眼睛，然後又睜開眼睛，很想拿起擱在床邊的手機，撥一通電話給駱子貞。他想跟她說，當時身上雖然沒現金，但提款卡裡還有點錢，他不缺那五百元，只是覺得有話想說，但究竟想說什麼，他一時還沒想好。

而跟李于晴一樣，沒能在這一晚好好睡覺的，還有駱子貞。她開著車，剛過華翠橋，正感慨著這城市充滿活力——三更半夜的大馬路上還能到處都是車！結果手機響起，本以為是李于晴，結果說話的竟是程采，而旁邊隱約還傳來楊韻之的聲音。她們說即使一整晚的聚會結束，但怎麼聊都覺得不過癮，各自散夥後，居然異想天開，又約了還要夜唱。

夜唱，那是多麼久遠的一個名詞了，駱子貞心想。大學畢業就出國，除了課堂上幾次報告外，她沒有再摸過麥克風。沒有猶豫太久，心裡立刻盤算起來，反正隔天沒有太重要的公事，稍微熬個夜應該無傷大雅。

「我可沒那閒工夫陪妳們耗一整晚，最多到四點，四點我一定要回家。」她在電話中強調。

「妳捨得走的話就走囉。」楊韻之搶過手機，無可無不可地回答。

其實她心知肚明，說要四點離開，肯定是不可能的。當車子迴轉，再次過橋，又進了台北市區，踏進包廂，看到桌上已經擺滿酒瓶的當下，她就知道今晚肯定是回不去了。

「妳們平常到底上的是什麼班，居然可以這麼無所謂地玩樂一整晚？」有些不可置信，她看著手握麥克風，正在引吭高歌，但聽來卻宛如哀號的姜圓圓，再轉頭問楊韻之。

「上班當然很重要，賺錢也不是一件無所謂的事，只是比起營生，我們還有更重要的事情要做。」楊韻之舉起啤酒，笑著說：「敬我們的花樣年華。」

「看看妳的身分證，上面寫了妳的出生年月日，它會提醒妳，花樣年華只剩一條尾巴了。」駱子貞沒好氣地喝了一杯，然後程采立刻幫她再斟滿。

「大鯉魚為什麼不來？」一邊斟酒，程采忽然問。

「妳很希望他來嗎？」駱子貞杏眼圓睜。

「不是嘛，大家認識那麼久了，每次聚會他都有來呀，現在忽然排擠他，感覺好像……」程采的話還沒說完，姜圓圓丟下麥克風就要過來阻攔，而楊韻之手腳更快，她來不及伸手擋住那張大嘴巴，乾脆手中一杯酒直接潑了出去，硬生生打斷程采的口無遮攔。

「我覺得妳們應該還有很多話沒跟我說，正好，長夜漫漫，我不介意跟妳們促膝長談一下。」臉色一沉，駱子貞拿起遙控器，直接按下靜音鍵，手指在空著的沙發上一比，姜圓圓只好乖乖落座。駱子貞先掃過眼前這三個女人一眼，任誰跟她視線交會，總不由得要打個寒顫。先用眼神擊潰這些女人的心防後，她這才開口問：「這三四年來，妳們到底是怎麼被李于晴收買的？給我老實招來，不然誰也別想活著走出這包廂了。」

那是個很不適合上演公堂戲的場景，室內燈光昏暗，外頭還不斷傳來其他包廂的歡唱聲，儘管如此，三個受審的女人，誰也不敢輕易顯露出她們很想伸手去握麥克風的念頭，只能偶爾偷瞄螢幕，看看現在播到哪首歌了而已。

三人輪番招供後，駱子貞這才曉得，原來她不在的這幾年，李于晴幾乎全然取代了自己，不只把自己的朋友一個個接收了過去，還徹底融入大家的生活圈。這個不敬業的名牌指甲油業務員根本就不安好心，他去幫楊韻之修理機車、幫程采搬家，還幫姜圓圓跑腿送信，向一個便利商店的大夜班男生告白——當然結局可想而知，姜圓圓的戀愛從來就沒有成功過。

「我們也是有苦衷的。」漫長的自白之後，楊韻之垂首告解。

「大鯉魚其實人還不錯啦，也算很熱心……」然後程采也低頭。

「我還有兩封情書在他那邊，一封要給他老闆，另一封要給他主管……」最後是姜圓圓囁嚅著說。

荒謬湧上心頭感覺，她想掐住這幾個女人的脖子，問問她們，知不知道這個居心叵測的男人是誰？知不知道她駱子貞這幾年在國外過的是什麼日子？又知不知道，每當她人在異鄉，想起李于晴時，又是一種什麼樣的心情？

「子貞，妳真的那麼討厭他嗎？」程采忍不住問。

「大概跟蟑螂可以歸在同一類，妳說呢？」駱子貞橫了一眼。

那幾年在國外也不是沒有人示好，比起台灣男人的扭扭捏捏，外國男性顯得更直接與開放，無論是在校園中，或者是在打工的公司裡，總有些男人提出邀約，甚至一開始就問她，願不願意有更進一步的交往，然而駱子貞往往笑著婉拒，或者藉故閃避。她不是不喜歡那些人，只是很難被這類告白所打動，每當有人示好，駱子貞總會想起遠在台灣的那個人，也想起跟那個人的過去。

如果歷經了許多風雨，才能夠廝守在一起的情人仍終究免不了走到分離的結局，那世上還有什麼愛情是值得信賴與託付的？自己又何苦為了一樁最後會徒勞無功的事去窮耗心神？與其在愛情裡折磨自己，她寧可將心思放在課業與工作上，起碼分數或業績是真真實實看得見，也真正屬於自己的。

後來又唱起歌來，只是駱子貞卻少了同歡的興致。她屈身坐在沙發上，不知不覺地多喝了幾杯，偶爾拿起麥克風，唱的也多是一些學生時代愛聽的歌，但那些歌曲總讓她想到李于晴，勾起許多不愉快的回憶。

就這樣喝醉了，她忘了凌晨四點前一定要回家的自我約定，也忘了明天就算不忙，也非得進公司去上班的責任，躺在沙發上沉沉睡去。在意識散盡前，耳邊是楊韻之正在接連唱著好幾首梁靜茹的舊曲子，聽起來如泣如訴，讓她緊閉著眼睛，靈魂也陷入深深的黑暗中。

這一覺睡得好沉，她彷彿拋開了所有的束縛與枷鎖，重新展開新的生命般，尤其翌日早上醒來時，睜眼的瞬間，窗外有明亮的陽光透入，正映在眼前，如果不是鼻子老聞到好幾股奇怪的酸腐異味，她還以為自己已經置身在天堂裡。

不過新生的喜悅大概也僅止於睜眼的瞬間而已，因為當她看清這世界時，第一個想到的是這陽光絕非清晨的光線，今天上班肯定遲到！猛一坐起身，更覺得駭然不已，這怎麼會是她家？自己躺在一張破舊的沙發床上，狹隘的小空間裡，到處堆滿老舊家具。有些櫃子邊緣隱隱冒出霉綠，一堆破紙箱就擱在牆角，那斑駁的灰牆、天花板上彷彿有老鼠跑過的窸窣聲，還有滿是刮痕，早已失去光澤的舊地板，以及從窗外不斷飄進來的各種怪味，都讓她驚駭莫名，忍不住就是一聲尖叫。而這一聲剛喊出來，旁邊立刻呼應起更劇烈的噪音，呼天搶地一般，令駱子貞驚慌不已，一回頭，只見牆邊的彈簧床墊上，一塊舊毯子裹著一個只露出半顆頭來的胖子——姜圓圓正在流口水，還伴隨著可怕的打呼聲。床鋪正上方，有個烤漆早已褪色的小時鐘，上面明明白白指著現在時刻，剛好中午十二點整。

只有曾經滄海的人，才知道難為水的滋味。

06

「不是前陣子才剛安頓好，怎麼忽然又要搬家？有什麼問題嗎？」已經過了下班時間，大家都走光了，原本安靜的辦公室裡，背後忽然傳來丁舜昇講話的聲音，把駱子貞嚇了一跳。她手上的滑鼠滾輪不斷轉動，正瀏覽著網路上的租屋資訊。

「裝神弄鬼地嚇唬人是很缺德的。」畢竟是自己的主管，總不好真的發火，她只是橫了一眼，說：「我住的地方沒什麼問題，只是原本租的是單人套房，但現在想換地方，要找個可以跟朋友們合租的公寓。」

「跟朋友合租？」丁舜昇雙眉一挑，問：「幾個？」

「至少兩個，但也可能更多。」駱子貞無奈地說。

那天中午，她在姜圓圓驚天動地的打呼聲中，極力強迫自己恢復鎮定，再更仔細端詳了一下周遭，立刻判定那絕不是一個適合活人居住的地方。儘管憑藉著姜圓圓過人的清潔功力，房間打掃得還算乾淨整齊，但濕氣極重，細微處霉汙滋生，而且那裡連套房的規格都算不上，不但衛浴設備要跟鄰人共用，門鎖也太老舊，毫無安全性可言，簡直就是任由竊賊長驅直入。只是套句醒來後的姜圓圓所說，哪個瞎了眼的小偷會想光顧這麼破爛的地方？

「妳在這裡住了多久？身體還好吧？」駱子貞忍不住問。

「應該有兩三年了。」

「健保局應該很感謝妳的貢獻吧？」駱子貞沒好氣地說著，一邊穿好衣服，拎起包包，一邊開口吩咐，要姜圓圓開始打包。不管她是否抗拒，直接下令，叫她盡快搬出這間鬼屋。

所以她現在得開始找房子。既然兩個人要同居，就不可能再住原本的套房。姜圓圓的家當雖然不多，但她本人噸位卻不小，不是駱子貞那間小套房能容納得下，而既然要合租，她當然會想，如果能把程采跟楊韻之都找來，豈不是回到當年的完美組合？那段四個女人同住一個屋簷下，大家歡樂融洽的日子，正是她孤居紐約時最常懷念的滋味。想當初在國外，丁舜昇留給她的那個住處，雖然空間寬廣，但問題也就出在地方太大，但自己卻連個室友也沒有的孤寂上。

「該不會是想跟男朋友一起住吧？」想得遠了，思緒被丁舜昇又拉回來。

「你有聽說我開記者會宣布脫離單身嗎？」駱子貞一臉受不了的表情。說她想找來同居的夥伴，都是大學時的同性友人。

「正好，如果不嫌棄的話，我有一個好建議，也算是毛遂自薦，妳們都可以來當我的房客。」丁舜昇一笑，看著眼睛一亮的駱子貞，說：「前幾年，為了慫恿我回台灣，我父母在台北買了一間公寓，三房兩廳，外帶一個小書房，稍微改裝一下，就是四個人可以住的房子。」一邊說著，他拿出手機，點選開啟相簿，裡面就存著好幾張公寓照片。

「這麼好的地方，你自己為什麼不住，卻當起在外租屋的無殼蝸牛？」

「我可沒有一個人打掃整層公寓的閒工夫。」丁舜昇說那房子原本租給一對夫婦，用房租來支付貸款。人家也住了幾年，但近來因為男主人工作調職之故，所以剛剛退租。他還託給附近的仲介，請他們代為介紹房客，「有興趣的話，找個時間去看房子，別說算便宜了，我對折租妳們都可以，只要房租夠付貸款，還有幫我把環境打掃乾淨就好。」

如果不是年邁雙親的殷殷企盼，丁舜昇不會放棄國外的教職，回到台灣工作，然而儘管返台了，他也沒達成父母的期待，真的找個女人結婚生子，乖乖地住進父母耗盡一生積蓄為他買下的房子裡。箇中原因，別人或許看不出來，駱子貞卻心知肚明，她還記得自己剛搬進紐約的公寓時，丁舜昇當時也正把行李整理好，準備遷出，在一座客廳的矮櫃上，她看到了一個銀製相框裡的照片，是丁舜昇跟另一個男人親密地手挽著手的合照。

「房子就是這樣，有人住，它的氣場就會通暢，給人一種健康的感覺。這幾個房間當中，我自己最喜歡的是這個偏房，雖然沒有獨立衛浴，可是窗戶外面的風景卻好，還有個小陽台。」認真介紹著自己的房子，丁舜昇這時完全不像平常公司主管的樣子，反倒像個房屋仲介。

「欸欸，這個不錯喔。」臉上已經露出涎笑，姜圓圓依舊不改見一個愛一個的本性，壓根沒聽屋主如何介紹，倒是對人家的體格與長相很感興趣。她壓低了聲音說。

「妳想對他下手嗎？簡單，一句話，」駱子貞冷笑一聲，說：「下輩子吧。」

其實這些介紹根本都是多餘的，就算沒親眼來檢視過，駱子貞也相信丁舜昇不會誆人。看完房子後，她從「房東」手中接過鑰匙，把對折計算後的房租掏了出來。說好了，第一個月採現金支付，之後則依照丁舜昇指定的銀行帳戶轉帳。駱子貞天生潔癖，不能忍受那種一疊鈔票在手上摸來摸去的觸感。

「不是說有四個人要住嗎？結果只有妳們兩個？」丁舜昇完全不清點手上的千元鈔票張數，直接塞進口袋裡。

「不急，但我有預感，另外那兩個，遲早都會住進來的。」很有自信地，駱子貞說。

這是一個倉卒的決定，儘管原本住處的房東頗為不悅，還揚言要沒收一半的押金，但駱子貞都認了，畢竟姜圓圓是自己多年的故交，總不能眼睜睜看著她繼續住在那廢墟一般的破屋子裡。只是一時間，她沒能找到幫忙搬家的壯丁，既不好再麻煩丁舜昇，又懊惱自己才回台灣沒多久，居然就累積了一屋子的雜物，雖然也可以撥個電話找搬家公司，然而她不知怎地，總有一個先入為主的印象，老認為台灣的搬家工人就是嘴裡咬著檳榔，身上滿是刺青，一邊扛東西又一邊喝著提神酒精飲料的樣子，這讓她心裡有些為難，不情願去聯繫，不過比起姜圓圓的提議，她又認為或許搬家公司可能還算好一點的選擇。

「大鯉魚？妳別開玩笑了，老娘就算自己扛家具，也打死不會再給他任何機會，闖進我的世界來糟蹋我的人生。」手握方向盤，她一口回絕姜圓圓的建議。

「其實他也沒有很不好啦，對朋友，他算得上是很講義氣的人呀。」

「一個一事無成，差點連大學都畢不了業的傢伙，我看大概也就那麼一點義氣勉強可以算是優點了吧？」駱子貞嗤之以鼻。驅車往市區走，她特地請了一天假，要先利用自己的小轎車，幫姜圓圓把為數不多的行李先搬出來。

「把他說得那麼糟，那妳當初幹嘛還跟他在一起？」

一個簡單的問題，卻讓駱子貞啞口無言，隔了半晌，她才恨恨地說了一句，「那是當年我瞎了眼。」

「感情嘛，好聚好散的不是很好嗎？不能當情人，至少也可以是朋友呀。妳看，如果把他算是朋友之一的話，那我們搬家不就方便了？我是覺得，妳可以稍微再給他一點機會啦，畢竟人家也很有上進心。我記得之前有聽大鯉魚說過，他很認真在存錢，想要跟朋友合夥開公司，經營什麼副業的樣子，這不也是一種努力的方向嗎？再說，他……」

姜圓圓叨叨絮絮地自言自語，一邊嘮叨，一邊伸出手來，在汽車音響的幾個按鈕上不斷按來按去。駱子貞懶得理這些廢話，她心裡盤算的全是搬家的事。這一天難得的假期，可以先處理好姜圓圓的部分，稍晚也能把自己一些零碎的小東西先搬好，哪怕車子多開幾趟，總好過去央求李于晴，至於其他的粗重家當，她趁著一個漫長的紅燈，拿出手機，上網搜尋了搬家公司的電話，那是一家在網路上口碑算不錯的公司，她猜想或許有機會一改自己的刻板印象。

「這主持人真是有夠囉嗦的，廣播電台不是應該播歌嗎，怎麼老是在講股票行情呀？」對汽車音響裡那個陌生的男人嗓音感到不耐煩，姜圓圓終於找到切換鍵，把廣播頻道切換成車內唱片的音樂。

「那個……」已經聽慣財經新聞的駱子貞，手上還握著電話，眼前也依舊是紅燈，但她來不及伸手阻止，輕靈的吉他聲音已經從喇叭裡透了出來，淡淡地，暖暖地，洋溢在封閉的車內空間裡。

「奇怪，這歌好耳熟，好像在哪裡聽過？」姜圓圓露出疑惑的表情。

沒有接話，駱子貞急忙伸出手把音樂給關了。那瞬間，她有一種莫名的惶恐與心虛，像自己一個極為私密的世界，不小心被人給公開了似的。

「怎麼了？」姜圓圓滿臉好奇。

「我要聽股匯市行情啦！」駱子貞急著辯解，但語氣裡充滿著連自己都不敢相信的虛無感。

那只是一首歌的前奏，很短，也許只有幾十秒鐘不到。她必須要在前奏結束前立刻把曲子給關掉，倘若不這麼做，等歌曲進入主旋律的部分，姜圓圓就會聽到，這是李于晴自彈自唱的一首曲子。

當年，還在吉他社風風光光時，那條大鯉魚曾錄了幾首自己的創作，送給心愛的女孩。女孩在世界上走了一遭，終於又回到故鄉，當一切人事已非時，這一張光碟片裡的曲子，是她唯一的寄託思念之道，而她不能，也不敢讓別人察覺。

思念是一首無聲的旋律，能唱的只有自己。

07

姜圓圓很好奇地問，是不是真有什麼囊中妙計，否則怎麼能確定剩下的兩個房間一定會住進楊韻之跟程采？駱子貞笑而不答。

「她這麼喜歡當女王，怎麼可能麾下只有妳這個胖總管？當然還要拖幾個人進來才行呀。以楊韻之的聰明才智，剛好可以當狗頭軍師，程采比較笨一點，大概只能做苦力，讓她呼來喚去。」蹲在一旁的角落，本來賣力在刷著油漆的李于晴忽然開口。

「關你什麼屁事？」駱子貞沒好氣地說。

「看吧，還說什麼兔死狗烹，有些沒良心的主子呀，天下都還沒統一呢，就急著要清算功臣了。」李于晴哼了一聲。

「把這面牆刷完，連著幫忙搬家的部分，該付的工資，老娘不會短少給你，但是你今天是來打工的，不是來發表政見的！」駱子貞揉起一團報紙，本來想丟過去，然而紙團才剛抓到手上，立刻感覺不妙，再低頭一瞧，果然掌心裡已經沾滿橄欖綠色的水泥漆。

「行行好，別搗蛋，乖乖坐到外邊去喝咖啡，好嗎？乖。」嘆口氣，李于晴放下油漆刷，抓起了濕抹布，也沒開口，就走了過來，直接抓起駱子貞的手掌，一點一點仔細將她掌心裡的油漆給擦拭乾淨。

雖然姜圓圓人在外頭的廚房忙著，並未親眼目睹這一幕，然而駱子貞卻心慌不已，她並不介意這點髒污，只是注視著李于晴的手。那雙大手，曾經是她牽慣了的，那雙手裡的溫度，也曾深深地溫暖過她的心靈。

「還好只是水泥漆，趕緊擦一擦就好了。」李于晴完全沒跟她四目交接，既不鬥嘴也不囉嗦，只是認真地擦著。

一層偌大公寓，分隔成四個房間，姜圓圓住在走廊邊的一間，已經刷上了粉紅色，往右過去還有兩個空房，分別漆上橄欖綠跟黃橙色，那是楊韻之與程采最愛的顏色。至於走廊頭端這邊，原本窄的小書房，現在擱著一張小床，室內是粉藍色彩，駱子貞選了這一間。

除此之外的空間，還有綠、黃以及紫色的配置，整個屋子繽紛好看，卻累壞了不斷調漆的李于晴，一整天下來，他滿身髒污不說，還被這些不同配色所需要的調漆細節搞得頭昏眼花。收工後的代價，卻只有一碗駱子貞親自下廚煮好的泡麵。她的手藝跟當年一樣爛，麵沒煮軟，湯也不夠熱，但飢腸轆轆的李于晴卻吃得很開心。

「妳真的很想再重溫大學時代的生活，是嗎？」一邊吸著麵條，李于晴手上的筷子指指點點，「房子格局跟以前很像也就罷了，連房間的配色，還有誰住哪個房間的順序都照舊，這會不會太誇張了？」

「有什麼不好？」駱子貞坐在長型餐桌的彼端，兀自不慌不忙地端詳著自己的指甲，那縫隙間還有些沒清除乾淨的殘漆。

「大家年紀都大了，怎麼可能還跟以前一樣？」

「為什麼不行？以前我們也是這樣呀，四個人雖然住在一起，但是各忙各的，誰有課誰就去上，誰要打工誰就出門，很理所當然呀。」駱子貞的下巴朝走廊那邊一努，說：「就像現在這樣。」

「我只能說，妳們舊房子的隔音比較好，這邊糟糕透頂。」李于晴點點頭。走廊那邊傳來的，正是姜圓圓如雷的鼾聲。大學畢業後，姜圓圓換過幾個工作，現在是一所幼稚園的老師，不過因為沒有通過資格考，在不具備證照的情況下，能做多久也還不知道。

因為隔天還要趕著早早上班，所以儘管油漆味尚未散去，姜圓圓也只好暫時打開門以保持通風，屈就著先睡再說。雖然不斷從房間傳出來的打呼聲響吵了點，但駱子貞有點慶幸，多虧了這麼有節奏的鼾聲，才稍稍沖淡了兩個人之間，懸浮在空氣裡的尷尬分子，也化解了彼此都無話可說時的空洞感。

「對於楊韻之跟程采，其實我沒有任何把握。能把圓圓接過來一起住，只是因為湊巧罷了，總不能讓她一個人住在那個像廢墟一樣的地方。」駱子貞說。

「那地方確實很糟。」李于晴點頭。他說前兩年，姜圓圓搬到那房子住，貪圖的只是房租便宜，當時他去幫忙搬家，看了環境也咋舌不已，當下就勸姜圓圓另覓他處，別為了省一點錢，卻換來一身病。

「你對我的朋友倒是都挺關心的啊？」駱子貞哼了一聲，口氣有點酸。

「愛屋及烏嘛。」李于晴聳個肩，隨口一句簡單的回答，才剛講出口，忽然心頭一凜，只覺自己失言了，而跟他一樣愣了一下的，還有餐桌這邊的駱子貞。

「楊韻之那一間的油漆還沒乾，妳小心別碰到了。」過了良久，李于晴才又開口。

「我不會沒事跑進那一間。」駱子貞點頭。她覺得這男人吃麵的速度怎麼出奇的慢，一小口一小口地，彷彿那麵條有多燙口似的，但也可能是自己沉不住氣，幾次都想低頭去看手機顯示的時間。

「妳們浴室的磁磚有些髒了，之前的房客大概沒有好好保養，有空的話，最好也刷一刷。」他又說。

「這種打掃的工作，姜圓圓是行家，她不會放過任何一個細節。」駱子貞點頭。

「洗手台的水管最好也通一下。」

「她會處理的。」

「通樂分很多種，有水管專用的，也有馬桶專用的，千萬不要買錯，而且……」滿嘴的囉嗦還沒結束，駱子貞真的不耐煩了，她手中的電話在桌上敲了一下，沉著語調說：「姜圓圓就在距離你不到十公尺遠的地方，有那麼多事情要交代的話，你自己進去叫醒她好嗎？」

苦笑了一下，李于晴點點頭，認真地將剩下幾口麵都吃完。當他推掉了駱子貞想支付的搬家跟粉刷工資，提著收拾好要帶走的一大包垃圾，也抓起了機車鑰匙，踏出門外時，這才回頭，忍不住說了一句，「這句話或許遲了點，但我很開心，能有機會這麼對妳說——歡迎回來，妳回來了，就好像這世界也睡醒了。」

那瞬間，駱子貞無語。

我畏懼的不是沉睡的終點，而是甦醒時卻見不到你。

那是一句語意好模糊的話，她不知道李于晴說這些是什麼意思，也不曉得自己要怎麼回答才好。從目送他寬大的背影走進電梯，到洗過澡，躺上了床，乃至於隔天進了公司，望著桌上幾份打樣的宣傳圖文，駱子貞始終惦記在心的，都是自己始終無法好好釐清的思緒。似乎有一種說不上來的障礙，又像有什麼哽在喉嚨間，可是真要細究時，思緒總是太過飄渺。

原來，兩個人之間，牽連的並不只是此刻而已，還有那些儘管已經久遠，卻依舊鮮明的記憶，更包括所有可能的未來。那不是一句愛或不愛，或者好或不好所能簡單含括，也不是說要轉身，就能在一個輕易的轉身後，便能棄之如敝屣地拋開的。

就像昨天晚上，她打開搬家後一直尚未整理的紙箱，裡面裝滿了各式各樣的細瑣雜物。自己從來不是個喜歡撿破爛的人，偏偏就有那麼多東西捨不得丟，忍不住要從台灣帶到紐約，又從紐約寄回台北，現在還從舊居裝箱打包搬到新家來。那裡面有一個自己平常根本用不到的開瓶器——是李于晴以前偶爾喝啤酒時需要的小工具，還有兩雙一模一樣的木頭筷子，上面雖然只有普通的花紋雕飾，但也是以前為了跟李于晴一起吃飯買的，另外還有一罐吉他的弦油、一個沒裝電池而多年未曾再用過的調音器，乃至於擦拭吉他的抹布……這些都不是她的個人物品，卻跟著她天涯海角，始終不離不棄。牽絆一直都在，只是有沒有勇氣面對而已。以前可以無所謂，反正大洋相隔，誰也遇不著誰，但現在就如李于晴所說，人回來了，沉睡的世界也醒了，一切的麻煩事也就拉開了序幕，她這麼想著。

把思緒拉回來，盯著那份文稿許久後，什麼也沒看進心裡去，駱子貞長長嘆了一口氣，只覺得索然無味，最後乾脆把東西闔上，拿出手機來，打了一通電話給程采。

面對過於龐雜的記憶，或許這是自己現在唯一能做的。趁著比較不忙的星期二下午，她先在公司裡透過電腦，上網瀏覽家具網站，訂購了不少新居所需的設備，同時也約了程采在下班後碰面。上次的聚會中，她從閒聊得知程采目前住在永和。

該怎麼開口相邀才好呢？兩人碰了面，程采剛從自助餐店下班，脫下滿是污漬的圍裙，卻卸不去整身的油煙味。跟她相偕走了一趟樂華夜市，兩人手上提了一袋又一袋的美食佳餚，沿著巷道走向程采住處時，駱子貞心中有些猶豫。

這一整晚，除了對工作現況有些不滿外，她所聽到的，都是程采對於生活的自在態度。而她也明白，本來人就是這樣，有些人喜歡充滿冒險與挑戰的人生，有些則樂於專注在自己的小天地裡。駱子貞很難想像，平常不善於跟別人往來的程采，到底要怎麼站在自助餐店的櫃檯前，跟一個又一個的客人講話？

「不跟客人講話，老闆說我臉色很臭，跟客人多聊幾句，後面又大排長龍，真的很為難。」程采搖頭無奈，說：「早知道就不去那裡上班了。」

「妳是該換個工作。」駱子貞立刻點頭。她心中盤算的邏輯是這樣的：程采住在中永和地區，工作也在這邊，如果貿然要她搬到台北市，工作通勤未免諸多不便，但倘若程采連自助餐店的打工也辭了，屆時就可以順理成章搬來一起住，至於工作，慢慢再找一份新的就好。因此她順著程采的話題，立刻接著說：「擁有大學文憑，卻在自助餐店跟一大群婆婆媽媽們一起工作，做些與妳所學完全無關的事，這根本是糟蹋學費呀。」

「我也這樣覺得，可問題是現在工作很難找啊，有些工作需要專業，專業我沒有；有些工作需要證照，證照我也沒有。」程采嘆氣說：「本來呢，我還以為自己會的東西很多，我會打排球、認識很多紅酒、很會拼圖，也唸了很多佛經，可是我在人力資源網站上，看不到有需要這些專長的工作。」

駱子貞忍不住啞然失笑，想想也對，這些好像都不是求職時派得上用場的專長。只聽程采又自怨自艾地說：「我每天照鏡子，一直在想，原來我是這麼沒出息的人呀！然後我就伸出手，跟鏡子裡面的那個人說：『沒出息小姐，妳好。』可是沒出息小姐很沒禮貌，我每天跟她問好，但她從來不回答我。」

「打排球，那是一種運動；玩拼圖，這可以算是休閒；至於喝紅酒跟念佛，勉強可以當成消遣或興趣，要找這種工作本來就不太可能。」駱子貞也認真地思索著，想幫忙程采換工作，但想了又想，她忍不住搖頭，問：「但是，妳真的知道自己的專長嗎？」

「我有嗎？」面對程采滿是疑惑的表情，駱子貞只能哭笑不得。

那是一段有點長的路程，離開夜市後，捱不到程采家，一邊走，駱子貞已經忍不住拿出串燒跟滷味來吃。邊走邊吃，也邊走邊聊。

程采說她這幾年自己一個人住，經常想念起以前的生活，很懷念有姜圓圓同住屋簷下，可以把房子打點得乾乾淨淨的日子，所以她認真回想，到底姜圓圓平常都怎麼做，然後自己再依樣畫葫蘆，現在蝸居的地方雖然不大，卻也十分整潔，而且她又效法楊韻之，在房間裡擺上不少盆栽，更顯得綠意盎然，簡單來說，她的家就是她生活中最美的地方。

「學姜圓圓打掃、學楊韻之做綠化，那妳學我什麼？」駱子貞忍不住問。

「沒有。」程采搖頭，「妳房間永遠都很無聊，有什麼好學的？」

駱子貞無奈苦笑，這麼說來，似乎也有幾分道理，她一向保持的習慣，就是拒絕任何多餘的點綴或裝飾，除了一疊又一疊的書報雜誌、一件又一件的衣服之外，幾乎什麼也沒有，要算跟休閒娛樂有關的東西，大概只剩唱片架上的收藏而已。

一講到住處，程采顯得很開心，她不斷聊著自己住處的布置，還說雖然工作不順心、對未來沒方向，但起碼有個能讓心靈安頓的地方，每天只要一回到家，在裊裊升起的檀香氣味中，拉過坐墊來打坐片刻，所有凡塵擾嚷總能一掃而空。

聽到這裡，駱子貞微微皺眉，如果程采在她現在住的地方如此開心，那還怎麼說服她搬家？一邊猶豫著要不要再換個角度切入，找機會開口相詢，長巷尾端忽然隱約聽到喧囂的警笛聲，那正是程采家所在的方向。

「怎麼搞的，該不會出了什麼意外吧？」程采有些納悶，忍不住加快腳步，駱子貞也急忙跟上，就在這同時，背後由遠而近地傳來救護車的鳴笛聲，加上刺眼的車燈照耀，嚇得她們趕緊讓到一旁。

「該不會有人跳樓或自殺吧？」駱子貞詫異地說。

「住宅區嘛，人多就難免會有點小狀況囉，不用擔心。」雖然難掩神色的惴惴不安，程采還是做了個雙掌合十的動作，說什麼心中有佛，百毒不侵，但一邊唸佛號的同時，卻一邊聞到手腕勾著的塑膠袋裡，飄來烤雞腿的香味。

「少扯淡了，快去看看怎麼回事吧。」不像她這麼自欺欺人，駱子貞顧不得嘴裡還咬著香汁四溢的滷味，扯著程采急忙往前跑，因為她已經望見遠處那幾層樓高的住宅似乎有點亮過了頭。

這是一片緊密相連的住宅區，大部分都是超過三十年的舊公寓，錯綜複雜的各種線路橫亙半空，違規懸掛的招牌也到處都是，一旦發生火災就很容易波及四鄰，再加上巷弄中恣意停放的機車，更造成消防隊救災的阻礙。

此時巷弄中已經停滿好幾輛消防車，正對著竄出濃煙與火苗的老公寓不斷灑水灌救，雖然已經沒有刺耳的鳴笛聲，但不斷旋繞的紅色警示燈依然讓人怵目驚心。幾個警察協助維持秩序，把所有圍觀群眾都隔開，喧嚷聲中，駱子貞跟程采被擠到角落。

「是我們隔壁那棟耶！」程采睜大了眼，隨即又滿臉慶幸地說：「隔壁的三樓起火，但我住在另一邊的四樓，跟我無關。」

「妳確定？」駱子貞的臉色充滿擔憂。

「應該沒事的，妳知道的，老公寓嘛，大家都擠在一起，看起來好像很危險，但我們兩棟之間還隔著一道牆呀，對不對？妳看妳看，我住的那一間，窗戶有掛一塊竹簾，那裡距離火場還有點遠，對吧？」雖然還勉強笑得出來，但程采已經兩腿發抖。

「那萬一牆塌了呢？」駱子貞完全不敢樂觀以對，她眉頭緊皺，抬頭看著上方的狀況。幾道水柱根本壓抑不住猛烈竄出的火舌，各種雜音當中，還夾雜著玻璃受熱後的爆裂聲。

「不會的，不會的，我房間有供奉佛祖，佛法無邊、佛光普照，佛心來著，不會燒到我家的，妳放心好了，我……」顫抖已經從雙腿擴散，現在程采連肩膀都抖了起來，連講話也開始語無倫次，而就在那當下，本來只侷限在隔壁三樓的火場範圍忽然擴大，駱子貞只覺得腳下似乎有些震動感，同時聽到一聲悶響，然後是更凶猛的火光閃燃，接著便聽到消防車上的廣播，要所有群眾立刻退開，說瓦斯管線可能受到波及，現場發生了小規模的氣爆。

駱子貞看得瞠目結舌，就在消防車的廣播結束的剎那，不只起火的三樓而已，鄰近樓層也迅速遭殃。程采的房間到底有多麼幽雅祥和，駱子貞這一生再也無緣見到了，因為她們站在火災現場的正下方，眼睜睜看著大火從這一棟蔓延到另一棟。程采掛在窗邊的小竹簾已經著了火，緊接著一道水柱噴過去，不偏不倚，朝著窗口直灌了進去。

「我本來有個提議，一整晚都找不到機會跟妳開口，但看來現在似乎是時候了。」駱子貞雖然對眼前的景象驚詫不已，但嘆了口長氣後，還是張嘴說話了。她對目瞪口呆、失魂落魄，差點就要昏厥過去的程采說：「往壞處想，一把火燒光了妳最美的生活；但往好處想，新的生活從現在開始展開。我剛搬家，是電梯大樓，有三個空房間，幫妳們一人留了一間，要不要來一起住呢？」

「妳是說……搬家？」程采顫抖著問。

「是呀，如果妳還有東西沒燒光，能搬得出來的話。」又嘆口氣，駱子貞往火場的方向看了一眼。

所有一切都是命中注定了的，我們沒說好，卻還要在一起。

春雪

那年，你的存在太耀眼，才讓一切景致顯得姍姍來遲。
轉身即逝，指縫只剩微風，
而我低俯，低俯，書寫/思考，
趁著記憶被蒸散前，掬起一抹沙，拼湊你的足跡。

像極了夢境深處某個夏天的南國，
醒時，只好翻箱倒櫃，尋覓，但故事終未可得。
一幕無聲舊電影依然，沉默地播放著從前，太鮮明。

後來，我在抵達遙遠他方後，卻發覺，
爲了遇見你的影子，起點還在腳邊。

「原來我們有這麼疏遠嗎？幾年不見，都回到台灣，還在我底下的公司做事了，卻連一通電話也不打給我？就算要避嫌，也不需要避成這樣吧？」

「你不覺得我們身分很懸殊嗎？也不覺得我們的來往，是超乎現實常理的事情嗎？」

「總統都可以有民間友人了，我不過是個做生意的，多認識一點朋友有什麼好奇怪？看不出來妳是個想法這麼老派的人。」顏真旭嗤之以鼻，他對駱子貞說：「觀念新一點，生意才做得大，錢才賺得多，事業也才做得久，好嗎？」

「這句話你留著等教育訓練時再跟員工們說吧。」駱子貞笑著，但隨即想到，自己不就是他的員工之一？

打從接受丁舜昇邀約，回台任職的那天起，直到今天，她一次也沒聯絡過顏真旭，不但電話沒撥，甚至連電子郵件都沒發，反正自己要應對的頂頭上司是姓丁的，現階段也輪不到她到總公司去跟大老闆彙報，自然可以樂得只當一根小螺絲釘，而且駱子貞平常小心注意，她有十足的把握，不讓丁舜昇察覺自己的屬下曾是大老闆的忘年之交。

「我有點疑惑，」一邊聊著，駱子貞忍不住問：「你怎麼知道我回來了？難道丁總告訴過你，他換了個姓駱的行銷主管嗎？」

「我要知道妳的消息，還需要靠老丁嗎？」顏真旭一笑，「自然有的是別人來向我通風報信，對吧？」

「不是丁總，還能有誰？」駱子貞疑惑，而顏真旭始終保持微笑，右手腕卻甩了幾下，手掌翻動間，做了一個怪動作，但駱子貞看出來了，那是彈吉他的意思。

她沒好氣地說：「原來鯉魚不但會跳出水面來講人話，而且還是個大嘴巴，這種大嘴鯉魚應該是突變種的怪物吧？」

「大嘴巴有時候也未必是壞事，起碼他讓我有機會坐在這裡跟妳吃飯。」顏真旭淡然一笑，「我們集團裡有很多公司，空缺不少，而妳的專長本來不是國際金融嗎，怎麼哪裡不去，卻跑到『蟬屋』來當行銷了？」

「也許是一種紀念吧。」駱子貞也笑了。

面對一個絕頂聰明的人，有些話不必說透，這是駱子貞很了解的道理，只有對李于晴之類的笨蛋，才需要把話交代得鉅細靡遺，但眼前的這位可是顏真旭，人家何等聰明，光是這麼簡單的一句，就心領神會，露出莞爾微笑了。

「對了，今天約妳碰面，是因為有一件事想告訴妳。」想到什麼，顏真旭說。

「正好，今天讓你約碰面，也是因為有事想徵求你。」駱子貞點頭，又說：「而我猜我們各自的事，或許都有一點程度上的關係。」

他是基於單純的故人之心，想約一個老朋友碰面，順便告知喜訊的，而當駱子貞在公司裡接到電話，聽對方自報名字時，除了錯愕之外，當下也想到了一件事——「蟬屋」是顏真旭一手挽救回來的，這裡藏著一位上市公司總裁對亡妻的思念，但這份思念能不能轉化成品牌故事，總裁卻沒點頭答應，眼看著他就要再婚，在這節骨眼上，這個題材還好不好拿出來操作，駱子貞沒有把握。

「聽起來像是不錯的點子，很好呀，為什麼要猶豫呢？」聽完她的想法，顏真旭表示贊同，「本來我就希望『蟬屋』可以帶給消費者一種溫馨的，像是家的感覺，在這裡用餐，心情應該輕鬆而無負擔，除了對食物的感受，更重要的是心靈的平靜。妳這點子不錯，但不要刻意朝悲傷的部分去著墨，需要被強調的，是那份家人一起用餐的溫馨感，畢竟大家來這裡是吃飯嘛，氣氛要輕鬆點。」

「但我們未來的老闆娘不會介意吧？」駱子貞打趣地問。

「知道嗎，我曾經不只一次地告訴我未婚妻，已經過世的前妻，是我這輩子最愛的人。即使我現在再怎麼愛她，都改變不了這個事實。」看著駱子貞面露疑惑，顏真旭解釋說：「因為有從前的人生，我們才有現在的自己，不是嗎？既然誰也不能否認或抹煞曾經有過的經歷，妳又何必勉強自己視而不見，甚至刻意迴避呢？常常記得過去，並不會讓妳顯得懦弱，反倒是提醒自己，可以更珍惜現在，別等到徹底失去了，才後悔莫及。」

聽著這些話，駱子貞不自覺地微微點頭。

「別像個小學生一樣，光會點頭而已啊。」顏真旭忍不住笑了出來。

「等一下，我覺得你這似乎話中有話，是嗎？」猛然驚覺，駱子貞抬頭。

「當然是。」毫不避諱，顏真旭正面答覆，「我果然是個優秀的老師，妳的確是個聰明的學生。」

話匣子大抵上就是這麼開啟的，駱子貞告訴這位好久不見的忘年之交，關於那段故事的前因後果，也特別說了，就算再一次把所有閨蜜好友們都找回來，大家又重新住到同一個屋簷下，也不表示每個人都能夠再回到那個輕狂而天真的幻夢中。人都是會長大的，這時的駱子貞已經不再是從前大學校園裡叱吒風雲的資優生，她現在是「蟬屋」連鎖餐廳的行銷小組長，而李于晴當然也不再是以前那個懷裡抱著吉他，迷倒芸芸眾生的白馬王子了，他只是個賣指甲油的業務員。他們的故事，套句五月天的歌詞，已經從一首美麗的歌曲，變成兩部悲傷的電影。

「這兩部電影不但都已經下檔了，而且沒有授權發行影片，跑去亞藝影音也租不到。當然了，也沒有再拍續集的可能性，因為女主角嫌片酬過低、男主角太蠢，拒絕再度擔綱演出。」駱子貞攤手說：「這樣解釋得夠清楚了嗎？」

顏真旭當場笑了出來，還忍不住豎起大拇指，不過他沒來得及開口說話，就見餐廳門外走進來一個男人，大約三十歲上下，穿著正式，梳著好看的髮型，一臉乾淨的模樣，活像是剛拍完男性洗面乳廣告似的，煥發著吸引人的光彩，眉宇間似乎還跟顏真旭有幾分神似。他略彎下腰，在顏真旭耳邊說了幾句話，像是報告什麼事情的進度，後者點點頭，卻問他有沒有帶名片。

「名片？」那男人有點錯愕，但還是從西裝上衣的內袋中，掏出一個映著金屬銀光的名片盒，取出其中一張。

「介紹你們認識，這位是我外甥。」顏真旭把名片直接遞給駱子貞，跟著要這年輕人一起入座，再轉頭對駱子貞說：「江承諒，做業務的。」

「妳好，我聽舅舅談過幾次，關於駱小姐的才華，果然聞名不如見面。」一個簡單的寒暄來得不偏不倚，就抓在顏真旭的介紹詞結束之際。江承諒客氣招呼，半點生疏也沒有，坦率而自然地微笑開口，渾身上下散發的，果然是業務人員不怕生的特質，他問：「聽說駱小姐之前擅長的領域在國際金融與財經分析方面，能具備這麼宏觀的財經視野，按理說，業務工作應該是妳最佳的選擇才對，怎麼會半路出家，走上行銷這條不歸路呢，會不會太大材小用了？靠著妳本來的專業，不是可以幫公司創造更高的產值嗎？把這麼優越的聰明才智投放到行銷工作上，實在是太浪費了吧？」

看著名片，她知道掛著副理職銜的江承諒任職於顏真旭旗下另一間企業的業務部門，生產的是標榜高價位的科技家電。不過該公司最近銷售成績大幅下滑，駱子貞還記得前幾天在產業新聞上曾經看到，那公司被幾家同業圍剿，搞得灰頭土臉。

她哦了一聲，放下手裡那張薄紙，同樣也帶著笑，說：「國際金融跟行銷之間最大的不同，我想應該在於目的與意義吧。」

「願聞其詳。」臉上帶著微笑，江承諒好整以暇的姿態活像是他舅舅的翻版。端起服務生送上來的水杯，卻揮手拒絕了菜單的叨擾，他專注地看著眼前這女孩。

「國際金融或財經分析的視野，就如江先生所說，是業務人員都應該具備的能力。有好的財經洞悉能力，才能預知經濟走勢，也才能為企業創造更高的企業產值，講白點，也就是賺更多錢。但行銷的目的，卻是在找出企業的精神價值，透過價值的確立，開發更多不同的經營內容，讓企業除了賺錢，也更具有精神面上的豐富，同時帶給消費者更高的滿足感。

「換個角度，講得更簡單點，業務賣的是純粹的商品，而行銷負責的，就是讓商品變得更值錢，也更好賣一點。雖然我們各自所從事的工作性質有些不同，但業務也是一條不歸路，江先生您應該不至於不明白吧？」

她特意強調了「不歸路」三個字，逗得顏真旭又笑了出來。

「妳確定消費者踏進『蟬屋』，除了吃頓飯之外，他們會想要體會更多，關於妳說的那些精神價值？開餐廳嘛，東西好不好吃才是唯一的關鍵吧？」刻意擺出輕蔑的態度，江承諒的挑戰意味濃厚。

駱子貞不為所動，只是淡淡一笑，「江先生還沒結婚吧？那麼你認為，一個女人在擇偶的評斷標準上，除了對方身體健康，具備良好的繁殖能力，以及優質的工作本領，可以賺錢養家之外，還有沒有其他理由？」

「因為愛？」江承諒問。

「你說呢？」駱子貞的背部輕輕靠回椅背上，她微笑著反問，「你以為消費者買了貴公司的電視之後，只因為畫質清晰，就會決定再買一台你們生產的吸塵器嗎？真這樣的話，那還要行銷部門幹嘛？別開玩笑了好嗎？」

幾句話讓江承諒陷入遲疑，他像是想到什麼似的，但腦袋還沒整理出理路來，旁邊卻傳來顏真旭的笑聲，他拍拍外甥的肩膀，笑著說：「本席判定，今晚駱小姐獲勝，罰你買單，謝謝。」

顧客買的是品牌價值，而女人嫁給了「愛」。

那天晚上的聚會結束前，江承諒把他那張名片要了回去，拿出筆來，在背面空白處畫了點東西，然後再一次，非常正式地交給駱子貞，並且說了一句「名不虛傳」。

本來駱子貞有些疑惑，但回到家後，洗過了澡，她躺在床上，對著名片背後那個手繪的小小的后冠圖案，心裡咀嚼片刻，隨即明白了意思。想來顏真旭曾經對這個外甥提過，駱小姐不只舌燦蓮花的本領過人，而且字字機鋒，得理不饒人，沒有三分能耐，最好不要貿然與她交手，而幾句來回後，他果然也自嘆弗如，所以才在名片上，畫了一個后冠以推崇之。

儘管如此，駱子貞並沒被這點小小的優勝給沖昏了頭，她還記得在江承諒到來前，顏真旭跟她說過的那些話。

所以自返台後算起，她史無前例地打了一通電話給今晚剛得到「大嘴鯉魚」綽號的傢伙，劈頭先罵了兩句髒話，然後再嗆了幾句，「你是要再敢把老娘的行蹤，或者我跟你以前的事情拿出去到處說嘴，我保證，以我駱子貞三個字發誓，不必等到明年中秋節烤肉，下次老娘新家的廚房裡，爐子上面烤著的，就是你這隻死鯉魚！」說完，她直接掛上電話。

「又出糗了，對吧？」孟翔羽哈哈一笑，搖晃著手上的啤酒，「早說過你這是在自找麻煩，什麼舊情人也可以是朋友，人家根本不希罕嘛！」

「我們有那麼多的共同朋友，總不可能逼著楊韻之、姜圓圓她們選邊站吧？大家遲早都會碰得到面呀，比起小心翼翼去注意著，讓彼此永遠碰不到面，倒不如坦然一點，至少還可以當朋友。再說，除去愛情的成分後，駱子貞還算得上是個講義氣的人，為什麼不當情人，就非得連朋友的關係都切斷呢？」李于晴說。

「話說得冠冕堂皇，但你確定自己能放得下愛情的成分？你敢保證永遠不會擦槍走火？又敢指天為誓，說死灰永遠沒有復燃的一天？老弟，北極的冷空氣現在已經可以刮到台灣了，你應該知道這世界上沒有什麼是不可能的。」孟翔羽意有所指地說：「我所謂的自找麻煩，可不只有你跟駱大小姐的問題而已喔，你知道吧？」

「別老把話題往我身上扯。你呢，你跟楊韻之的問題呢？子貞已經回來了，有些祕密是藏不住的，你不擔心她們起衝突嗎？」被搶白到灰頭土臉的李于晴喝乾了手上剩下的兩口啤酒，跟吧台裡的服務生再要了一瓶。昏暗的燈光下，小酒館裡喧鬧不已，這是他最近很愛來的地方，連帶著把孟翔羽也扯了過來。

「有什麼好擔心的？兩個女人都不是三歲小孩了，有什麼事情是解決不了的？這種事情輪不到我插嘴，也沒有干預的必要，別把我扯進去了。」

「連這都不管，你還算楊韻之哪門子的男朋友啊？」李于晴咋舌。

「我這情形可跟你不一樣，」孟翔羽搖搖手，充滿醉意地說：「你以為我們在談一場戀愛嗎？不，我們在寫一篇故事，用人生寫故事。」

「寫你娘的大頭鬼。」李于晴呸了一聲。

比起駱子貞返台後，自己再走進她們這群女孩們的世界裡，到底算不算是自找麻煩的問題，李于晴更在意的，其實是另一方面的事。這麼晚了還接到駱子貞的電話，已經夠讓他感到訝異，而在小酒吧裡窩到凌晨兩點多，還接到莊培誠的消息，則讓他有點心驚。

「下午太忙了，忘了要打電話通知你，銀行貸款已經下來了，相關資料都在我這裡，明天有空的話，過來一趟吧。」電話中，莊培誠心情似乎頗好，讓李于晴稍稍放下心來，只聽得莊培誠笑著問：「怎麼樣，李老闆，今天晚上你可以開心一下，不用再愁眉苦臉了吧？」

「怎麼開心呀，資金問題是解決了，但設備的部分還沒有進展呀。」李于晴忍不住又凝著眉。酒館裡有點喧嚷，他跟孟翔羽打了手勢，先走到店外頭來。

「放心，這個交給我搞定。過兩天，我帶你去看一批機器，雖然是二手的，但起碼有八成新，生產出來的品質很穩定，價格也還有商量空間。你不要這麼憂心忡忡，要說保養品代工，我可是專業的，相信我，包在我身上就對了。」說著，莊培誠又安撫了他幾句，這才把電話掛了。

其實他最怕的，就是莊培誠這種什麼都「包在我身上」的態度。一份事業的開創，從來不是靠著一個人單打獨鬥就能勝任的，這是再簡單不過的道理。而且莊培誠這人，從大學時相熟至今，跳掉的空頭支票也不少，要把所有事情都交給這個人，李于晴實在有些忐忑。

「你聲音聽起來怎麼有點悶？」才剛打算走回店裡，沒想到手機又響。這一晚是怎樣，全世界的人都忽然關心起我，都想到我的存在了嗎？他納悶地接聽，是個女人的聲音，口氣和緩而溫暖。

「莊培誠說貸款的事情搞定了。」

「那你不是應該開心才對嗎？」

「是開心沒錯，但接下來還有設備的問題，最好親自去看看，但妳也知道，我最近不太撥得出時間。」李于晴索性坐在街邊的台階上，望著昏黃的街燈，把夜空染上顏色。

「親愛的，或許你應該再考慮考慮我的意見？」

沉默了半晌，李于晴說他會再想想，而電話中那女子則提醒，叫他別太晚回家。

把手機收起來後，他長長嘆了一口氣，自己真的只是因為投資保養品代工廠的事情在煩惱嗎？又或者，還因為孟翔羽剛剛說的那些話？也許此時此刻的鬱悶，正是「自找麻煩」的初期症狀使然，搞不好那個過氣作家是對的，那四個女人的小圈圈本來就不是他應該涉足的範圍，尤其現在駱子貞回台灣了，她們可能又要住一起，那麼自己就應該閃開一點，保持足夠的距離，最好別再有任何牽扯、瓜葛，以免日後更多麻煩找上身來。

想到這裡，他又再嘆一口氣，起身想推開小酒館的沉重木門，然而今晚的最後一通電話在此刻響起。

「你睡了沒？」距離她上一次打來，相隔還不過半個小時，但前後的口氣卻是天壤之別。上一通電話，駱子貞氣急敗壞，嚴重恐嚇，李于晴一度以為自己按到電話的擴音鍵，差點被她臭罵的音量給震傷耳膜，但這一通，她卻又像是變了個人似的，口氣沉緩，還帶了點感傷，問他明天下午是否有空。

「兩點到四點之間可以。」李于晴想了一下說。

「我剛打電話給韻之，本來想約她碰面的，結果她居然說明天要上班。你下午既然有點時間，那就陪我去找她一下，好嗎？」駱子貞說她問過姜圓圓跟程采，想知道楊韻之工作的地方，但那兩個女人老是語焉不詳，最後還說不妨找李于晴，也許會比較清楚。

「怎麼忽然要找她？」李于晴微皺眉頭，心中暗叫一聲不妙，剛剛才跟孟翔羽說過的話，想不到這麼快就一語成讖了。

「你在外面嗎？不覺得今天的天氣很不錯嗎？有涼快的風，很安靜，聽得到樹葉掉落的聲音。」語氣淡然，像在感慨似的，駱子貞嘆口氣，說：「像以前。」

李于晴忍不住納悶，他直覺認為駱子貞一定是打錯電話了，這麼感性的一面，按理說她不會表現給自己看到才對，而且半個小時前他才挨她一頓臭罵，這可是貨真價實的事情。

「算了，跟你說那麼多，也只是對牛彈琴而已。」果然，下一秒，駱子貞就變回原來的樣子，她用冷靜而理智的口吻說：「明天下午兩點，忠孝復興捷運站，你敢晃點我就試試看。」說完，又直接掛了電話。

愛情總是咎由自取，卻讓人甘之如飴。

從捷運站出來，東區繁華熱鬧跟以前殊無二致，有些店家似乎是新出現的，但那些店面以前到底賣些什麼東西，其實自己也想不起來了。駱子貞站在捷運出口外面，忽然感到有些茫然。

「真意外，沒想到妳居然會約我逛街。」稍微遲到了幾分鐘，李于晴腳步匆匆，但他不是從捷運站走出，而是從百貨公司裡跑來。

「那是因為程采跟姜圓圓不約而同都指名你，不然你以為我願意？」駱子貞已經直接翻了白眼，「而且你要搞清楚，我今天可不是來逛街的。」

「那有什麼關係？來了就順便走走嘛，要說到東區，確實沒人比我更熟了。」李于晴不以為意，他哈哈一笑，拍胸擔保，「我敢說這兒沒有一條我不熟的巷子，什麼巷弄裡頭有些什麼攤位，我記得比我老娘的生辰八字還清楚。說吧，除了找人之外，妳有沒有想逛什麼或買什麼，需要小弟效勞？如果想要體驗最新的光療指甲，那巷子裡可沒有，我帶妳去我們櫃上，請櫃姐現場幫妳做，要不要？」

「免了。」駱子貞搖頭，「光療指甲之類的東西，你拿去騙那些有錢沒處花的凱子娘吧，我今天是來找人的。」

「真的要找楊韻之？沒有其他逛街的目的？」換李于晴呆了一下。

「廢話！你知道韻之也在東區工作，對吧？帶我去找她。」駱子貞斬釘截鐵地說。

找個人，尤其是大夥都熟識的故人，理當不是一件困難的事，朋友之間隨便問問，總能問到一點線索才對。起初駱子貞也是這麼以為的，哪曉得她才一開口，姜圓圓就藉故肚子痛，逃進了廁所裡，程采則推託說手機在響，要回房間去接電話，氣得駱子貞在客廳裡大罵，最後她們面面相覷，誰也開不了口。隔了半晌，姜圓圓靈機一動，說如果要找楊韻之，不如去問李于晴。

「為什麼連這個都要問大鯉魚？」駱子貞不解。

「大鯉魚在賣指甲油嘛，東區那麼多家百貨公司，那裡他最熟，而且韻之也在東區呀，妳問他，他一定知道答案的。」姜圓圓心虛地說。

一團疑惑老是困在心裡，讓駱子貞感到非常不耐煩，她不能理解，為什麼之前碰面，楊韻之對自己的工作老是語焉不詳，問起姜圓圓跟程采，她們也要這麼支吾其詞，甚至連現在面對李于晴，這條平常很大嘴巴的笨鯉魚居然也精明起來，說什麼他只是假的東區達人，總有些東西是找不到的。

「今天你不帶我找到楊韻之，明天警察就會找不到跟著也失蹤的你，信不信？」駱子貞惡狠狠地說。

「幹嘛非得找她不可呢？」李于晴苦著臉，「妳已經把姜圓圓跟程采都撿回來了，又何必非得要把楊韻之也拖過去，硬要人家跟妳同住一個屋簷下？」

「我沒有非得要逼她來一起住，我只是一直搞不懂，到底她在裝什麼神祕。」駱子貞眼帶懷疑地問：「該不會她現在做的，是些見不得光的非法勾當吧？」

「她像那種人嗎？」李于晴哭笑不得。

「與其說相信她的人格，我更懷疑她的能力。」駱子貞搖頭，「但就是因為這樣，我才更好奇，如果不是做什麼壞事，為什麼不敢讓我知道。」

「幹嘛非得要知道別人的祕密呢？每個人或多或少都有一些不想告訴別人的事情嘛。」

「好呀，原來你也知道這個道理嘛！那你為什麼跟顏真旭說那麼多？」瞪了他一眼，駱子貞咬牙切齒地說：「找到楊韻之以後，這筆帳我們之後再慢慢算。」

從捷運站出口走來，星期六的下午，東區的巷弄間到處都有攤販，也到處都是逛街人潮，駱子貞一邊走著，一邊問起李于晴的工作。

「其實只是巧合，本來我在求職的時候就沒有特別設限，反正都是賣東西，產品是什麼反而不那麼重要，我的工作只是把東西賣出去就好了。」李于晴說他週末本來該是清閒的，但最近公司剛推出一系列的新品，在許多百貨公司的櫃點上開始銷售，他放心不下，才趁著假日人潮多的時候，特地到處走走看看，想知道新品的銷售情形。

「你真的懂指甲油嗎？」

「不懂，但這個祕密，世界上除了我自己之外，就只剩下妳知道而已了。」李于晴笑著說。

「一個業務連自己在賣什麼都不曉得，你怎麼去跟客戶談？」駱子貞微皺眉頭，「再說，你大學念的跟這一點關係都沒有，就算找的不是本科系的工作，至少也應該稍微有點相關，而不是這麼囫圇吞棗，哪裡有錢就往哪裡鑽吧？」

「妳知道這裡是哪裡嗎？妳知道路邊一碗滷肉飯要賣多少錢嗎？妳知道活在台北，一個月最低的生活開銷大約是多少錢嗎？小姐，我爺爺已經過世了，現在我不是大學校長的孫子，沒有大樹可以遮蔭避雨了，我只是一個靠業績混飯吃的小業務員耶。」李于晴沒有生氣，他只是坦率地說：「每個人在選擇自己的方向時，多多少少，都是帶著一點苦衷的。」

沒理會這些解釋，駱子貞只顧著往前走，但其實她連目的地在哪兒都不曉得。李于晴陪在旁邊，指著前面狹窄的巷道，「再往前一點就是了。」

「是什麼？」

「是妳要找的答案呀。」李于晴嘆了一口氣。

那條巷子並不寬，尤其是兩旁都被攤販占據後，行人所能通過的空間更顯狹隘。沿街的攤子上賣的大多是衣服、首飾，還有些零碎的小東西，都是駱子貞看不上眼的。她不喜歡這種街邊販賣的衣服，儘管並不迷信名牌，但平常除非百無聊賴，否則不太會對這些攤販多看幾眼，她還是信賴店面購物，起碼商品有瑕疵時容易處理些。

「我沒看到什麼公司行號啊，而且今天是星期六耶，韻之的公司為什麼要加班？」駱子貞又問。

「我有說是公司嗎？」李于晴看了她一眼，又把視線拉回正前方，他往前稍走了幾步，眼看已經到了巷底，正要伸手招呼，扯開喉嚨叫人，然而駱子貞卻趕緊把他拉住，還往後退開幾步。

「不是要找她嗎？」李于晴問。

駱子貞沒有回答，她只是睜大雙眼，滿臉不可置信。那個當年在校園裡堪稱風華絕代，多的是有錢小開想追求，而且才氣縱橫，能寫得一手好文字，既有優雅涵養，又飽含成熟媚姿的楊韻之正忙著把一組單槓衣架推到定位，上面掛滿了各式各樣的小洋裝，旁邊還有一只小立牌，上頭寫著「保證韓貨，全面特價」八個字。接著又將一大塊碎花布鋪平，罩住了原本表面斑駁的桌子，然後從腳邊的好幾個大塑膠袋裡，陸續搬出已經摺好的衣服，慢慢擺上。

「她在這裡擺地攤多久了？她的小說呢？為什麼不寫書了？孟翔羽呢？孟翔羽不知道嗎？怎麼沒幫她繼續做推薦？」駱子貞眼裡滿是荒謬，只覺得天旋地轉，幾乎站立不住。她喃喃自語，又轉頭看李于晴，希望他能告訴自己，這一定是幻覺，一定是哪裡搞錯了。

「我說了，每個人在面對自己的方向時，多多少少，都是帶著一點苦衷的。」李于晴嘆了一口氣。

沒有人不帶著苦衷在呼吸，所以世界才少了些許甜味。

12

「幹嘛都不講話?不是說要一起吃消夜?我大包小包的東西都提來了，結果妳們一個個臉臭得跟什麼似的。」楊韻之剛踏進屋子裡時，還對這公寓的格局與配色讚嘆不已，直說這跟以前四人合住的地方好像，然而姜圓圓跟程采卻戰戰兢兢地不敢搭腔，而落坐之後，又看到駱子貞滿臉鐵青地坐在餐桌前的椅子上，她更覺得不解，有點錯愕。

「怎麼樣，上班很累吧?」隔了半晌，看看餐桌上已經打開的塑膠袋裡，裝滿了各種小吃，還兀自冒著熱氣。駱子貞沒動筷子，雙手交叉在胸前，冷冷地問:「服飾業可真辛苦，星期六晚上還得加班，不簡單呀。」

這話一說，楊韻之臉色頓時一沉，她先轉頭看看姜圓圓跟程采，兩個女人立刻忙著搖頭，撇清關係，於是她又回頭，看看坐在沙發那邊，早就躲得老遠的李于晴，那條大嘴鯉魚也在裝忙，低頭認真看報紙，完全不敢吭聲。

「不用看別人，妳自己心裡有數。」駱子貞出聲。

「怎麼，原來是我會錯意了，今天不是要吃消夜，而是打算來個三堂會審，是嗎?」瞧瞧圍坐餐桌的另外三個女人，楊韻之吐出一口氣，靠在椅背上，雙手一攤，

「搞半天原來是鴻門宴呢。」

「我只是想知道，為什麼？」深呼吸了幾口氣，駱子貞抬頭問。

「不為什麼，這世界上也沒有那麼多的為什麼。」楊韻之搖頭，說：「妳學財經的，現在在大公司上班，頭上還頂著一個國外大學的碩士頭銜，渾身上下散發的都是別人難以企及的光芒，回台灣想找工作，也不用遞履歷，多的是公司老闆捧著錢想找妳。但我跟妳不一樣，我只是中文系畢業，不寫作、不教書，就沒有任何舞台可言，不擺地攤，妳叫我出去要飯嗎？」她的口氣冷漠，但也理直氣壯，說著，又淡淡地問：「妳應該從來都不知道那種口袋裡只剩不到兩百元，想吃個飯還得猶豫半天，不曉得自己的未來能幹什麼，究竟是什麼樣的感覺吧？」

本來有滿腔的不悅，但沒想到連一句責備的話都還沒說，就被堵得啞口無言，駱子貞眉頭愈來愈皺，她只是不懂，為什麼楊韻之放著好端端的新銳作家不當？這幾年雖不在台灣，但她經常關注台灣的文壇訊息，想知道好朋友是否又有新作發表，可是她都回來了，這方面的消息卻始終付之闕如。回來之後，她只曉得楊韻之在從事服飾業，哪曉得是在東區路邊擺攤賣衣服。

「妳為什麼不寫了？」想了很久，駱子貞只能問出這句話。一張小餐桌上，楊韻之好像自成一國，她身前有一道雖然看不見，但誰也透不過的牆，將自己與這世界完全隔絕。

「這世上不是每個人都那麼幸運，又或者，不是走一次好運，就能好運到底的。」沒有多做解釋，楊韻之已經下了結論。說完，她站起身，也不管桌上那些食物了，一副就要走人的樣子。

「坐下！」被這舉動激怒，駱子貞沉聲下令。

「妳真的以為自己可以這樣肆無忌憚地掌握別人的生活嗎？或者說，出國那麼久，經歷這麼多的歷練，妳還沒有真的長大嗎？我是我、姜圓圓是姜圓圓、程采是程采，妳究竟想管我們到什麼時候？我還以為妳是發自真心地想保護她們，但看來或許不是這樣。是不是妳平常在辦公室裡管那些下屬還覺得不過癮，非得把老朋友也拉回來，繼續當妳的小配角，好讓妳可以一直綻放光芒，用我們的無能與無知，來烘托妳的聰明才智？」楊韻之說話並不快，但每一句都重重敲打著現場每個人的心，她說：「我們不歸妳管轄，從來都不是，妳要搞清楚這一點。」

「我只是不想看到妳糟蹋了自己。」再次強忍著怒氣，駱子貞壓抑地說。

「糟蹋？」忽然一個輕蔑的笑，楊韻之搖頭說：「我沒偷也沒搶，何來糟蹋？我靠自己本領賺錢耶，不但服務態度好，售後服務更好，整條巷子就我攤子的客人最多，連巡邏的警察都對我客氣三分，我這哪裡算糟蹋？」

「可是妳連我都瞞著。」

「那是因為妳駱大小姐身分尊貴，可能不方便有我們這種市井小民般骯髒庸俗的朋友。我可不敢勉強妳紆尊降貴來接納我。」楊韻之這句話回得很快，那瞬間，彷彿點燃了引線，不但駱子貞雙眉一軒，一掌狠狠拍在桌面上，發出好大震響，連姜圓圓跟程采也被這話給嚇了一跳。她們萬沒想到，向來口舌便給，絲毫不亞於那些電視名嘴的楊韻之居然有膽子這麼嗆駱子貞。楊韻之話一出口，程采跟姜圓圓立刻起身，分別擋在她的左右，就怕餐桌那一邊的駱子貞衝過來動手。

「這裡夜景不錯，我帶妳去看一下。」姜圓圓扯著楊韻之就要離座。

「對對對，偶爾還有飛碟……不是，是飛機……」已經嚇得語無倫次的程采跟著幫腔。她們拉著楊韻之就往客廳過去，一邊走開，姜圓圓還不斷朝沙發上的李于晴使眼色，要他過去安撫另一座已經開始噴發的活火山。

那一掌拍得很重，不但駱子貞自己的手掌又痛又麻，桌面上原本擺滿的食物也被震得亂七八糟，好幾杯豆漿都倒了，湯水溢流得到處都是。李于晴只看了桌面上的狼藉一眼，卻滿是心疼地輕撫了幾下駱子貞的手掌。

「為什麼？」餘怒未消，駱子貞咬著牙問。

「怎麼了？」

「為什麼你們明明都知道，卻沒一個人肯告訴我？如果不是我非得要找她，是不是你們打算瞞我一輩子？」這話很顯然是遷怒。李于晴忽然心頭一突，忍不住看向落地窗外。厚重的玻璃門隔開聲音，但還是清晰可見，姜圓圓跟程采一人一邊，正護著楊韻之，而從抽動的背影來看，儘管口舌上打得駱子貞體無完膚，但楊韻之的情緒也已經崩潰。她大概沒想到自己會搖身一變，從清新脫俗的才女落入市井凡俗，還被一向光芒四射的駱子貞在東區街頭撞見吧？

「因為我們可以明白，楊韻之有多麼不想被妳知道這些事。在路邊擺攤賣衣服當然不是什麼低三下四的丟臉工作，她也不是想堅守這個祕密，只是想維持自己在妳心裡的印象與形象而已。」李于晴嘆了口氣，說：「設身處地去想，換作是妳，妳也會希望保密，不是嗎？」

一個反問，讓駱子貞沉默了下來，本來是要遷怒，但這下脾氣完全發作不了，她只覺得肩頭一軟，滿臉頹喪。

「但我覺得妳今天很棒，有記得我說的話。」李于晴忽然一笑。

「邀什麼功呀你！關你屁事！」駱子貞沒好氣地瞪他一眼。

沒有抬槓，李于晴只是面帶笑容地看著她。駱子貞想起下午在東區，撞見那一幕的當下，她本來還不敢置信，但觀察了片刻，確信那個跟客人殺價殺得難分難解的老闆娘真的是楊韻之沒錯時，她跨出腳步，立刻就想上前去跟對方說話，然而李于晴卻沒跟上，反而還攀住她肩頭，說了一句話：「不管是現在，或者任何時候，當妳要找楊韻之談談時，都要記得體諒，好嗎？」

所以她忍下來了，不管楊韻之講出來的話是不是尖酸刻薄了點，又或者得理不饒人了些，她都忍下來了。幾年前兩個人就曾鬧過心結，四個人的組合還差點因此崩散，前車之鑑猶在，李于晴下午也特別叮嚀……這些她都記得。

「總歸一句話，現在鬧成這樣，又是我的錯，是嗎？」看著落地窗外那三個女人，駱子貞哼了一聲，說：「先哭的人就贏了是不是？是的話，早知道老娘一開始就掉眼淚，現在看那兩個吃裡扒外的傢伙要安慰誰！」

「其實誰都沒有錯，妳們只是很在意彼此而已。」李于晴見火山平息，拉開椅子，把顛翻在地上的豆漿杯子撿起來，又抽了幾張面紙，將四處流淌的汁水稍微擦拭一下，與此同時，楊韻之本來放在桌上的手機響了起來。

「去叫她接電話。」駱子貞下令。

「我才不要。」李于晴聳肩，滿臉賴皮地說：「那扇落地窗可是難得的停戰線，而且姊妹是妳的，她的電話，自然是妳去叫她來接，關我什麼事？」

嘖了一聲，駱子貞不耐煩地把手機拿過來，頓時眉頭一皺，果然還是不脫小說家的創意色彩，來電者的號碼，登錄在楊韻之的手機電話簿裡，名字居然叫作「死要錢的」。納悶著，駱子貞直接拿起電話，按下接通，對方是個操著台灣國語的男子，第一句話就是三字經，跟著他說如果一週內沒收到錢，下次就不只是擺隻死雞在門口而已。

「多少錢？」本來已經平息的火氣瞬間又迸發，駱子貞目光銳利。而電話中那人有些錯愕，沒想到會是楊韻之以外的別人來接聽，但他顯然也不是好惹的，開口就說了一個價碼。

「小錢而已，給我個帳號，我匯過去。」壓低音量，駱子貞惡狠狠地警告，「收到錢以後，你給我滾遠一點，下次再敢打這個電話號碼，我保證會讓你嚐嚐死躺在自家門口的滋味。」

懂得體諒的人，才能學會珍惜，也學會愛。

13

那後來的幾天，日子一點也不平靜，駱子貞只覺得生活在一瞬之間起了好大變化。一開始她只是隱忍不住想尋覓故人的衝動，才在那條詭異的巷子外頭，撞上了連騎腳踏車都冒冒失失的姜圓圓，但自那一撞之後，世界就此改觀。

端著馬克杯，嗅著牛奶與咖啡混和出的濃郁香氣，她站在落地窗前，彷彿遺世獨立的存在，而身後亂糟糟的一切就像屏幕上的默劇，一切與她無關似的。在客廳那邊，楊韻之一大清早便拿起手機嚷個不停，聽了半天，駱子貞大致明白了情形。原本那個東區擺攤的位置，楊韻之每個月固定要支付一筆租金，也講定了一年不漲價，然而今天不知怎地，一起床就看到房東傳來的訊息，說要調高租金，她為此大感不滿，立刻撥電話開始罵人。至於另一邊，已經睡過頭的程采匆匆忙忙要趕到自助餐店去上班，結果赤腳踩進了剛擦過地板的廚房，留下一長串腳印，讓愛乾淨的姜圓圓氣急敗壞。

動作優雅，絲毫不受影響，駱子貞步履輕盈地來到餐桌前，拉開椅子，坐在主位上，她也不必多說，只是清了一下喉嚨，三個忙亂的女人便不約而同地停下動作，一起轉過了頭。

「告訴妳那個房東，租金愛漲就漲吧，妳這個月租完就會換點。」說著，她翻開本來就擱在餐桌上的筆記本，撕下其中一頁，交給楊韻之，那上頭註記著人名、電話跟地址。駱子貞說：「別問我資料來源，總之就是一個合作客戶，他們一直在找能掌管代理批發的一線主管，專跑韓國線的。」便條紙遞到楊韻之手上時，她特別補了一句，「要有品味。」

說著，她又叫住正在拖地板的姜圓圓，叮嚀她今天別亂跑，傍晚會有人送貨來，記得簽收之外，東西安裝好了也要檢驗一下。

「送什麼貨？」姜圓圓滿是納悶。

「一言難盡，反正妳下班之後別亂跑，記得在家就對了。」說完，駱子貞再把程采拉住，吩咐她這兩天盡快找個時間，好好寫一份自傳跟履歷，檢視自己的專長，別在裡頭盡寫些佛學、排球，還有拼圖跟紅酒之類的。

「『沒出息小姐』的那件事可以寫嗎？」

「想一輩子找不到工作的話，妳就寫寫看囉。」駱子貞已經喝完咖啡，她沒有其他三個女人的披頭散髮，也沒有匆忙紛亂，悠哉地踅進自己房間裡，換上套裝。十五分鐘後，當她走出臥房時，那三個傢伙都還呆在原地。

「幹嘛，沒有接到指令就不會做事了嗎？」連駱子貞自己也一愣，她喊了一聲，

「該做什麼就做什麼去呀！妳們的花樣青春只剩最後一條尾巴，還愣著幹什麼！」

做這些安排，當然都是有理由的，解決了楊韻之的負債問題後，她更積極地想把好友的「服飾業」拉到更高的水平，雖然只是居中牽線，幫點小忙，能不能拿下這份工作還是得要楊韻之自己努力，但這已經是駱子貞能做的最大程度了。

「那程采呢？妳想幹什麼，想逼她換什麼工作？」大啖排骨便當的李于晴一邊拚命將食物往嘴裡塞，一邊問駱子貞。

「當然是像樣一點的。」駱子貞理所當然地說：「不管做什麼，總之一定有更適合她的選擇吧？」

「如果原本的職業，程采能做得開心，妳又何必非要她換工作不可？」李于晴搖頭，「別忘了，她已經長大了，好嗎？妳不是在養寵物，今天決定給這隻小狗吃寶路，明天想想覺得不好，又要牠改吃西莎。偶爾妳也得問問人家，到底喜歡的是什麼口味，尊重一下對方吧。」

「我沒有不尊重呀！」駱子貞開始不耐煩了。

「那萬一她對妳的提議都不感興趣，還是想回去自助餐店打工，妳會接受嗎？」

「如果她堅持的話，我又能怎麼樣呢？」駱子貞無奈地說。

中午休息時間，李于晴本來只是到附近巡櫃，但心裡一直掛念著，不曉得那一屋子女人前幾天的爭端最後究竟如何收場，所以才撥了通電話，結果駱子貞叫他暫候片刻，收拾了桌面的凌亂，乾脆下來一起吃午飯，順便跟他要了份指甲油公司的新品廣告傳單。

「幫幫忙，看你們公司有沒有誰有興趣，滿五千就算妳團購價。試想一下，下午茶時段，公司裡幾個女孩子聚在一起，一起體驗本公司的秋冬新色指甲油，也分享使用這款光療燈的心得，彼此討論，那是一副多麼和諧與優雅的畫面！我個人強烈建議，最好再搭配兩瓶本公司的專用去光水，這可是特殊紀念瓶裝喔，一打開來就有滿滿的花香味，多棒啊！」滔滔不絕地說著，李于晴忍不住多拿了幾張廣告單，要駱子貞帶回去。

「我只是剛好有幾個同事早上聊到這些東西。你真以為我們有多少閒工夫，可以在辦公室裡做指甲？」駱子貞苦笑著搖頭，問他是不是業績很爛，居然把腦筋動到自己身上來。

「最近確實有點差。」也不諱言，李于晴直接承認。

「看得出來。」攤開傳單，才看了幾眼，駱子貞啞然失笑。傳單上面的文案，很明顯在宣揚產品所企圖標榜的優雅風格，但圖像上的模特兒卻一個比一個怪，不但造型前衛，而且妝容充滿科技感，一副來自火星的樣子。

「形象跟訴求之間彼此扞格，這個我們就先不說了，你們這文案是誰寫的？安全性？還有國家認證？這認證圖放那麼大，目的是什麼？」駱子貞指著問。

「當然是為了讓大家知道，本公司的指甲油非常安全，這妳還看不出來嗎？」李于晴皺起眉頭說：「文案是我想的，妳有意見嗎？」

「意見可多了，哼哼，你真該慶幸自己不在我的行銷團隊裡，否則今天中午大概不會有機會吃午餐了。」駱子貞冷笑一聲，「指甲油的安全性，那是天經地義的事，根本沒有刻意標榜的必要，況且你們一瓶單價就要幾百元，這麼貴的東西，安全性本來就無庸置疑。」

「是嗎？」李于晴滿臉不信。

「你看過賣車的車商，在小型車的廣告裡刻意標榜省油嗎？」

「好像沒有？」李于晴搔頭。

「那就對了，因為小車省油，這是天經地義的事。小車需要強調的特色，應該是大空間才對。」駱子貞說：「就像今天你刊登一則徵婚啟事，也不會傻乎乎地在上面寫著保證不劈腿一樣，因為愛情裡本來就應該存在忠誠度，完全不需要刻意提倡。」

「但還是很多人外遇了，這妳要怎麼說？」

「叫那些三心二意的渾球們都去死吧。」一派輕鬆，駱子貞直接聳肩。

本來李于晴被這句話給逗笑了，可是他才笑不了兩聲，心頭忽然閃過一道陰影，腦海裡想起孟翔羽說過的話。自己今天怎麼又跟駱子貞見面了？為什麼本來聊著工作，聊著她們那幾個女人之間的瑣事，但話題扯呀扯的，又扯到了感情上來？而又為什麼，一講到感情的事，自己居然心虛了起來？他愣了一下，正感到慌亂，偏偏擱在桌上的手機響起，來電顯示的大頭貼是一個女孩的側臉照，女孩瘦削的臉頰上有勾得彎彎的細眉，有端莊而氣質的眸子，名字只有一個字：「寧」。

瞥眼看了一下，駱子貞有些錯愕，但她沒機會知道那個打電話給李于晴的女子是誰，因為大鯉魚一拿起手機，就急著起身去外面去交談。而就在這當口，簡餐店外頭進來一個男人，依舊西裝革履，非常俊俏爽朗，見到駱子貞，立刻笑著說：「果然妳同事沒騙人，在這裡真的能夠找到妳。」說著，也不管駱子貞的回應，直接拉開椅子坐下，開頭就是一句，「說好的電視跟吸塵器，今天下午應該就會送到，喜歡的話，下回我把整套家庭劇院音響設備都送到妳家，好嗎？」

一時間，駱子貞跟李于晴都啞口無言，「怎麼，有問題嗎？」笑靨開朗，江承諒繼續說：「一個女人之所以願意嫁給一個男人，除了外在條件外，最重要的還是為了愛，我這樣做應該沒錯吧？」說著，他沒頭沒腦地迸出一句，「從這一刻開始，好好考慮一下吧——嫁給我，好嗎？」

那瞬間，駱子貞張大了嘴，半晌說不出話來，而更錯愕的是站在一旁，襯衫有點皺、頭髮有點亂，長相也完全不是人家對手的李于晴，他連電話都忘了要接聽，只能傻在原地。

來得快慢，只是愛情裡一個無關緊要的小問題。重點是，愛是誰給的。

「所以今天下午送來的電視跟吸塵器，算是那個江什麼的，算是他的嫁妝嗎？」姜圓圓目瞪口呆。

「我已經開始期待家庭劇院了。」程采非常認真地說。

「嫁妝個鬼！我只是想說客廳需要一台新電視，順便買台吸塵器，讓姜圓圓方便打掃而已呀！」駱子貞做了一個莫可奈何的表情，轉頭看看楊韻之。後者今天剛聯繫了廠商，已經非常有效率地開始了批發代理事業。她放下手中那本寫滿韓文的商品型錄，嘆口氣說：「我不曉得妳這是怎麼回事，不過也感到詫異，怎麼以妳駱大小姐這麼睿智而理性的人，卻老是吸引那些沒頭沒腦、不按牌理出牌的怪胎呢？」

「更怪的是這些。」說著，駱子貞從她的包包裡掏出一疊蓋了店章的券子，上頭有各式各樣的美容療程，全都是江承諒已經買單的。

「美白針療程耶！這個我想要！」程采立刻歡呼。

「我想要抽脂跟肉毒桿菌！」姜圓圓也吶喊。

「玻尿酸跟複合式雷射也就罷了，妳還需要割雙眼皮嗎？」楊韻之皺著眉頭，又拿另一張券，問：「自體脂肪移植豐胸？妳……」

「閉嘴，不要問。」駱子貞瞪了她一眼。

那天晚上，駱子貞的房間裡有音樂聲迴盪，淡淡地，音量沒有很大，她怕這房子隔音不佳，姜圓圓或程采聽到也就算了，但心思細密的楊韻之可能會聽出一點端倪。

吉他聲音丁零著，幾首歌反覆播放。駱子貞很想知道，那個名字只有一個字的女孩是誰，她長得很好看，不俗豔，但年紀應該也不小了，只怕還比李于晴稍長一點。那是誰呢？為什麼她打來的電話，李于晴不方便在自己面前接聽，要走到外頭去？若不是那時江承諒冒冒失失地出現，或許自己會等電話講完，好好追問一番，可是駱子貞又想，自己憑什麼追問？

至於另一個傢伙，那可就讓駱子貞更納悶了，在「蟬屋」認識之後，她打過一次電話給江承諒，確確實實地講明，自己真的是要用「買」的。之所以不去門市採購，卻直接找上他，純粹只是認為，既然大家都在同一個事業集團裡，這位江先生又負責的是業務，那麼洽詢一下搞不好還能多點優惠折扣，而江承諒在電話中也慨然應允，還說保證到府服務。本來一切都只應該存在於生意或幾分薄面上的往來而已，這男人怎麼派人送了貨，卻分毫不收，還忽然求起婚來了？

這些男人真如楊韻之所說，都是些沒頭沒腦，也不按牌理出牌的怪胎。她想了一整晚，怎麼也沒能得到答案，倒是翌日一早，在餐桌上，向來嘴巴不怎麼牢靠的姜圓圓一個脫口而出的消息，讓駱子貞大感意外。

幾片略為焦黃的吐司正洋溢迷人香氣，駱子貞還沒張嘴咬下一口，她只是好奇地問問程采，知不知道李于晴最近這幾年是不是一直保持單身？而程采癡歸癡，腦袋卻轉得快，她搖頭說自己並不清楚，楊韻之也含糊地說了一句，「正常人總會有孤單寂寞的時候不是？那樣的時候，他身邊有沒有人陪，我可就不清楚了。」

「妳哪可能不清楚？之前你們不是四個人一起去看過電影？妳跟孟翔羽，大鯉魚帶了那個謝小姐呀，他們那時候不是在交往？」這時，剛從廚房走出來的姜圓圓還滿臉天真的樣子，待見到駱子貞錯愕的表情時，一切都來不及了。

「這資料妳用不到了嗎？」李于晴翻閱了一下，雖然當中有不少英文註記，寫來潦草，但他還辨認得出來。這是駱子貞在紐約攻讀碩士時所做的部分筆記，大抵上都是些行銷概念，她把資料交給李于晴。

「暫時用不到了，反正只是觀念上的建立與說明而已，會不會活用，還是看個人造化。」駱子貞冷淡地說。短短的一個小時，又約在公司附近，但這回她沒有再與李于晴同桌吃飯的興致。

「要喝點東西嗎？」李于晴問：「還是妳想吃點別的，看在這份資料的份上，我請客喔！」

「如果我想吃點什麼，我自己花得起，用不著別人請客。」口氣冷漠，駱子貞瞄了那些資料一眼，說：「我這人不喜歡欠誰，說好了要拿資料給你，就只是這麼簡單而已。你最好趁現在趕快看一看，有問題趁早問一問，免得回去了又看不懂。」說完，她不耐煩地拿出手機，看了一下時間。

「怎麼了，是不是還有約？如果有事的話，那妳就先忙好了，這資料我回去慢慢研究。」李于晴一時沒搞懂狀況，只見他話剛說完，駱子貞嗯了一聲，真的轉身就要離開。他先是愣了一下，隨即又把對方叫住。

「你還有什麼問題？」沒好氣地，駱子貞轉頭問。

「妳是不是……要跟那個人見面？」有點為難，李于晴躊躇了一下，這才問出口，「他是妳的男朋友嗎？」

「我的男朋友？」駱子貞不怒反笑，臉上卻殊無笑意，她又走了回來，「怎麼，我有沒有男朋友，需要跟你交代或報備嗎？這件事跟你有什麼關係嗎？」

「妳……」李于晴還沒來得及反應，駱子貞已經開口，「如果我有昭告天下的需要，你也未必在我的通知人名單當中，但你放心，只要你提出申請，我一定會採納跟接受，把自己的喜訊告訴你。因為我不是那種需要偷偷摸摸談戀愛的人，更不是那種交了男女朋友之後，還藏著不曉得什麼心態，老在舊情人面前打轉的人。」

「妳這話是什麼意思？」李于晴臉色一沉。

「沒意思。」冷峻地畫下句點，駱子貞一個轉身，走回了公司。

自己這話到底是什麼意思？駱子貞一整個下午都在想。其實她自己也搞不清楚，到底跟李于晴講這些時，腦袋裡裝的是什麼樣的念頭。倘若只是一般朋友，她大可一拳捶在對方胸口，埋怨大鯉魚不講義氣，交個女朋友也如此保密，或者她可以更坦然一點，要大鯉魚改天把女友帶來，讓大家認識認識，怎麼自己沒有這些正常表現，卻反而生起一肚子悶氣？

「子貞，這個要麻煩妳一下囉。」忽然有人敲敲她工作間的隔板，同事遞了一張表格過來，那不是自家公司的什麼資料，卻是一張之前李于晴給的指甲油團購單。同事還笑著說：「再拜託妳朋友一下了，好嗎？」

那瞬間，駱子貞一度想回答，說這個賣指甲油的人渣已經死了。

最後乾脆早退了，駱子貞把那張指甲油團購單揉成一團，塞進了包包裡，趁著今天早上剛完成春季活動提案，大家可以暫時歇口氣的機會，向丁舜昇提出了早退。自己一個人，哪裡也不想去，更不想回家，獨自在熙來攘往的街頭散步。

這城市與她以前認識的台北其實沒有任何差別，空氣一樣糟，紅燈一樣久，但怎麼活在這城市裡的人，卻已經變得如此複雜？她忽然懷念起從前，那時，無論是四個女生的歡笑或爭執，又或者她跟李于晴的若有似無，那些感情都很簡單，都很純粹，都有雨過天青的一天，而現在呢？頹喪地嘆氣，坐在路邊的花圃上，駱子貞彎下腰來，雙手摀住了臉，想聽聽自己心裡的聲音，那個理智又頑強的自己不曉得跑到哪裡去了，反而在車聲喧囂裡，竟隱約又聽到昨晚迴盪在房間裡的，李于晴的吉他聲。

他有女朋友，那又怎麼樣？這到底關我屁事？難道我是為了他才回台灣的嗎？當然不是，我是為了「蟬屋」、為了家裡那三個笨女人才回來的，不是嗎？新的生活已經開始，一切都在慢慢步上軌道，自己又為什麼要因為得知李于晴已經有了女友而如此鬱悶，甚至生氣呢？

她不斷問著自己，可惜一個答案也得不到，倒是原本就陰沉沉的天空似乎漸漸有了要下雨的跡象，空氣中彷彿能聞到一股泥土味道。

「這麼吵，妳在外面呀？我剛到你們公司附近辦事。怎麼樣，傍晚有空賞臉，一起吃個飯嗎？」原想趁著下雨前回家的，但手機響起，江承諒一聽到駱子貞早退，又語帶關心地問她是不是微恙，需不需要看醫生。

「身體還好，但我看腦袋可能有些失常。」駱子貞苦笑，只差沒對電話裡的那傢伙說出「一切都是拜你所賜」的話來，說了又得糾纏解釋半天，她真的累了。

「所以今天我見不到妳囉？」

「如果只是單純吃個飯，以你的條件跟口才，應該多的是好對象可以挑選，但如果除了吃飯之外，還有其他的目的，實在很抱歉，我膽子雖然是大了點，可是心臟未必負荷得了，請你也順便另請高明吧，好嗎？」駱子貞滿是無奈。

「這恐怕沒辦法喔，同樣只取這一瓢飲，但今天手拿勺子要舀水的人可不是我。」江承諒笑著。

「你還是講白話文吧，拜託。」駱子貞對著天空翻白眼。

「我舅舅身邊有個周姊，是他的貼身助理，妳應該也見過吧？周姊離職了，現在位置虛懸，已經物色過幾個人選，但我舅舅的個性妳也是知道的，沒有過人的特色與才幹，尋常人也不入他的眼，前兩天跟他聊，剛好又聊到妳。」江承諒笑問：「怎麼樣，有沒有興趣？薪水保證比妳在那條不歸路上要優渥得多。」

那瞬間，駱子貞忽然心裡一片雪亮，是了，天底下哪有這種白目，才認識不到一個月，只見過一次面，居然就開口求婚，還送人家免費的電視機跟吸塵器？江承諒是顏真旭的外甥，年輕又有本事，他怎麼可能放過大千世界裡的花團錦簇，對如此陌生的自己情有獨鍾？這中間肯定有誰在搞鬼，而這個「誰」，除了顏真旭本人之外，還能有哪個人？

現在可好，把外甥推過來還不夠，還想把我拉到他身邊去，就近看管，順便讓外甥有近水樓台的機會嗎？駱子貞倒吸了一口氣，不由得佩服起這位大老闆的老謀深算。但對方能如此算計，她駱大小姐卻也不是省油的燈。

「如果要找我的話，只怕不太方便，你也曉得，這是一條不歸路，不歸路嘛，就是不能中途喊卡，藉故開溜的意思。但顏先生缺助理的這件事，我倒有個好人選可以推薦。」

「喔？」江承諒發出納悶的聲音。

「專心致志、始終如一，才貌雙全、品學兼優，而且以我駱子貞的人頭掛保證，她絕對不會也不敢洩漏任何商業機密，更沒有半途而廢就離職的可能性。」駱子貞已經想到一個最適合的人選，她還特別強調，「除了嫁給你之外，大概沒有她辦不好的事了。」

還藏著愛的人，給不起由衷的祝福。

「這樣真的好嗎？妳確定程采能勝任這工作？」坐在副駕駛座上，再一次檢查完所有證件，確認無誤後，楊韻之望著車窗外的雲霧濛濛，語帶擔憂地問。

「本來呢，我有把妳考慮進去，但想想又作罷。以妳的狀況，不適合當顏先生的助理，我認為有三個原因：第一，像妳這麼外放的人，要整天跟在同一個老闆身邊，替他把屎把尿，我怕妳沒兩天就受不了。」

「這倒是。」楊韻之點點頭。

「第二，妳是念中文系出身的，坦白講，對顏先生的事業幫助不大，反觀程采以前讀的是商業科系，或許她比較派得上用場——雖然我不知道她腦子裡還剩下多少老師教過的東西。」駱子貞手握方向盤，又說：「妳也知道，程采是那種只要對一件事感興趣，就能發揮超人毅力與實力，打死不退業要拚到底的人。」

「從她差點簽賣身契給排球隊，也差點把自己喝成酒鬼的往事看來，這也合情合理，那第三呢？」楊韻之點頭。

「顏先生就快再婚了。」說著，駱子貞瞄了旁邊這女人一眼，楊韻之容貌與身材都姣好，準備出國談成衣代理生意，雖然身上穿的是整齊的套裝，但襯衫領口有點低、裙子下襬又太高，再配上她風情萬種的招牌微笑，一副就是打算靠美色取勝的樣子。

駱子貞繼續說：「雖然我沒見過顏先生的未婚妻，但想來年紀應該比妳大上不少，就算不比女人的智慧好了，光論姿色，恐怕妳就勝過不只一籌，我怕妳哪天真的背上一個『妨礙家庭』的罪名，會害我臉上無光。」

「真是太感謝妳的貼心了……」楊韻之哭笑不得。

本來楊韻之打算自己搭車前往機場，但駱子貞特別撥出時間來充當司機。當然，其實她另有目的。車子剛開上五楊高架，細雨濛濛中，難以加快車速，駱子貞調高了車內的溫度，在一片輕靈的鋼琴演奏音樂聲中，她問楊韻之，到底自己不在台灣的這幾年，還有多少她不曉得的故事發生。

「其實妳這問題的焦點，應該只集中在一個人身上吧？」心思同樣敏捷，楊韻之反問：「但妳有問過自己，為什麼還持續關心他的動態嗎？」

距離班機的時間還早，她們並不急著趕路。在車上，楊韻之緩緩地說了起來。大約在駱子貞回國前一年左右吧，當時的楊韻之跟孟翔羽就像現在這樣，老是若即若離。一個寫不出新作品的女作者，淪為東區地攤的小老闆，成天叫嚷攬客，然後殺價，然後成交，一點新意也沒有；而孟翔羽持續在文壇綻放他的光芒，但也不逼楊韻之一起努力創作，還大大方方地告訴她，如果不想寫了，能找到更有趣的人生，或者能在不同領域中，體驗更多元的際遇，也都未嘗不可。

秉持著那樣的想法，楊韻之認真做起她的小買賣。而就在一個很平常的下午，李于晴帶著另一個陌生的女孩經過。她叫住了他們。那個叫作謝筑寧的女孩年紀比李于晴稍微大了一兩歲，他們是在百貨公司裡認識的。

「百貨公司？」駱子貞疑惑，「李于晴該不會是跟自己公司的櫃姐在談戀愛吧？」

「那倒不是。」楊韻之笑著說：「這位謝小姐跟大鯉魚一樣，都是去百貨公司巡櫃的，差別在於，大鯉魚的身分是一枚小小業務員，賣的是指甲油，而謝小姐可是經理。他們家的商品號稱純天然，是很溫和的肌膚保養品，比如什麼護手霜之類的。」

「她家賣的是什麼玩意兒，這個不必鉅細靡遺交代。」駱子貞有點不耐煩地說。

「好啦，我只是覺得商品還不錯嘛！」楊韻之笑道：「兩家的專櫃就在彼此隔壁，巡櫃時剛好遇到，就打了招呼，哪曉得這麼巧，巡完櫃各自離開後，居然又在百貨公司外面再遇到，於是乾脆就交換了名片囉。」

「我每天都遇到我們公司樓下的警衛，也沒跟人家交換名片啊！」駱子貞白眼，「一定是大鯉魚去勾搭人家的，對吧？」

「那我可就不清楚了。」楊韻之聳肩，「總之呢，故事就是這樣開始的。」

沉默了半晌，駱子貞一直在想像，李于晴會怎麼追求那個女生？一個年紀比男方稍長幾歲的女人，她要的愛情會是什麼模樣？應該不再是那種小兒小女的浪漫吧？是要心靈上的慰藉？要一個生命中的寄託？還是夢想的夥伴？靠，李于晴是能給人家什麼慰藉跟寄託？他又算是哪根蔥，能當得上別人的夢想夥伴？駱子貞忍不住呸了一聲。

「怎麼樣，妳有什麼看法？」楊韻之問。

「針對大鯉魚的部分，我沒有任何看法，倒是那個女的，如果改天遇見了，我會建議她先找個大醫院，掛號看看眼科。」駱子貞哼了一下，說：「李于晴該不會是自己生意做不好，又看到對方有點錢，才想巴著人家不放吧？」

「那應該不至於啦，」楊韻之笑著搖頭。說曾有一回，她跟孟翔羽以及李于晴他們四個人出去吃飯，她曾經偷偷問過大鯉魚，到底喜歡那位謝小姐的什麼特質，李于晴想了想，說出來的答案卻讓楊韻之在回去之後還琢磨良久。

「他說什麼？」駱子貞忍不住好奇。

「大鯉魚說，那位謝小姐是個理性與感性兼具的人，看事情的眼光獨到，常常有過人見解，平常在生活上呢，雖然一絲不苟，但很懂得要求生活品味，不過她不是那種會追求名牌的人，在工作跟感情上也都很獨立。」

「那又怎麼樣？」

「妳不覺得這些形容詞套用在妳身上也很適合嗎？」楊韻之轉過頭問。那瞬間駱子貞也是心頭一凜，只是國道上車輛正多，她不敢也轉頭回望楊韻之，彼此都沉默了下來。

「話又說回來了，那位謝小姐的特質雖然跟妳有點像，不過呢，這該怎麼說……我覺得還是有點不同的地方。」楊韻之思索了一下。

「廢話，不是一個模子裡刻出來的，也不是同一個娘胎裡生出來的，當然很多地方不一樣啊。」駱子貞說。

「不是這個意思啦。」楊韻之搖搖頭，「應該這麼說吧，李于晴跟妳在一起的時候，你們的組合比較自然，一起做什麼事、說什麼話，感覺都很理所當然，但是他跟那位謝小姐在一起的時候，不曉得為什麼，我總覺得他們之間是帶著距離的。」

「搞不好妳只是習慣大鯉魚跟我在一起的樣子，所以後來他不管跟誰配對，妳都覺得怪吧？」

「或許吧，誰曉得呢？只是當初分手的時候，妳一副永遠不再回來的樣子，而過了那麼久，他要再對別人有感覺，坦白講也無可厚非呀。只是我聽完他說的那些以後，心裡忍不住想，他挑選對象的標準究竟是什麼呢？是一個能為他帶來新生活的人？還是他只是循著自己也沒發覺的意念，不知不覺間，又找了一個跟妳很像的人？」嘆口氣，楊韻之說。

「如果只是湊巧，或者不知不覺這樣做，那也就算了。但如果他是刻意的，」駱子貞一咬牙，「那他就真他媽的該死了。」

沒有誰可以取代誰，因為愛。

16

在咖啡店裡，駱子貞片刻不得閒，左手捧著象徵悠哉的咖啡杯，右手卻不斷點動滑鼠上的按鍵，審閱公司的新版官網頁面設計，同時也在心裡默默評價。對這次官網改版，她之前一直抱持著不甚滿意的感覺，總覺得還少了點什麼，不過慶幸的是，自從得到顏真旭的同意後，她把那個曾經發生在「蟬屋」裡的感動故事告訴了小組同仁們，大家紛紛提出想法，有些情感訴求的意念已經體現在官網的色彩與文案中，算是不錯的表現。

一邊想著，她看完網頁設計，猛然抬頭，卻看見滿身狼狽的江承諒，頭上裹了紗布，連左手腕也包紮著。

「你沒事吧？撞車啦？」駱子貞大吃一驚。

「說出來不怕妳見笑，我放了自己三天假，去參加登山隊，結果卻從山谷裡滾了下去，幸虧身上纏著安全索，否則今天妳就撞鬼了。」江承諒自嘲著說：「果然這世上什麼都講求專業，我過度高估了自己的能耐。」

「真不知道你腦袋裡想些什麼。」駱子貞咋舌搖頭。

「想著什麼?」江承諒煞有介事地思索半天,「大概都想著怎麼讓人生變有趣吧。」

「怎麼,還嫌無聊嗎?」知道這一身傷都是自找的,駱子貞省下了同情,又開始看起網路上的財經新聞,儘管改走行銷這條路了,多年養成的習慣還在。

「妳所謂的『嫌無聊』,跟我所謂的『嫌不夠有趣』,其實是兩碼子事。」江承諒啜了一口自己手上的咖啡,說:「嫌無聊,表示生活真的很無聊,但是嫌不夠有趣,則意味著人有更多的衝勁,不滿足於現狀,而勇於追求讓自己更感興趣的事物。」

「所以你上次才在我公司樓下說那些胡言亂語,是嗎?」駱子貞白他一眼。

「那倒不然,」結果江承諒搖頭,「我是相信一見鍾情的人,我相信人跟人之間,有時候應該省略一切多餘的東西,包括無謂的溝通、浪費時間的磨合,還有……」

「但非常可惜,我不是。」駱子貞則直接搖頭,打斷了他的話,「江先生,你聽清楚了,這話我只跟你說一次。」

「嗯?」

「嚴格來說,這是我們第三次見面,有沒有第四次還是未知數。在這之前,我們素不相識,對彼此沒有任何了解,更缺乏互信的基礎,而我認為這些都是感情經營當中不可或缺的。儘管你是一個條件很好的人,但非常抱歉,這些條件都不是我在選擇對象時會考慮的關鍵，因此那些優勢，你有了也等於沒有。」

「所以呢？」

「所以你大可開開心心地去過你那『嫌不夠有趣』的生活，但是別算我一份，謝謝。」駱子貞飛快說完，決定起身離座。就在手上滑鼠游標移動，準備將筆電關機之際，原本靜謐的咖啡店裡忽然起了一陣騷動，只見程采一臉疲憊地走了進來，完全沒在意店裡還有別人，根本沒在看路，不小心撞倒了一個身穿西裝的男人，吃驚之餘才急忙跟對方道歉，也引來店裡一堆人側目。

「這麼快？面試結束了嗎？」沒空理會江承諒，駱子貞先問程采。

「好困難喔。」難掩倦容，程采嘆了一口氣，說：「顏先生問了好多事情，跟財經有關的問題，我一個也回答不出來。」

「這樣就讓妳累癱啦？」

「不，真正累的原因倒不是那個，我……」程采伸了個大懶腰，也不管桌上的水杯是誰的，拿起來就直接喝了一口。她還來不及喘口氣，好好把話說清楚，駱子貞的手機已經響起，而甫一接通，就聽到顏真旭哭笑不得地問，她推薦的這位人才，到底是何方神聖？

「怎麼了，不適合嗎？」駱子貞示意要程采先別開口，反問電話裡的人。

「我也不知道這到底算適合或不適合，但她剛剛的表現可把我嚇壞了，」顏真旭笑了出來，說他剛剛把自己厚厚的一本行事曆交給上樓面試的程采，讓她稍微看了看，然後再把本子闔起來，想考驗她的記憶能力。結果程采閉上眼睛，默默地想了兩分鐘，起初顏真旭以為這傻丫頭睡著了，沒想到她眼睛一睜，居然飛快地把大老闆接下來一週的所有行程，包括時間、地點、對象與相關內容全都背得清清楚楚。

「啊？」駱子貞詫異不已。只聽得顏真旭又說：「財經專家，我打幾個電話就能找到一籮筐，但是隨身助理需要的不是過人的財經見解，而是隨時掌握所有狀況，知道現在該做什麼，也知道接下來要做什麼，單憑這個最基本的要求，恐怕很難找到第二個比妳那朋友更專業的。所以麻煩妳跟她說一聲，下週一早上，請她直接到現場就好。」

「到哪裡的現場？」駱子貞問。

「行事曆上有寫，她如果還沒忘，就一定到得了。如果能準時出現，那就表示她被錄取了。」在顏真旭的笑聲中，駱子貞掛上電話，半信半疑地問程采，是否知道顏真旭下週一早上的行程？而她傻愣愣地想了想，像唸經一樣地說：「市政府有個企業公益活動，顏先生要擔任致詞嘉賓，致詞時間是三分鐘，講稿已經擬好了，活動時間是早上十點開始，位置在市政府大樓外面，表定的抵達時間是九點三十分，至於地址是……」

「夠了，夠了。」駱子貞急忙搖手，心想自己過去還真是太小看程采了，本來一直以為她迷迷糊糊，看來果然人不可貌相，只是想著想著，她忍不住想更確定一下，「所以，這工作妳能勝任吧？」

「如果顏先生不反對的話，我想在他家裝幾個監視器，這樣下班後可以繼續注意他的作息跟工作情形，行嗎？」程采一臉認真地問。

「省省吧妳。」駱子貞哭笑不得。

於是面試結束後，程采在咖啡店裡休息夠了，還得趕著去買衣服。駱子貞特別叮嚀，絕對不能穿牛仔褲跟一般的上衣上班，所以她只好急著開始治裝。

從這兒回公司，大約有十來分鐘的路程，駱子貞選擇徒步，但江承諒卻跟了上來。

「妳朋友是個很有趣的人。」他笑著說。

「你今天不用上班嗎？」駱子貞忍不住問。

「不忙。」他笑著回答。

其實沒有想聊天的意願，也不想勉強自己強顏歡笑，今天走這一趟，純粹只是為了程采罷了。既然事情完成了，她當然也該回公司去，至於無所是事的江承諒，他愛跟就讓他去跟著吧，大馬路是公共空間，誰奈何得了他？只是走著走著，駱子貞卻在街邊不自覺停下腳步，滿臉怔然，望著路旁的樂器行櫥窗，久久難以回神。

「妳還好嗎？」江承諒問。

轉頭看了他一眼，從這男人平靜無波的眼神看來，他似乎是知道些什麼，而心驰電轉，駱子貞隨即醒悟，江承諒是顏真旭的外甥，顏真旭跟李于晴又是有聯繫的舊識，那麼，李于晴以前玩音樂的背景，江承諒自然也了然於胸。所以他沒問駱子貞是否對音樂有興趣，或者看上了什麼樂器，反而只問這個站在樂器行外頭出神的女孩一句「妳還好嗎」。

「分手那麼久了，妳還放不下吧？」語氣平淡，江承諒搖頭。

「像你這樣的人，知道什麼叫作失去嗎？」駱子貞視線直盯著店內懸掛的一排木吉他，那擺在最前面，紅褐色的那一把琴，跟李于晴的吉他好像。

「我只知道要珍惜。」江承諒說。

因為懂得珍惜，所以不必擔憂著失去。

凝望浮光的季節 春雪

夜色終究要化作墨般沉黑，然後呢？
滿街霓虹凝不成一滴眼淚，然後呢？
古老塵淹的記憶散入晚風後，被喧囂侵蝕盡了，又然後呢？

靜默如一桅無聲滑過，
有些人埋葬舊夢於河深之處/謳歌，像故作無事的腳步踩過，
卻又回頭。

我在定格的書頁裡，找不到一個落下句點的空隙，
卻發現浮光凝聚的時空中，早寫滿了你的名字。

「看來還不錯，你們弄得挺風光熱鬧的嘛。」丁舜昇難掩臉上的喜悅，但他喜悅的原因不是新分店在裝潢與氛圍塑造上的高級質感，也不是因為「蟬屋」終於走出台北，把經營觸角真正延伸到中台灣，而是因為他走了一圈，看到座無虛席的客人們。

「風光熱鬧的背後，就是我們正在醞釀集體請特休，去醫院掛團體號了。」駱子貞還能勉強站立，但她後面那四個同事都已經累癱在椅子上，有人還直接打起盹來。

自從春季企畫起跑後，連同新據點的推展，齊頭並進的兩個大案子讓駱子貞為首的這組人焦頭爛額，現在春季的案子已經籌備得差不多，只等過完年就要展開，而眼前的新店面也順利開幕，她終於有了稍稍喘口氣的機會。

「撐著點，就快員工旅遊了，想想沖繩的陽光跟海浪吧！」丁舜昇熱血地說。

「比起那些，我猜他們更想要的，大概是家裡的床吧。」駱子貞嘆口氣。

她其實也累壞了，收拾起心神與思緒，全力投入工作後，儘管把整個團隊的同事們操得半死，但自己也沒好到哪裡去，不但臉上膚質奇差，上妝吃不住，而且老覺得頭暈目眩，接連幾個加班的夜晚把提神飲料當開水喝，也不見什麼成效。

「看樣子，一頓慶功宴的錢，我可以省下來了。」丁舜昇很沒良心地笑著說。

「等我們都回家睡飽之後再說。」駱子貞還以冷笑，「這筆錢哪，是你的就是你的，不是你的，勉強也只能讓你多保管幾天而已，遲早得掏出來還我們。」

同樣的話，幾天前江承諒也對她說過，只是此時聊的是慶功宴的經費，而當時這句話所指的，卻是一份愛情。

「對了，上個月的業務報告妳看過了吧？」不讓駱子貞有神遊太虛的機會，丁舜昇又說：「台北四家店的營業額掉了很多喔。」

「你想暗示我什麼？」駱子貞瞇起眼來。

「不是暗示，而是直接了當地提醒妳，還有妳後面那一群死屍們，」丁舜昇又笑了，「睡飽之後，麻煩各位在看見沖繩的陽光前，再擬一份新的企畫，好好挽救我們的業績，不要做好了台中店，卻顧此失彼，讓台北四家店全垮了，好嗎？」

「知道了。」駱子貞嘆氣。

「記得，業績救得起來，沖繩陽光就在不遠處，但萬一救不起來，那我們就準備去淡水看夕陽吧，」丁舜昇特別補充一句，「而且沒有包團租車，大家只能搭捷運去。」

這個中台灣最大的城市，之於她其實是很陌生的。大學時期沒來過幾次，研究所畢業返台後，也只為了展店拓點的工作需要，跟同事搭高鐵來過，履及之處，不過就是店面附近而已。

自己以前怎麼沒想過要約李于晴來呢？在那個如此自由而無所拘束的學生時代，他們多的是可以去的地方，然而不管騎車也好、搭車也罷，就是一次也沒相偕來過這兒。對於台中，駱子貞僅有的印象，都是跟楊韻之她們這些女孩們，大家在逢甲夜市血拚的畫面而已。

李于晴最近幹嘛去了？沒消沒息，是不是發生什麼事了？跟大家一起搭計程車，在前往高鐵站的途中，駱子貞心裡推敲，如果李于晴真的出了什麼事，他就算沒親自來說，也一定會告訴楊韻之她們，然後再輾轉傳到自己耳朵裡，既然都沒動靜，應該就意味著這條大鯉魚還健在，而他之所以不聯絡，或許是因為前陣子的那一次吵架。

但那能算是吵架嗎？駱子貞嘆口氣，那哪裡算得上是吵架？純粹只是自己發脾氣臭轟了人家一頓。

「丁總是不是說要做個企畫，來拉抬一下台北的業績？」坐在旁邊的同事睡醒了，提起煩心事，「這下又要想破腦袋了。」

「我們來做餐券預購的折扣案吧。」在上計程車前，駱子貞就已經有了初步的想法，本來沒打算那麼早提出，想讓大家先喘口氣的，但既然有人開口了，她順勢說：

「朝著餐券預購的方式發想，用不同價位的餐券，針對不同等級的料理，推出台北四家分店都能流通的餐券，再搭配不同分店各自的附加優惠……以這個來做企畫方向吧。」

「餐券？這個可行嗎？」另一位坐在前座的同事也回頭。

「不行的話，員工旅遊的時候，大不了我陪你們去淡水看夕陽。」駱子貞一攤手，苦笑著說。

這一招到底行不行，她也沒多大把握，但那麼多高價位的餐廳，人家都玩得起來，她不覺得「蟬屋」的條件會比別人遜色。

回到台北之後，不若其他同事們直接解散回家，她拖著疲憊步伐，還回到公司處理了點瑣事，直到晚上九點多才離開。台北入冬後的細雨綿綿，即使包裹著厚厚的羽絨外套，駱子貞還是猛打哆嗦。一路轉乘捷運回來。跟丁舜昇租賃的這個新家，最大好處就是距離捷運站不遠，省去了開車的麻煩。

「你在這裡做什麼？」撐著傘，慢慢走到大樓外，她只想趕快回家洗個澡，好好睡上一覺，卻在警衛室外頭看到一個熟悉的身影。

「你們的警衛好盡責，果然住戶的管理費都沒白繳。」江承諒尷尬地笑了笑，他說自己貿然來訪，到了管理室外面，警衛先撥了對講機上去，結果無人接聽，因此不肯放行，逼得他只好等在這裡。

「韻之還在韓國，程采大概也還沒下班，至於圓圓，我猜她大概也不在吧。」駱子貞搖搖頭。

「無所謂，反正我等的也不是她們。」江承諒聳個肩，拎起擱在腳邊的小紙箱，那上頭還束著打包帶，是一個完全沒開封過的東西。「本公司最新推出的果汁機，還沒上架販售呢，我先給妳送了一台來。獨特離心力六刀頭設計，搭配耐衝擊玻璃壺，天底下沒有它打不碎的東西喔。」

「給我這個幹什麼？」駱子貞皺起眉頭，想起室友們的「嫁妝說」。

「妳需要健康的時候，可以放胡蘿蔔跟芹菜進去；欠缺維生素的時候，可以改放葡萄柚或西瓜；再不然，肚子餓的時候，也可以把奶粉加水倒進去。」江承諒笑著說：「萬一哪天有誰得罪妳了，妳也可以把那個倒楣鬼塞進去，好嗎？」說著，他把箱子交給駱子貞，然後掏出汽車鑰匙，一副就要離開的樣子。

「既然都來了，不上去坐坐？」駱子貞一愣。

「比起招呼客人，我看妳更需要的應該是休息。」江承諒的車子就停在警衛室外面，他也不管天空還飄著細雨，直接走出屋簷，打開車門，又回頭囑咐，「果汁機試用過後，記得告訴我感想。」

「不必試用，我就可以告訴你，」駱子貞淡淡一笑，「這真是貼心到不行的好產品。」

「謝謝。」江承諒滿足地上了車。

站在警衛室外面，駱子貞悵然良久。她想起一些以前烙印在心裡的畫面。那時她還只是個大學生，跟姊妹淘們住在學校附近的大樓裡，樓下一樣有警衛室。日子過得天真爛漫，有個男生經常騎著機車，把手上掛一袋消夜，大老遠送來給她，警衛室外面，是他們最常約見的地方。

記憶猶在，只是時間變了，交通工具變了，送來的東西不同了，連送東西的人，也換成另一個了。

美好的記憶總指往同一個方向，是你在的地方。

18

洗過澡，也洗好了晚飯用過的餐具，順便將幾件今天下班後脫下的外套、襯衫都掛好，再隨手將牆邊的垃圾袋打包，一切井然有序。房間雖然不大，卻因為乾淨整齊而顯得舒適。她喜歡在這樣的夜晚，安靜地半躺在沙發上，看看電視也好，翻翻書也可以，能不用腦、不跟人交談是最棒的。

依照慣例，通常她會在晚上十二點前把一頭長髮吹乾，在吹乾之前還會細心抹上護髮用品，然後準時就寢，這樣的生活模式鮮少出現意外，而偶爾意外的來源，則永遠只有一個。

「該不會要睡了吧？」雖然也有一份大門的鑰匙，但李于晴懂得保持禮貌，還是習慣性地摁了門鈴，等謝筑寧開門後才進來。

「還早，節目才剛開始呢。」她頭髮還裹著浴巾，手裡也拿著電視遙控器，「要來陪我看電視嗎？」

李于晴似乎沒有要進來的意思，他手上提了一盒煎餃，是謝筑寧喜歡的小吃，說待會還有約。

「又要跟孟翔羽出去鬼混嗎？」謝筑寧笑著接過消夜，但她沒打算破壞自己的身材，這盒煎餃可以收進冰箱裡，明天再帶到公司加熱，正好省下一頓午餐錢。

「別提了，他跑到韓國去了。」李于晴笑了一下，說楊韻之出國的第二天，打了一通電話回台灣，直嚷著韓國好無聊，結果隔天一早，孟翔羽就踏上他的尋愛之旅了，「我待會要去找莊培誠。」

「這麼晚了還要談什麼公事嗎？」謝筑寧皺眉。

「能有什麼公事好談？大概也就是路邊攤吃點消夜，聊幾句而已。」李于晴說：「他最近跟幾個客戶接洽過，如果有接到訂單的話，看來是隨時可以準備開工了。」

「恭喜你。」謝筑寧笑了。

馬不停蹄，李于晴在離開謝筑寧的住處後，先繞道到東區，送了兩盒指甲油到百貨公司的櫃上去。那邊櫃姐等得急，要趕在今天打烊前給客人辦理換貨手續。送了指甲油後，他又撥了幾通電話，跟兩個新談妥的指甲彩繪工作室進行確認，準備隔天送貨事宜，最後才又匆匆忙忙，趕到西門町莊培誠指定的一家快炒店。那兒正是酒酣耳熱之際，一踏進店裡，立刻有食物香味撲鼻，而杯觥交錯間，莊培誠跟幾個人坐在角落的那一桌，直揮手對他嚷著。

「晚來的應該怎麼樣，你自己知道吧？」莊培誠已經喝開了，一手搭著李于晴的肩膀，另一手立刻端起酒杯，在座那幾個雖然不認識，但顯然也酒上三分，立即加入起鬨。

等三杯啤酒乾完，李于晴這才一邊打著酒嗝，一邊掏出名片。那些人都是莊培誠邀來的，在一家國內知名的保養品大廠任職，也是李于晴他們未來代工生產事業的客戶。

落坐後，很快有服務生擺上碗筷，啤酒也多添了幾瓶。忙了一整天，根本沒空吃晚餐的李于晴實在有點承受不了那一杯接一杯的攻勢，很快覺得頭暈，只是爲了工作，再怎樣也得勉強自己去應酬一下。一邊喝酒，一邊寒暄，聊著言不及義的事，他只能偷偷趁著談話的空檔，趕緊多吃點桌上的食物來墊胃。

鬧到晚上十一點多，眼看著店裡客人漸少，而眼前一片杯盤狼藉，李于晴被滿肚子啤酒撐得都快吐了，偏偏客戶酒量恢弘，興致正高，居然說要再找個好玩的地方續攤，一邊講著，一邊立刻掏出手機，準備預約什麼包廂之類的。

「拜託，有其他計畫的話，你們去就好，放過我吧。」尾隨著去上廁所的莊培誠，走到洗手間外頭，李于晴急忙討饒。

「不是吧？大家難得開心一次，你居然想開溜？」莊培誠也已經紅光滿面，走路搖搖晃晃，但他可不想錯過任何玩樂的機會，扯著李于晴的肩膀問：「怎麼了，你馬子下了宵禁令是不是？早跟你說過了，選個笨一點的女人嘛！你看你，就是這個樣子，以前那個駱子貞是這樣，現在這個謝筑寧也是這樣，都愛管東管西的。哪，你的手機呢？拿來，我替你打電話給她，就跟她說，你今天不回去了！要陪我們喝到天亮！」

苦笑著，李于晴只能搖頭，任由這些人說著醉話，當然不敢把手機交到莊培誠手上。直到會帳付錢後，好不容易才把這群人統統打發上了計程車，在開車前，那個主張要續攤的客戶還放下車窗，嚷著要李于晴隨後趕到，今晚肯定誰都不能缺席。

「知道了，知道了，我馬上來。」李于晴站在店門口，笑著跟他們揮手，但計程車開走不到一分鐘，他才剛走到路邊的巷子口，就忍不住嘔了出來。

其實，謝筑寧並不像莊培誠說的，是那種會嚴密看管男朋友的女人。她有自己的工作，也有自己的步調，感情對她而言，與其說是一種日常中的調劑，不如說是心靈上的寄託，所以他們沒有同居，不在一起生活，卻習慣每天至少講上一兩通電話，有時只是簡單閒敘幾句，有時則是針對工作上遇到的事情，彼此分享。謝筑寧對他從來沒有什麼要求，只是曾經提醒過幾次，要他跟幾位女性友人往來時，稍微保持適當距離。

李于晴其實也明白，所謂的「幾位女性友人」，一開始指的是楊韻之、姜圓圓跟程采，而這幾個月來，則又多了一個人。

但他很想告訴她，在自己繁忙的業務工作中，認識的人雖多，但真正算得上是朋友的卻屈指可數，充其量也不過就是這幾個人，再加上孟翔羽、莊培誠，頂多還有一個已經好久不見的大老闆顏眞旭。而這些人，全都是他從大學時代就一直耕耘的人際關係，如果把他們都剔除了，那自己還有誰？

然後他想起駱子貞。

那天，他完全沒有搞懂，不知道究竟發生了什麼事，但後來旋即明白，或許駱子貞知道了筑寧的存在。那自己是不是眞如她所說的，有了女朋友之後，還暗藏著什麼企圖，才老是在舊情人身邊打轉呢？頹然坐倒，靠在騎樓的柱子邊，他已經沒力氣去管路人的好奇目光了，這兒是西門町，對街就是熱熱鬧鬧的ＫＴＶ，多的是紅男綠女們來來去去，這些人在夜深後依舊散發渾身活力，不像他累得跟狗一樣，幾乎連站都站不起來，勉強坐臥在路邊，連西裝外套沾到了嘔吐物，他也無力清理，混亂的腦子裡想的，全是一些根本不會有答案的事情。

眞的藏著怎樣的企圖嗎？其實他也不懂。如果有，那自己到底想對前女友幹嘛？要說沒有，大家只是朋友關係，他又無法解釋自己動不動就找駱子貞碰面的動機。在那兒坐了良久，他掏出手機，很想打通電話，隨便找個人聊聊，或者跟女友說幾句話也好，然而滑開螢幕畫面，卻看到筑寧不知何時早已傳來的，一封說晚安的訊息。

嘆了口氣，他只覺得這世界實在太荒謬了。抵擋不住眼皮的沉重，很想就在這路邊睡去，但眞的一閉上眼，又覺得隔著薄薄的眼瞼所投射進來的，這外界的燈光霓虹不斷旋繞，轉得他幾度暈嘔。

正在那兒動彈不得時，本來已經擱在大腿邊的手機忽然傳來鈴聲，但李于晴沒有力氣去拿它了，甚至連轉頭看看都有些困難。拜託你們饒了我吧，這麼歡樂的夜晚，你們可以去酒店尋歡，也可以到哪裡去續攤，或者找家夜店快活，想幹什麼都可以，但請不要找我，拜託拜託，就讓我一個人在這裡吐到死也沒關係。李于晴心裡這麼想著。

「眞的是你。」一個聲音傳來，讓本來已經昏昏欲睡的李于晴不得不又睜開眼睛。「圓圓跟我賭了一百塊，說躺在對面路邊的人是你，我本來還不相信，結果看樣子這一局是我輸了。」

蹲下身來，從包包裡掏出一包濕紙巾，抽出一張，輕輕擦拭了李于晴沾到嘔吐物的嘴角，駱子貞沒有上次的怒火氣焰，也沒有平常的冷若冰霜，她只是帶著同情而憐惜的口吻，問他究竟是怎麼回事，要把自己搞成這樣。

「因爲，妳永遠都走得比我快。」有氣無力的，李于晴苦笑著說。

這一生沒有誰快誰慢，只要我們還能手牽著手。

19

「要不要打個電話給你女朋友，請她過來陪你？」在病床邊，駱子貞問。

「她這時候應該已經睡了。」李于晴緩慢搖頭。

「睡了？睡了就不能再起床嗎？」口氣立刻轉趨嚴厲，駱子貞凝眉說：「她男朋友出去外面工作應酬，三餐不正常，得了胃病，人被扛進醫院了，難道她連下床、套件衣服、趕來醫院看看都不用嗎？」

「她也不知道我喝到這麼晚啊。」李于晴又搖頭。

「不知道你喝到這麼晚、不知道你喝出胃病，那她總該知道自己還有個男朋友吧？」眞的生氣了，駱子貞狠狠瞪他一眼。原本幾張證件都拿在旁邊的姜圓圓手上，駱子貞乾脆一把搶了過來，自己朝急診櫃枱走去，打算眼不見爲淨。

「眞沒想到，我的歸國接風晚會居然是在急診室舉行的。」楊韻之嘆口氣。她一下飛機，立刻委託貨運將一堆從韓國帶回來的樣品統統送往公司，自己則打了電話，把姊妹們全約了出來，原本打算今晚在KTV裡將此行購置的小禮物分贈給大家。沒想到她們才剛集合，姜圓圓眼尖，直說對面坐在路邊的男人好像大鯉魚。

坐在駱子貞剛剛坐過的椅子上，楊韻之又嘆了第二口氣，問：「真的不打個電話給她？」

「我們本來就很少過問彼此工作上的事情嘛。」李于晴再次拒絕。

「正確來說，這應該是身體健康方面的問題，不是工作喔。」楊韻之搖搖手，又說：「而且你都已經送進急診室了，她再不來就有點說不過去了吧？」

「沒關係啦，小事而已。」李于晴苦笑，說最近常常覺得不舒服，他自己也意識到，或許跟不正常的飲食習慣，還有這些熬夜應酬有關。他平常隨身有帶胃藥，原想說等保養品代工廠正式上路之後，一切就會穩定些，也能慢慢調理身體，哪曉得事業還沒開展，人就先進了醫院。而這些事情，他自己都不怎麼放心上了，遑論跟女友提及。

「如果連這種事都沒提，那我還眞不曉得你跟那位謝小姐的交往，到底還有什麼意義。」楊韻之無奈。

「妳怎麼好意思說我，妳自己呢？」李于晴反問。「妳擺地攤，欠了一屁股債，孟翔羽知道嗎？妳跟子貞借錢還債，又跑去做什麼韓國服飾代理，孟翔羽知道嗎？這些妳在一開始的時候不也都沒告訴他？那你們的交往到底又有什麼意義呢？」然後楊韻之就語塞了，看著她啞口無言的樣子，李于晴淡淡一笑，說：「這年頭呀，在愛情裡頭談理想、講意義，那太沉重了。」

其實沒有大礙，就是一般的胃潰瘍而已，只是醫生提醒兼警告，在急診室裡無法進行詳細的檢查，最好能夠另外找時間，好好做個完整的檢驗，以免延誤時機，等衍生出大問題的時候，再治療就會很麻煩。

「就說沒事的嘛。」等到夜深，楊韻之她們都回去後，只留下駱子貞還待在醫院陪伴。李于晴身上本來穿著的衣服，因為沾到嘔吐物的緣故，已經又髒又臭，現在套上的，是一件駱子貞剛剛從便利商店裡為他買來的上衣，號稱有發熱效果。

「但我很懷疑，你還能沒事多久。」駱子貞一點也沒有開玩笑的心情。

「放心，我向來都是玉樹臨風的樣子，也會一路保持到最後。這些年，妳已經領先了我太多，總不能老是讓妳出鋒頭，偶爾也應該換人才對。」李于晴依舊不改他的個性，但微笑過後顯得赧然，又說：「不過今天很抱歉，砸了妳們出來夜唱的興致。」

「我努力工作賺錢，為的不是跟你比收入，而是為了要對得起自己，也對得起我爸媽的辛勞而已。如果咱們兩個真有什麼好比較的，那你可以放心，起碼有一件事情，你是絕對領先的。」駱子貞冷哼一聲，「如果我們比的是誰先過勞死的話。」

「這把年紀還拚夜唱，妳才該小心臉上的皺紋吧？」

「夜唱？別開玩笑了，老娘明天一早還得進公司呢！我手頭上有一堆事情要辦，今天與其說是來唱歌，倒不如說是來監視她們，免得幾個女人玩過頭了。」

「妳還是喜歡管她們。」李于晴苦笑。

「不然怎麼辦？」駱子貞翻個白眼。

「她們已經長大，不是小鬼了。」笑著，抓起外套，李于晴把鞋子也穿好，離開醫院前，又說：「放下妳手上那條牧羊人的鞭子吧，好嗎？」

走出了醫院，低溫凍得人發寒。駱子貞拿了一個小小的鑰匙圈，說是楊韻之剛剛要回去前託她轉交的，也是出國一趟帶回來的小禮物之一，要給李于晴。

「要走之前，她還跟我提了一些事，是關於你跟你女朋友之間的。」駱子貞沉吟著，在尋找最適合的說話方式。

「怎麼，她講不贏我，就想跟妳討救兵嗎？」

「沒人有興趣在這種事情上跟你抬槓。」駱子貞白他一眼。

「其實呢，我是到後來才了解的。」沒急著走，李于晴在西裝外套裡摸了摸，掏出一包香菸跟打火機來。其實他平常沒有抽菸的習慣，帶著這東西，與其說是備著自己哪天可能需要，不如說是應酬的場合拿出來還比較有機會。但這時候，李于晴很想抽根菸。他把香菸叼在嘴上，說：「當一個人對人生的無力感愈大時，相對的，對於愛情的依賴性反而就降低了。就拿我來說吧，工作不順利、創業缺資金，每天光想這些事情就夠我心煩的了，要再撥出心思去煩惱愛情的問題，坦白講，我眞的分身乏術。」

「我不知道這種似是而非的論調有何根據，但我覺得這樣很不公平，尤其是那個正跟你交往的女人，她的感受是什麼，你有想過嗎？你哪時候變成一個只想著自己的事業，完全不考慮別人的人？你是這麼自私的人嗎？」駱子貞皺眉。

「別把矛頭全指向我，一個巴掌拍不響。打從一開始，筑寧就說過了，愛情是生命中不可或缺的調劑，卻不是必需品，所以她一來不想結婚，二來則很堅持，要保持各自生活的完整性。」李于晴說：「所以，我跟她雖然是情侶，但各自生活中的很多事，我們都是獨自在面對。」

「形而上一點的說法，你們這叫心靈上彼此依託，但形而下一點的解釋，恕我冒昧，你們這跟挑個固定的性伴侶又有何差別？」

「一定要講得這麼難聽嗎？」李于晴皺眉頭。

「好呀，那我再換個說法，」駱子貞態度輕蔑，「用高尚一點的角度去詮釋，你們愛的是彼此的靈魂，卻不想打擾各自的生活。但如果拿我們這種一般人的觀點來看，我們只會說：你跟你女朋友，其實是一對怪胎的組合。」

「怪胎？」李于晴說：「我還以爲像妳這樣個性的人，應該也會選擇這樣的生活態度不是？」

「那你就錯了，」駱子貞回過頭來，說：「愛情的模樣或許有千百種，但追根究底，我們都只想要一種，就是幸福。」

「總有例外吧？」

「有，當你不是那個可以給得起幸福的人時。」

愛情的模樣有千百種，而我們只想要幸福。

對駱子貞而言，她並不想要被歸類爲「怎樣個性」的人，因爲很多時候，她都相信，在處事上自然有一定的道理與規矩，該怎麼辦就怎麼辦，與做事的人具備怎樣的個性沒有一定的關係。如果因爲個性的緣故，讓一個人在處事時有點差別的話，大概就只是做人做事的積極與否了。

「做事的方法，當然妳是知道的，但有時候還是得拉拉韁繩，不要衝過頭了。」丁舜昇有點擔憂，「企畫內容沒什麼問題，但時間會不會太趕了？」

「擬定方案，設置配套，然後美工設計完成，案子發下去到幾家分店，教育訓練搞定後就開始實施，能用得著多少時間？」駱子貞說：「我比較擔心的，是執行效果的問題。尾牙場肯定是來不及趕上了，餐券的銷量大概也得等到春節檔才能見成效。」

「既然妳都知道這只能寄望於春節檔次，又何必逼著下面的人在這麼短時間內完成所有的事呢？」

「因爲除了餐券的企畫之外，我們還有很多事要做呀。」駱子貞說：「如果他們眞想要無憂無慮地去沖繩曬太陽的話。」

「妳眞是個惡魔，比我還要邪惡。」丁舜昇面帶恐懼地搖頭。

「我認爲這是你對我的最大讚美，謝謝。」

所以，她並不認爲自己的個性哪裡出了問題，相對的，當一個月過去，餐券方案正式上路後，很認眞地看著從業務部門索要來的銷售業績表單時，她覺得自己的個性眞是棒極了。

「雖然我不在你們公司上班，卻可以想見，跟妳共處在同一個辦公室的人，他們心理壓力有多大。」江承諒搖頭說。最近各自都忙，雖然這男人偶爾會趁著在外頭跑業務的機會，溜到「蟬屋」的辦公室附近來送杯咖啡，但能好好坐下來一起吃個飯，這還是近期難得的一次機會。他說：「我們公司的行銷主管，要是敢管到我頭上來，我一定……」

「說說看呀，一定會怎樣？」瞄了他一眼，駱子貞冷冷地問。

「一定會很感動，而且發誓會更賣力擴展業務，保證不會讓行銷主管失望。」江承諒立刻改口。

「其實我沒有要逼他們的意思，」駱子貞的殺氣只一顯而過，她放下手中的筷子，說：「做業務的人很辛苦，在每一家分店裡賣力推銷餐券的工作人員也很辛苦，這些我當然都明白，可是你知不知道，對行銷部門的人來說，我們能做的，也就是在活動前進行構思跟籌畫，至於活動上線後，具體的執行情形與效果如何，都只能坐在辦公室裡等著看最後答案，卻完全插不上手。既不能跑去現場幫忙叫賣，也沒辦法在第一時間裡解決客戶可能回饋過來的所有問題，所以當然會很著急呀。」

「不然妳還想怎麼樣？難道妳還眞想帶著同事們跑到每一家分店，挨著每一桌，去跟那些用餐的客人推銷餐劵嗎？」

「如果有必要的話，也許我會考慮你的提議。」

「在饒過別人之前，妳還是先放自己一馬吧。」江承諒嘆氣。

雖然每一家公司的經營型態與企業文化各異，當然怎樣的做事風格都有可能，但江承諒想了想，又勸駱子貞別把大家逼得太緊，免得最後業績衝不上去，反而先累垮了所有人，那就得不償失。

「說的簡單，當業績報告翻開來，看到一堆不理想的數字時，你不會有一種心臟主動脈打結、腦血管栓塞，還有理智徹底崩盤的痛苦嗎？」

「有很多事情是需要時間去累積的，妳急得中風也沒用。」江承諒反問，「妳多久沒給自己放假了？所謂的放假，不是指妳在家看報表或寫企畫，而是眞正將所有事情都放下，出去走一走的意思。妳回台灣之後，放過假了嗎？打從進這公司至今，我猜妳一定連喘口氣的時間都沒有吧？」見駱子貞不作聲，一副顯然是默認的樣子，他忽然飯也不吃了，直接站起身來，拉著駱子貞的手，「走吧，出去走走，我們小小兜個風。」

「走走？你下午不用上班啦？就算你可以，但是我……」話還沒說完，已經被江承諒扯到了門口，駱子貞還沒能掙脫，只聽得這個男人又笑著說：「妳不給自己機會，把武裝暫且卸下來片刻，又怎麼能給別人機會？」

如果可以，她當然還是希望能坐在辦公室裡，繼續處理下午的工作，但江承諒不讓她有當一個盡責好員工的機會，上車之後，居然一路直接往高速公路的方向去。

「我以爲你所謂的出去走走，只是坐上車子，在台北市繞幾個圈？」見到國道的路標，駱子貞一愣。

「都說了要兜風，台北市有什麼風好兜？」江承諒笑著把車開上交流道後，這才說：「現在妳可以打電話請假了。」

有一種誤上賊船的感覺，但不知怎的，自己卻沒有發脾氣的反應，駱子貞忍不住看了看江承諒的側臉，忽然在想，原來這就是跟自己截然不同的另一種人生觀嗎？因爲不想過著無趣的人生，所以總讓自己活得快樂，在無傷大雅的情況下，給生活添點樂子，是這樣嗎？

車子一路開上北二高，再銜接濱海公路，揮別台北市的喧囂，繞了大半個北台灣後，江承諒把車開到石門附近的海邊。一下車，他立刻跑到後車廂那邊，把自己的鞋襪給脫了，換上本來就擱在車子裡的拖鞋，滿臉開心地要往海灘上跑。

「由此可見，你一定是個滿腦子都想著要玩的闊少爺。」指著江承諒露在拖鞋外的腳趾，駱子貞說。

「首先呢，我一點都不闊，而且還窮得很，我舅舅是有錢人，但我可沒有。再者，我滿腦子想的其實也不只是玩，又或者說，我並不是在玩，只是想給自己一個機會，切換一下看世界的角度而已。」江承諒笑著說：「不信的話，下次放連假，妳來體驗體驗我的休閒活動，就知道這其中充滿了哲學思維，可不只是在玩而已。」

「有機會的話。」她笑著點頭。

儘管被莫名其妙地帶來海邊，但駱子貞可沒有欣賞蔚藍海洋與一片晴空的悠閒興致，逛了幾步後，她找了塊平坦的石頭坐下，望著海浪發起呆來。但說也奇怪，本來心裡還惦記著工作的，看著風景，慢慢的，腦海裡卻浮出了幾個畫面，那是大學快畢業前，她帶李于晴回南部老家去玩時的記憶。當時，他們開著車，跑了一趟恆春半島，也曾看到如此蔚藍的海，而那時他們還是情侶。

「妳看，妳又把自己關起來了。」江承諒忽然走近。

「我只是在練習，看自己能不能跟你一樣，領悟到什麼不同的看世界的觀點而已。」駱子貞說。

哈哈一笑，江承諒忽然撿起一根沙灘上的碎木柴，繞著坐在石頭上的駱子貞，畫出一個圓來。畫好後，他把木柴一丟，「知道這叫作什麼嗎？這叫作結界。」

「結界？」

「跟妳平常用來隔絕自己與世界的隱形牆一樣，都是結界。差別是，我畫的這一個，腳一踢就散了。」說著，他還眞的伸出腳來，把沙灘上的圓給踩開，又說：「至於另一道結界，那是妳畫的，畫好後就把自己關進去，然後對自己說，這就是界限，在這個界限裡，自有一套駱子貞式的規則與邏輯，不管對任何人或任何事，都只能按照規定去做，半點逾越也不行。或許是因爲這套方式，才讓妳一直維持在最佳狀態，能有很多好表現，所以妳才對它信奉不疑，但也因爲這套方式，妳把自己逼得太緊綳，像一根隨時都會斷裂的琴弦。」

「嗯，然後呢？」饒富興味，駱子貞以手支頤，看著這個正在展現業務口舌的專業人士。

「然後？然後有三個問題就因此而發生了。」江承諒扳起手指，邊數邊說，「第一，妳的結界雖然只困著妳自己，但妳把這套結界裡的規則與邏輯，逼著全世界跟妳一起奉行，卻沒想到這些規則可能是別人吃不消的，不過當然啦，那不關我的事，因爲我不是妳的同事；第二，當妳習慣了這樣的人生觀，當然也就忘了這個結界其實是可以打破的，就像我一腳能踢開這道圈圈一樣；至於第三，那就跟我息息相關了……」

「是什麼？」駱子貞已經啞然失笑了。

「妳氣場那麼強、結界那麼牢靠，我該怎麼接近妳？」江承諒笑著說：「假兜風之名來拐妳上車的招數，下次一定不靈了，對不對？」

「對。」駱子貞笑著點頭。

大多數時候，我們畫了圈圈、囚禁了自己，也擋住了想走進來的人。

儘管知道江承諒是個不甘寂寞，老愛在生活中找樂子的人，但駱子貞從來沒想到，居然有人可以熱中玩樂到這麼令人匪夷所思的地步。江承諒所愛好的，並不是時下年輕人聲色犬馬的那一套。趁著年假過後，丁舜昇帶領整個公司出發，前往沖繩進行四天三夜員工旅遊的空檔，不讓加班狂有獨自進公司的機會，江承諒每天一大早就到駱子貞住的大樓外面堵人。

第一天，他打電話上去，吩咐駱子貞穿著以輕便爲主，但是要注意保暖。於是駱子貞穿著羽絨大外套，裡面是一件發熱衣，褲子則挑選了比較厚的棉質長褲，再配上一雙運動鞋。一上車，手上接過江承諒已經買好的早餐，車子一路逕往陽明山去。那不是距離台北太遠的地方，駱子貞對那兒並不陌生，然而江承諒可不是開著車子在山裡繞來繞去而已，目的地也不是竹子湖之類的地方，他熟門熟路地順著山間小道蜿蜒，最後帶著目瞪口呆的駱子貞，在一座山崖邊停車，拿出後車廂裡的登山杖，拉著她就往一條古道走去。

「這就是你的休閒活動？萬一摔下去的話，你躺個大半年，都成了一堆枯骨也沒人發現吧?」鼻子裡不斷隱約聞到附近硫磺坑的臭味,駱子貞戴著口罩,聲音含混地問。

「對我來說,平常的生活有點安逸,所以只好趁放假時,多體驗一點冒險跟刺激,」小心翼翼地往前走,江承諒微側著臉,說:「但是對妳可就不一樣了。我帶妳來,是想帶妳去看更美的風景。」

「人家不是說,最美的風景,通常不在多麼遙遠的地方,往往是身邊最不起眼的風景嗎?我們幹嘛非得走這麼危險的路去找呀?」駱子貞其實腳已經累了,她微喘著說。

「要看得見身邊的風景,那妳得是個有慧根的人才行,」江承諒停步,轉頭看她,「說起來,妳好像從沒眞的看清楚過我?身邊這麼美的風景妳都視若無睹,那我只好帶妳走進深山裡頭了呀。」

「有時間囉嗦的話,你還是繼續往前走吧。」白了一眼,駱子貞瞪他。

爲了抵達江承諒口中的「祕境」,他們足足走了兩個小時,不過那是因爲駱子貞在這種山徑上的腳程不快所致。風景確實不錯,一大片雲霧繚繞的山谷間,正上方可見藍天,視野遼闊,看得人心曠神怡。在一個山路轉折的平台邊坐下,江承諒拿出背包裡的保溫瓶,倒出一小杯熱茶,自己沒喝,卻遞給駱子貞,問她是不是累了。

「這兒應該是妳今天體力所及的轉折點,再走下去,搞不好回程的路上,妳兩腿就沒辦法著地,只能趴在我背上了。」

「別小看別人，再走兩個小時我都可以。」駱子貞冷笑一聲，「誰扛著誰走還很難講呢。」

「把體力留給明天吧。」江承諒沒被激將法打動，他只是輕鬆一笑。

回程的途中開始水氣氤氳，也分不清楚究竟是雨水或霧氣凝結。下坡路陡，駱子貞走得氣喘呼呼，好不容易結束這一天的小型登山體驗，她在江承諒開車回市區的途中就累得沉沉睡去。

本以為隔天能夠好好休息，哪知道第二天一早，手機又響，這回不若前一日在大清早中悠哉醒來，她體力還沒恢復，人也還賴在被窩裡，江承諒卻精神奕奕地叫她一樣以體育服裝下樓，還特別強調今天要以排汗功能為訴求。

要命，駱子貞開始感到懊悔，或許上次在海邊時不該答應這傢伙，說什麼放假四天要好好體驗他的休閒活動的。

第二天的行程雖然不用在山嶺古道間冒死前進，但也沒開心到哪裡去，就算這一天整個北台灣天氣都很好，然而拖著尚未恢復體力的身軀，騎著腳踏車，一路從關渡到淡水折返的路程，也足夠讓人痛不欲生。在淡水碼頭邊喝水時，駱子貞拍拍自己的大腿，幾乎都快感覺不到它們的存在了。

「怎麼樣，這台腳踏車不錯吧？」天清氣朗，涼風舒爽，江承諒還精神飽滿，看著駱子貞剛剛騎過的那台鮮紅色烤漆的腳踏車問。

「是不錯，車身很輕，坐起來也很舒適，但非常可惜，這麼棒的腳踏車，之於我根本就是刑具。」駱子貞哭喪著臉。

「本來呢，這車子是買給我妹的生日禮物，但她只騎了一次，臉上表情就跟妳一樣，從此再也不碰了。車子雖然保養得很好，可是如果沒有願意騎它出門的主人，那這輛車跟廢鐵也沒有差別。」江承諒搖頭嘆息，卻問駱子貞是否喜歡，有意願的話，車子可以擺在她家，這樣一來，就隨時都可以騎出去玩了。

「擺在我家？那你跟你妹妹要怎麼交代？」駱子貞搖頭說：「這樣吧，雖然本人不是很擅長騎腳踏車，要靠這個運動可能有點難，但騎出去買便當倒是還挺方便的。請你妹妹開個價，當作中古車賣我，如何？」

「中古車？」江承諒哈哈一笑，也跟著搖頭，「喜歡的話，車子妳可以直接牽回去，真的沒關係。我相信這輛腳踏車就算從此人間蒸發，再過兩個世紀，我那個無知又腦殘的妹妹也不會發現，她眼睛裡永遠都只看得到最新款的衣服或鞋子。但如果妳要問價錢，那我勸妳還是不要比較好，即使給妳打個三折，這輛車包含車體還有全部的改裝，總金額只怕還高過妳一個月的薪水。」

「什麼？這車子……」駱子貞大吃一驚，但還來不及開口把話說完，旁邊一個看來大概只有三五歲的矮胖小鬼，追著一條更矮更胖的醜狗跑過去，哄笑之間，就把原本架起來的腳踏車給碰倒了。

「我這邊賣了四十張餐劵，其中顏先生認購了一半，剩下一半賣給總公司的同事們，另外還有些人也想要，預估大概會追加二十張左右。」程采說。

「幼稚園那邊，園長買了十張，同事們加起來也有十幾張，至於家長的部分……我還在努力中。」接著輪到姜圓圓報告。

體驗過兩天的戶外活動後，不但駱子貞大感吃力，一屋子裡的幾個女人也絲毫不輕鬆，楊韻之端出她一整組的指甲油跟光療燈，費心地幫駱子貞將十隻因爲登山與騎車而磨損了指甲油的手指全部修整與彩繪。姜圓圓遵循古法，熬製了一鍋號稱可以強筋健骨還大補元氣的中藥湯。至於程采，她則是直接踩上了駱子貞的背部，幫她進行按摩治療。三個女人群策群力，在幫駱子貞修補重建的過程中，還得跟她報告「蟬屋」餐劵的銷售業績。

「我說子貞哪，明天的這個時候，妳還能好手好腳地回來嗎？」一邊按摩著，程采忍不住問。

「放心，喝完這碗湯，接下來這兩天，不管上山下海，我保證妳都頭好壯壯。」姜圓圓信誓旦旦。

駱子貞哭笑不得，她趴在床上，拉長雙手，右手食指跟中指還在接受指甲光療燈的照射。一直沒發話的楊韻之則說：「妳別看我，我很忙。」

「少來，妳一定也想說我是自討苦吃，對吧？」駱子貞一邊呻吟，一邊問。

「是不是自討苦吃，那得看妳自己，不過我是覺得，這位江先生雖然表面上是家電公司的業務，但其實根本是不知民間疾苦的公子哥吧？他還有資格喊窮呢，也不想想看自己過的是什麼樣的生活！這樣的人真的適合妳嗎？」楊韻之抬起眼，忍不住搖搖頭，說：「大鯉魚昨天又進醫院了，這事妳知道嗎？」

「什麼？」駱子貞一愣。

「有空去看看他吧。」楊韻之嘆口氣，「這城市呀，有些人生活在雲端裡，過著不食人間煙火的日子；有些人則住在地面上，庸庸碌碌像螞蟻一樣在討生活。那些住在雲端裡的人呢，成天想著如何證明自己距離地表並不遠，但住在地面上的人呢，卻拚命抬起頭來，只想呼吸一口天空的氣息。」

「別跟我來這套，大鯉魚又怎麼了？」駱子貞不耐煩，她揮揮手，要程采先停止按摩，也叫姜圓圓先把竄著噁心藥味的大湯碗端開些。

「老樣子呀，又喝酒又胃痛，還好這次他倒下去的地方是孟翔羽他家。」楊韻之說：「偶爾也看看地表上的這些人吧。他這麼拚命，並不只是因爲太愛錢，不是嗎？」

駱子貞默然，想起前些時候，李于晴在急診室裡說過的話。

「對了，我手邊的餐劵也沒了，妳有空的話，再拿一些給我。」忽然轉個話題，楊韻之說她這邊至少還要兩百張。

「兩百張？妳賣給誰呀？」驚訝不已，駱子貞猛然抬頭。一張餐劵要價四百五十元，兩百張就得九萬塊，那可不是一筆小數目。

「妳說呢？」沒有回答，楊韻之只是盯著駱子貞看了一眼。

我們仰望的，始終是難以企及的天空。而天空，飄浮我們對愛的想像。

一路走來，駱子貞忍不住細細品味楊韻之說的話。這城市很大，住著各式各樣的人，有些人生活在雲端裡，過著優渥的生活，就像江承諒那樣，家裡隨便一台腳踏車，打個三折都不是一般上班族整個月的薪水所能負擔。他並不是不知珍惜的人，但又怎麼有機會去體驗眞正的市井生活？

按照楊韻之所給的地址前往，因爲不想在陌生的街道上開車，所以選擇大眾運輸工具，但公車站距離目的地有點遠。她徐步而行，途中經過的都是老舊的店面，有販賣汽車零件的店家、有充滿藥材味的中藥店，也有地上滿是髒污的機車行，還有生意蕭條的電器行。這些人生活在地表上，生活一點也不輕鬆。駱子貞見到一個壯漢，在大冬天裡，只穿著一件無袖背心，奮力從小貨車的車斗上扛起舊冷氣往店面裡走，那當下她覺得不可思議，這畫面並不是出現在另一個世界，而是她平常所處的城市，只是與她上班的場合、居住的寓所，還有平日的生活圈大不相同。

李于晴就住在這條街上，一整排的舊公寓裡。一樓有家雜貨店，旁邊的鐵門上紅漆斑駁，也沒上鎖。在幽暗的樓梯間拾級而上，走上四樓，李于晴已經站在那兒等著，他一臉蒼白，人也好像瘦了一圈。

「雖然知道妳要來，但是很不好意思，我這裡家徒四壁，沒啥好招待。」他帶著輕鬆的微笑，引領客人進門。駱子貞踏進一步後才曉得，這公寓原本該是客廳的地方已經改建成一處共用的玄關，原本的格局早不復見，不到三十坪的小公寓，硬是被隔出四個套房來出租，而李于晴的房間則是角落的邊間。

「地方小了點，不過很乾淨，房東也很勤於整理，所以住起來挺舒適的，」有些赧然，李于晴說：「不過有客人來的時候，就得稍微委屈一下，麻煩請坐在地上。」

「跟你大學時候的宿舍差不多嘛，還是一樣亂糟糟的。」脫下外套跟圍巾後，好奇地張望了一下，駱子貞說。她想起幾年前，因爲跟楊韻之大吵一架，自己曾到李于晴那裡借住過一段時間，那時他住的也是這種小坪數的單身套房，擺了床跟書桌後，房間幾乎就沒有活動空間了。

「還在玩吉他嗎？」指著擱在牆角的黑色箱子，駱子貞問。

「哪可能？」李于晴笑著說：「三餐都快沒飯吃了，誰還有時間玩音樂？這幾年來搬過不少地方，這東西總是帶來帶去的，當作是紀念品囉。」一邊說著，他打開塑膠袋，那裡頭是駱子貞剛剛在附近買來的餐點。本來他臉上還有笑容，但是一看到餐點的內容後，表情瞬間垮了下來，哭喪著臉問：「這麼清淡？」

「偶爾吃素，對你身體好。」目光還停留在牆邊的幾張海報上，駱子貞用手指指食物，說：「否則你吃掉兩百張『蟬屋』的餐券，那些生魚片只怕會要了你的命。」

「妳知道了？」李于晴的神情忽然僵住。

「我不該知道嗎？」

「不是妳該不該知道的問題，這是道義層次的事，那個婆娘明明答應過，說好不洩漏出去的！」李于晴氣鼓鼓的，直嚷著說楊韻之不講義氣。

「『那個婆娘』畢竟是我的人馬。」駱子貞看完牆上的掛飾，拉開椅子坐下，沒好氣地說：「倒是你，你買那些餐券幹嘛？就算我們這個案子眼前的績效不甚理想，但畢竟還在執行階段，距離總結的時候還早，我叫她們幫忙，也只是想讓更多人知道有這個商品優惠，希望能夠稍微多賣幾張罷了，但你這是怎麼回事，發了什麼橫財嗎？你買我兩百張餐券的目的是什麼？」

「妳到底是來探病的，還是來興師問罪的？」聳個肩，面對這麼冰冷的語氣，李于晴沒有被激怒，他掰開衛生筷，夾起一口菜來吃，若無其事地說：「我也是跑業務的，需要到處跟人家攀關係，也需要偶爾送點小禮物呀。妳以為兩百張餐券很多嗎？每個客戶送兩張，不到一個星期就發光光了。」

「講得這麼輕描淡寫，你知道那一張餐券多少錢嗎？一張要價四百五，兩百張加起來就要九萬塊耶！你以爲不用付錢，當作免費大放送啊？」駱子貞皺眉，聲音也嚴厲起來，「如果只是拿來當贈品，你會不會太大方了點？」

「有投資才有回收嘛。」

「你回收過了嗎？你要是眞的有回收，還需要住在這種地方？那些撒出去的銀子如果都能輕鬆翻倍賺回來，你還需要出去喝酒應酬，喝到差點胃出血？」駱子貞生氣地說：「還是你要告訴我，買這兩百張餐券，其實你另有意圖？李于晴，我告訴你，凱子不是這樣當的！」

「另有意圖？駱小姐，妳是不是一個不小心又高估了自己的影響力？說眞的，我沒想過要當凱子，也沒想要跟別人競爭什麼，比誰銀子多，這種遊戲我玩不起，也不想玩。」李于晴嘆口氣，本來還不錯的食欲最終還是被打散了。他放下手中的筷子，「這件事，我是在幫忙，沒錯，但我幫的是楊韻之，是姜圓圓還有程采，但不是妳。」

「什麼？」駱子貞一愣。

「妳想過嗎？她們的能力到哪裡？以她們的社交範圍，還有她們的人際關係，她們能幫妳賣出幾張餐券？而妳是不是高估了她們的能力？程采是顏先生的助理，而顏先生是『蟬屋』的大老闆耶，他底下的人，需要這麼迂迴地來買妳的餐券嗎？妳叫程采做這件事，她背負的壓力有多大？姜圓圓只是個幼稚園老師，她的人際關係有多狹窄，難道妳會不清楚嗎？至於楊韻之，她才剛換工作，光是代理商那邊的事情就焦頭爛額了，她最該賣出去的東西到底是什麼，是妳的餐券，還是她從韓國批進來的衣服？」

有好半晌時間，駱子貞完全啞口無言，竟不知自己該怎麼回話才好。

「我很感謝妳今天來探望我，但其實我沒什麼事，再休息兩天就好了。」李于晴轉過身，拿起駱子貞擱在椅子上的外套，重新幫她披好，「我聽孟翔羽說楊韻之告訴他，妳現在又多了個新朋友。那是好事，但妳要記得，妳那位朋友，他看世界的高度，比我們一般人高出許多，妳可以跟他親近，學習到很多看待事情的觀點，但妳不能拿那樣的標準來要求我們這些平庸的人，尤其是對妳本來的這群朋友們，這不公平。」

「我沒有。」駱子貞嚴正抗議，而手機同時響起，來電顯示正是江承諒。

「沒有就好，我只是提醒而已，沒別的意思。」李于晴一笑，點點頭，「妳該回去了，如果沒開車的話，就請他來接妳，別擠公車了。」

沒有誰是平庸的，只要我們都勇敢在活著。

駱子貞離去後，窗外忽然傳來淅瀝的雨聲。李于晴本來想打通電話，提醒她千萬別淋雨的，但手機拿著，轉念又作罷。這通電話或許不需要打吧？昨天晚上，他剛從醫院看完診，接到孟翔羽的來電，那個痞子開口就問候了一句「你死了沒」，然後告訴他從楊韻之那兒聽來的消息，說駱子貞放了四天假，前兩天都跟有錢的闊少爺遊山玩水，還問他，「你到底想窩在那個爛地方多久？你哪時候才要有所動作？」

「我動作個屁！」昨晚，李于晴在醫院外頭這麼回嗆，「恕我提醒你一句，劈腿可是不道德的。」

「有人叫你劈腿嗎？」孟翔羽說：「我只想叫你甩了那個打死不肯跟你同居，也不想跟你結婚的女人而已。」

以孟翔羽的觀點，他認為這種既沒有同居之實，也永遠求不得一個婚姻之名的愛情根本沒有經營下去的必要，但他可能忘了，自己跟楊韻之其實也是這樣的關係。李于晴懶得跟他爭辯，只想回家休息。

想到這裡，他轉過頭，看了看那個擱在角落的黑色長方形的扁箱子。箱子上頭有鎖扣，鑰匙就插在上頭，但已經好久好久沒開啓過。這是一個陪他許多年的家當，專門爲了存放吉他而設計。對李于晴來說，吉他所象徵的，從來不只是音樂的演奏工具而已。

一邊想著，他本來有個衝動，想去打開那個吉他盒子，只是手剛伸出去，卻聽到敲門聲，而轉頭時，李于晴也看到了，剛剛駱子貞拿下來的圍巾就掉落在椅子下。順手把它拎起來，走到門邊，原以爲是對方去而復返來拿東西的，然而一打開門，李于晴卻大感意外。

「妳怎麼來了？」側身讓路，謝筑寧兩手提滿東西走了進來。李于晴問她是不是忘了帶這裡的鑰匙。

「不是忘了，是我原本沒有要繞過來的打算。天知道你沒去上班，所以當然沒把你這邊的房門鑰匙帶在身上。」謝筑寧的語氣不太開心，說：「怎麼我們這麼疏遠，疏遠到連你生病請假，我還要透過櫃姐才知道的地步？我去巡櫃的時候，碰巧遇見你們家的櫃姐過來聊天，一聊之下才知道，你已經請了兩天假。所以我趕緊辦完事，想說過來看看，順便給你買了午餐，哪，你愛吃的燒臘飯。」說著，她把手上的塑膠袋一擱，看著桌面上的東西，臉上卻一愣，「你怎麼改吃素了？」

「胃不舒服嘛。」李于晴話剛說完，順著謝筑寧的目光往下看了一眼，自己也是一怔。他手上還拿著那條粉紅色的針織圍巾。

「有朋友來看你嗎？」

「嗯。」李于晴點頭，「楊韻之來過，才剛走。」

「我老早說過了，你們之間遲早會有問題的。」孟翔羽說：「一個男人會開始下意識地說謊，表示他內心深處隱隱然已經把自己跟對方畫出區隔，而隔閡既然產生，分手也就不遠了。」

「但我不是故意要隱瞞或說謊的。」李于晴懊惱著。

「是不是故意，已經一點都不重要了，現在問題的焦點是你接下來的打算。」楊韻之跟著開口，問：「難道你要眼睜睜看著子貞被別人追走？」

「欸，你們兩位搞清楚，我是有女朋友的人耶！麻煩你們認清一下事實好不好？」李于晴說：「叫我掉頭去追駱子貞？你們頭殼有洞嗎？」他把手中的大紙箱往地上一擱，「還有，不是說好了，今天大家要一起來搬貨的嗎？楊韻之，你們的店員呢？公司的員工呢？爲什麼一個屁影子都沒有，卻叫我這個病人來出賣勞力？」

「幫手們不是沒來，只是還沒到。」楊韻之說：「我們故意跟你約早了半小時，爲的就是避免無關緊要的打擾，可以好好跟你促膝長談一下。」說著，她隨手拉過來一張凳子，叫李于晴別急著搬貨，先坐下來把話說清楚。

但李于晴根本沒話好說。今天會來這兒，純粹是因爲孟翔羽一通電話，說楊韻之他們代理的韓國服飾已經從網拍經營進階到要開闢實體店面的時候了，所以找他過來幫忙整理一下貨物，順便看看店面而已。

面對孟翔羽跟楊韻之的連番攻勢，他只能攤手以對。眼前這兩個人滿臉好奇，彷彿恨不得剖開自己的鯉魚頭，好好檢查一下內容，而當事人除了無奈之外，其實自己也非常納悶。那天爲什麼要說謊？爲什麼不能坦然地告訴謝筑寧，說其實訪客不是楊韻之，而是駱子貞？他爲自己居然莫名其妙撒了一個謊而感到心驚，同時也爲了當時駱子貞問他的話心虛。

是呀，我花了那麼一大筆錢買餐券做什麼？李于晴問過自己很多次了，但始終沒有答案，勉爲其難解釋，是幫楊韻之一把。可是，那是在幫楊韻之嗎？就算被駱子貞強迫著幫忙銷售，但賣不出去又不會死，楊韻之的服飾業都忙得焦頭爛額了，哪來的閒工夫管這些？再說她只是駱子貞的室友兼死黨而已，根本不用負擔餐券銷售業績的成敗，這一切到底跟她有何干係？就算要傾囊相助，這種事第一個就該孟翔羽去幹，輪得到李于晴自己來湊一腳嗎？

他每回自問，一想到這裡，就忍不住開始迂迴、開始閃避，因爲他心裡知道，這問題若再深究下去，挖掘出來的，是一個自己可能也無法面對的眞相。思緒及此，他又想起當日謝筑寧離去之前的神情，帶點懷疑，眼神中有些不信任，可是她沒再追問、沒再深究，爲什麼？

「比起你的不夠愛她，可能她更不愛你？」孟翔羽說。

「我還是覺得子貞比較適合你。」楊韻之幫腔。

「你們的好意呀，我眞的是心領了。」嘆了一口氣，李于晴搖搖頭，「或許你們跟筑寧不算熟，所以對她存在一些誤解。她這個人呢，是有名的不動如山，天塌下來也能面不改色，什麼想法都擱在心裡，平常話也不多，再加上我們之間始終保持著一定的距離，不像一般人的戀愛方式，所以你們才會覺得她跟我不適合。」

「然後呢？」孟翔羽問。

「但這並不會構成我跟她分手的理由，當然我更不會因爲這樣，就選擇跟駱子貞又在一起。」李于晴轉頭對楊韻之說：「我承認，這幾年來確實一直把駱子貞當成競爭對手，所以拚命想賺錢，想讓自己的人生稍微有一點成就。在我眼前，她確實一直是道背影，這些我都承認，然而那不表示我就一定還愛她。比起跟筑寧的疏遠關係，子貞所帶來的壓力更大，我可不希望自己的後半輩子都活在這種壓迫感底下。」

「所以就算她被別人追走，你也可以無所謂囉？」楊韻之又問。

「我會祝福她。」李于晴信誓旦旦地說。

「媽的你可以滾了。」楊韻之生氣了。

「對你呀，我還眞他娘的看走眼了。」唉了一聲，孟翔羽也說。

人們所不敢面對的，往往都是昭然若揭的真相。

如果可以，他眞的想丟下這一切困擾，再回到駱子貞還沒返台前的那段日子。那時，他汲汲營營著工作，一邊跟莊培誠不斷看廠房、挑機器，也找客戶談合作的可能性，一邊走訪北台灣各地的指甲彩繪店家，或者跟百貨公司洽談，努力銷售那些價格不菲的光療指甲油。雖然忙碌，但很充實，閒暇之餘，他會跟女朋友偶爾提醒一下彼此，千萬別忙著忙著，就忘了對方的存在。

不只一次，莊培誠、孟翔羽或是公司的同事主管感到好奇，想知道李于晴那位存在感如此之低的女朋友，到底存在的意義是什麼？然而李于晴說了，這個階段，他們都只想著要專心工作，愛情固然甜美，但人一旦過了某個時期，總不由得要更顧慮麵包，尤其是像他這樣，大學比別人多念了半年，但是學到的東西卻比別人少了不只一半，既沒有顯赫的家世背景，也沒有祖產或家業可以繼承的人。他必須比別人付出更多努力，必須掌握一切稍縱即逝的機會，好賺回曾經浪費掉的一切。

「東西都到位了，機器也測試過，目前運轉很順利，機組人員都沒問題，這兩天等原料到了，就可以立刻開工。」莊培誠跟他一起走出廠房，臉上掛著藏不住的笑。

「我說眞的，你不覺得這個廠房太老舊了嗎？我看起碼超過三十年了吧？」同樣的質疑，李于晴以前也提過，這時忍不住又問：「安全上沒顧慮嗎？」

「老實講，顧慮當然有一點。這家公司，名義上我是負責人，所有登記都在我名下，要承擔的責任比你重上千百倍，這個安全顧慮，我當然也很在乎。」莊培誠在廠區外點了香菸，也遞給李于晴一根，「但是能有什麼辦法呢？我們的資金有限，也租不起更新、更大的地方，再說了，咱們現在規模那麼小，地方太大也沒用。」

「地方小沒關係，重點是要安全。」李于晴強調。

「當然，」莊培誠愼重地點頭，「等過陣子，我們開始賺錢了，要嘛我找人來再一次重新檢測整個廠房的電路，再不我們就直接換地方。新店這邊看過的幾個廠區都算老舊了，以後咱們換到五股那邊去，如何？」說到最後，他又笑了起來，一把拍上李于晴的肩膀，爽快地說：「李老闆，笑一個，咱們發達的時機終於來了！」

這廠房的位置，其實是莊培誠挑選的，就位在新店溪旁邊，一個小小的工業區。價錢不貴，但缺點是老舊了些。從廠區離開時，李于晴心情也不錯，努力了那麼久，總算接近收割的時候，正如他這位合夥人所說，發達的時機要來了。根據試算，倘若一切順利，他很有機會在三年之內還完貸款，並靠著收入轉而增加自己的資本額，屆時他就不再只是個合夥人，可以在這家保養品代工廠占有更大的一席之地。

一直飄著細雨，正好他今天也沒騎車出門，原本打算徒步走一段路去捷運站的，然而莊培誠卻自告奮勇要開車送他一程。

「有沒有考慮過，提高你目前的貸款額度？」途中，莊培誠提議，「你目前的銀行信用度應該沒問題吧？如果有這打算的話，我們找個代書，也把你列入公司負責人之一，應該可以提高銀行貸款額。」

「還是不要好了，穩穩地來就好。」李于晴躊躇了一下。

「這麼畏首畏尾的，你怎麼成大器呀？」莊培誠哈哈大笑。

車子開進市區，本來李于晴要繼續跑他的指甲油業務的，但經過駱子貞公司附近時，他請莊培誠先繞過來一下。他把那條粉紅色的圍巾用一個小紙袋包裹好，裝在隨身的包包裡。還是不要約見面好了，省得大家一言不和又要吵架，他心想著，只要車子開到公司樓下，把紙袋交給管理門禁的警衛，請他們代爲轉交即可。

「等我一下，馬上就好。」車子停下時，李于晴吩咐了一聲，自己下了車，莊培誠應聲好後，跟著也開門走下來，嘴上還叼了根菸。

這棟商辦大樓裡面有大大小小十幾家公司，李于晴先在管理枱邊的樓層分布表上看了看，確定了以後，才把東西託給警衛，只是話剛講完，紙袋才遞出去，正要轉身時，卻看見大門外走進來一群男男女女，其中之一正是駱子貞。

「我剛剛是不是看錯了，那是莊培誠嗎？」讓其他同事先搭電梯上樓，駱子貞還有些不敢置信、半信半疑，她指指幾公尺外，一臉痞樣，正靠在車門邊抽菸的男人，追問李于晴，「你還跟這種人有來往嗎？」

「他是我的合夥人。」點點頭，李于晴說：「除了原本的工作之外，我還在做保養品代工，妳知道的。」

「你跟他合夥？李于晴，你是想錢想瘋了，還是愈活愈回去了？你不知道跟那種人合夥，等於是與虎謀皮嗎？你是不是忘了那傢伙曾經幹過些什麼事？」駱子貞滿臉不悅。

李于晴臉色也很凝重，他開始有些後悔，早知道不該貪圖方便，搭莊培誠的車子來到這個危險地帶，現在可好，一個失算，不但直接遇見駱子貞，還讓駱子貞看到莊培誠。好久好久以前的學生時代，姜圓圓迷戀當時在熱音社非常出風頭的莊培誠，但苦無一個表白機會，所以駱子貞擅自作主，用她學聯會幹部的權限，以提供更多熱音社公開演出機會的代價，交換一次莊培誠跟姜圓圓的約會。本來那是出自好意的安排，然而事與願違，那次出遊，莊培誠不但自己摔車，害得姜圓圓住院好幾天，而他竟還口出惡言，讓駱子貞火冒三丈，這梁子一結就好幾年，而今再次碰上，果然她還是不忘舊仇。

「我知道妳很討厭他，但那些都已經是以前的事了。再說，我現在是跟他合夥，不是跟他談戀愛。老莊在感情的問題上或許處理得不太好，但那應該與我無關吧？當年妳打了他一巴掌，這件事也算是扯平了呀。」

「他處理不好的不是感情問題，而是做人做事的態度。」駱子貞義正嚴辭地說：「我現在是心平氣和地在跟你說話，想要提醒你，不希望你因爲他而吃虧。」

「妳這樣也叫作心平氣和嗎？比起妳現在才開始想要心平氣和，我都已經不曉得和顏悅色多久了。」李于晴雖然不想對她太過譏諷，但實在也覺得萬難忍耐，「謝謝妳心平氣和的好意提醒，我眞的非常感激，但同樣的，我也想提醒妳一下，請不要把妳個人的好惡，還有私人的情緒觀感，一股腦地都套用到我頭上來，好嗎？」

「你這話什麼意思？」

「意思是說，妳要覺得外面那個正在抽菸的傢伙很該死，那是妳家的事，但是我現在還得靠他發財賺錢，我們兩條光棍是綁在一起的生命共同體，這樣妳懂了嗎？」李于晴聲量還是忍不住拉高。

「金錢跟人格，你是這樣挑的嗎？」駱子貞毫不客氣，「少賺那一點錢會死嗎？爲了賺錢，你就願意自甘墮落，去跟那種人稱兄道弟嗎？」

「少賺一點錢當然不會死，但沒有那些錢，妳他媽的兩百張餐券只能賣給鬼了。」

李于晴氣憤地說：「妳眼光太高，日子過得太好，生活也太順遂，有些事情，妳這樣的人永遠也不會懂。」

「我不懂，也不想懂。」駱子貞牙一咬，「我只知道，你已經不是那個我認識的李于晴了，而我不屑跟現在的你為伍。」說完，她直接轉身，進了電梯。

我們對彼此的關心，最後只是讓彼此都關上了心。

凝望浮光的季節 春雪

最後，夢會醒來。
是有心人跨不過的彼岸，而古橋如昨，通往他方，
那些人們叨絮於心／如繁星可細數的從前，
都擱在石階旁，帶不走。

有些記憶沉落死水之底，
唯恐後人深掘，
卻偏又遺一莖蒿草微浮，要提醒著你日後偶過時記得，
我埋葬故事於此。

直到最後的時光散去，
不見誰來，唯有波漪碎碎蕩蕩，
始終映出一個不圓的圓，
然後，才知道還在夢中。

「看過電影《賭神》嗎？裡面那個大反派有句經典台詞：『年輕人就是年輕人，太衝動了。』」搖搖頭，顏眞旭說這句話的表情跟平常的樣子很不像。

「抱歉，我沒看過這種上個世紀，還八〇年代的古老作品。」駱子貞沒好氣地搖頭，又反問：「倒是你，你居然有時間看電影？」

「不管我再怎麼忙，總也還是個人，也總得有坐下來吃飯的時候，吃飯當然要打開電視。」顏眞旭說，與其看著財經新聞，被那些金融數字搞得心裡七上八下，倒不如轉到電影台，看些重播百年的老電影來得下飯。

「你都這身價了，還需要在意那些金融數字嗎？」駱子貞不禁懷疑。

「小數點跳一下，我可能就得蒸發幾千萬，妳說我會不會在意？」顏眞旭攤手。

「好吧，言歸正傳，總之呢，就是連你也不贊同我就對了？」一攤手，駱子貞放下手中的刀叉。今天本來就不怎麼有食欲，儘管美食佳餚擺在眼前，然而一旦聊到李于晴的事，她就整個人都沒了胃口。

「對或錯的事情，妳可千萬別來問我，特別是這種無論怎麼回答，都非得得罪其中一方不可的問題。要知道，妳是我的朋友，小李也是我的朋友，而我能聊上幾句輕鬆話的朋友眞的非常少。」顏眞旭一笑，說：「因此，對於你們之間發生的問題，以及那些孰是孰非，我實在難以論斷。」

「至少你可以給點意見不是？」

「不行，那會使我失去公正的地位。」顏眞旭眼裡閃過狡獪的光芒，「同樣的話，我也跟阿諒說過，所有你們這些年輕人之間的事情，我一概不插手。」

「阿諒？」駱子貞一愣，但隨即想起來，那指的是江承諒，「說到他，我還差點忘了，你哪裡公正過？這整件事情當中，立場最偏頗的應該就是你吧？是誰把我的事情都洩漏出去的？是誰慫恿江承諒的？那不都是你嗎？」

「不，那是我能爲自家外甥所做的最大限度協助。」顏眞旭搖頭，「至於他能不能得到自己想要的幸福，那就不關我的事了。」

「說得可眞好聽。」駱子貞哼了一聲，「還眞是撇得一乾二淨哪！」

「反正呢，我只能由衷希望，希望你們走到故事的最後時，都能獲得自己想獲得的。至於我，不好意思，妳也知道，我今天其實是來跟妳討論其他事情的。」

莫可奈何，只好再拿起刀叉繼續吃午餐。趁著短短的中午休息時段，顏眞旭約了見面，想討論關於半年後夏末婚宴會場的布置事宜。「蟬屋」在台北有四家店，而他屬意的是最後才開幕的板橋分店，打算在婚期當天，預約全天的時段。在閒敘之前，他已經拿出預先擬好的草案，跟駱子貞進行討論。

這件事本來可以交託給自己手底下的人員，或者委託給婚禮顧問公司處理，然而顏眞旭卻想要盡量親力親爲，他說自己工作中的大小事已經都發派出去了，唯獨再婚的婚禮，想親身多參與一些。

「比起花兩三年去建一個新廠、擴大一個產業，或者關切報表上逐年增加的利潤數字，我覺得這是一件更値得我投入，也更讓我開心的事。」顏眞旭說：「妳了解大致的構思之後，剩下的小細節，可以直接找我助理討論。」

「程采？她可以嗎？而且你要她照看這些，那她本來的工作呢？」駱子貞有些猶豫，更有些擔心，就怕程采是不是在擔任顏眞旭助理的這些日子裡做錯了什麼事，才讓老闆想將她調離現職。

「有妳幫忙，我相信不會有任何問題，況且時間也還早，妳們可以充裕地擬出構想。」顏眞旭笑著解釋，「而且，讓她分點心思去處理這些，其實也是讓我有喘口氣的空間。這小丫頭，雖然說是來當我的助理，但根本就像保母一樣，事情不分大小，管到鉅細靡遺，都快把我逼瘋了。」

「這麼誇張？」

「自從醫生叫我控制飲食，寫出一張建議表後，我每天午餐，就不再是吃幾碗飯的問題了，什麼時間吃、配什麼菜色，甚至米飯吃幾公克，她全都要管。」顏眞旭搖頭說：「待會程釆過來的時候，麻煩請妳告訴她，說我這碗提拉米蘇是妳吃掉的，免得我又被嘮叨，好嗎？」

一頓飯吃完，該討論的正事講過，該聊的閒話也說得差不多。顏眞旭沒能喝完飯後的咖啡，一來時間不允許，二來是剛被派去送文件的程釆回來後，她也不允許。

「從我妻子過世到現在，已經過了那麼多年，很多人意想不到，連我自己都萬難相信，我居然會再婚。妳知道這些際遇，讓我領悟到一個什麼道理嗎？」離開前，顏眞旭忽然停下腳步，「最適合妳的人，原來不是最早出現的那個人，也不是最後還陪在妳身邊的那個人。」

「不然呢？」駱子貞手上捧著一個資料夾，裡面是顏眞旭自己草擬的，關於婚禮規畫與布置的草案，另外還提著一個小紙袋，裝著沒吃完而打包外帶的午餐。聽到這番話，她怔怔地問。

「最適合妳的人，應該是那個讓妳始終牽掛，也始終牽掛妳的人。」露出微笑，他說：「選誰都好，選對了最重要。」

話說的很好聽，但仔細琢磨就會明白，那當中有多麼空洞。始終牽掛對方，對方也始終牽掛自己？駱子貞心裡想，我現在最牽掛的，是這一波餐券銷售的結算業績，以及顏大老闆要包場辦婚禮該怎麼安排，乃至於這一袋甜點、麵包、沙拉該怎麼處理，除此之外，腦子裡幾乎已經無暇再想其他。至於誰牽掛著我？駱子貞哭笑不得，她有幾張財經證照，有碩士學歷，有非常專業的職場技能，但可惜沒有學過讀心術，因此猜不出來有誰正在牽掛著自己。

「妳在忙什麼，又把桌子搞得這麼亂？」到了晚上，楊韻之一進家門，就被堆滿餐桌上的文件跟一堆瑣碎給嚇了一跳。她脫下高跟鞋，擱下包包，走過來說：「早叫妳把自己房間那張小桌子給撤掉了，換張大的吧，不然餐桌都快變成妳的辦公桌了。」

「我房間那麼小，擺不下大桌子嘛。」駱子貞戴著粗大的黑框眼鏡，認眞端詳著手中的資料，左手則伸進零食包裝袋裡，拿出洋芋片來吃。

「放著這麼好的東西不吃，卻吃零食？」楊韻之眼尖，已經看到桌上的餐點紙袋。

「冰箱裡面還有甜點跟沙拉，雖然沙拉是妳最討厭的馬鈴薯，甜點又甜得要死，但如果想吃的話，最好趕緊吃掉，不然等到圓圓回來，可就全被她吃光了。」駱子貞心不在焉地說。

「那正好。」說著，楊韻之打開冰箱，把東西拿了出來，卻沒自己享用，又裝進紙袋裡，跟著走回房間去換了一套衣服，儼然一副又要出門的模樣。

「還要出去？」這時，駱子貞總算停止工作，抬起頭來，「又要去找孟翔羽嗎？我說妳也夠了吧，要浪費青春到什麼時候？以前那個花蝴蝶楊韻之呢？早說過妳在他身上把大好時光都糟蹋了，也換不到一個明確的未來的。」

「在這麼紛雜而撩亂的時代裡，任何與未來有關的談論都顯得茫然，我們所能追逐與珍惜的，也不過就是如此微薄卻銘心的當下而已。」楊韻之忽然文謅謅了起來。

「講白話文好嗎？」駱子貞叼著洋芋片，翻了一個白眼。

「意思就是，我沒想過什麼未來不未來的，我只想我的男人而已。」楊韻之哈哈一笑，拎起裝滿食物的紙袋，說：「所以我要借花獻佛，拿這些東西去給他吃，馬鈴薯跟芒果奶酪剛好都是他的最愛。」

就這樣，屋子裡又陷入一片靜謐。楊韻之出門約會了，姜圓圓傳來簡訊說要到附近超市採買，會晚點回來，而程采大概還在陪老闆跑行程——自從當了顏眞旭的助理後，基本上不過晚上九點，她是不會出現在家裡的。

駱子貞看累了東西，覺得肩膀痠疼，忍不住伸個懶腰，同時檢查手機，方才它發出一聲鈴響，顯然是收到什麼訊息，只是忙得沒時間看，這時拿過來一瞧，原來是江承諒傳來的，問她前幾天又登山又騎腳踏車，身體痠痛好些了沒，也提醒她注意身體，工作不要過勞等等。

想起他時，駱子貞臉上帶著微笑，但一轉頭就看見另一個在這張桌子上已經擱了好幾天的小紙袋，裡面裝著李于晴那天送到公司給她的圍巾。一時思緒交織，讓人有些喘不過氣來，摘下眼鏡，想讓眼睛稍微舒緩一下時，她只覺得眼前一片模糊。

終點從也不遠，問題只是，抵達時會是誰陪在身邊而已。

小小的辦公室，座落在廠房一隅，非常簡單地擺上幾張桌子、兩部電腦、幾組二手矮櫃後，就算齊全了，牆上則掛了聊備一格的白板，做為日後貨物進出排程之用。眼見一切完成，離開前最後再欣賞一眼，看看這些努力好久才終於實現的成果，李于晴把燈關了，心滿意足地走出廠房，並順手鎖上大門。

「動作快一點，都幾點了！」莊培誠不住地催促著。幾個應聘而來的員工、一位負責倉管的打工小妹都已經在附近的快炒店就位，等著兩位老闆到來。

準備工作全部就緒，明天一早，這家代工廠就要正式作業。趁著今晚，莊培誠主張找大家先聚聚，不做嚴肅的精神講話，而是預先慶祝一下未來的展望。但李于晴這一晚酒喝得並不開心，他總是頻頻看錶。

前幾天在駱子貞公司樓下鬧得很不愉快，莊培誠那時人在外頭抽菸，身為話題中心，他當然也遠遠地聽聞了爭執的內容。在那之後，李于晴也向他解釋並道歉，莊培誠倒挺大方，只說這位駱大小姐心胸也太狹窄，八百年前的舊事都還念念不忘，不過他一點也不介意。這一樁勉強算是揭過了，因此，今天晚上讓李于晴惦記在心的，其實是另一個女人的事。

明天就要開工，一群人當然不能鬧太晚，才十點不到就結帳散夥，離開前他還勉強擠出笑容來，提醒包括莊培誠在內的所有人，怕宿醉的最好繞道藥房買個解酒液，明天一早八點，工廠機器要準時運轉，誰也不准遲到，但離開海產店後，他的笑容很快就消失了。

從工廠附近過來，這時間是台北的另一波下班潮，雖然沒有傍晚的擁擠，但騎著機車在馬路上鑽繞，一點也不輕鬆，而更慘的是，剛騎過景美捷運站，在羅斯福路上，天空忽然飄起了細雨。慶幸自己的外套有點防水功能，李于晴忙著把安全帽的前罩拉下來，只是如此一來，視線受到影響，車速也隨之降低，而雨水雖然被外套格擋，寒意卻鑽了進來，讓他很不舒服。大老遠地騎到松山，他想去找謝筑寧。

原本傍晚聚餐就想約她的，只是說也奇怪，電話打了好幾通都沒人接，到了晚上也不回電，彼此從事的都是業務工作，儘管謝筑寧的級別較高，但往往都在八點之前下班，而且像她這麼在意工作的業務人員，更沒有漏接電話的可能。懷著此許擔心，他一整晚都心不在焉，當然席間的啤酒也不敢多喝，就怕騎車發生危險。

謝筑寧跟駱子貞住的環境差不多，只是建築沒那麼新，室內空間也稍微小一點，但附近有公園綠地，也算得上是相當優質的住宅區。李于晴騎到那一排大樓外，警衛室雖然沒人値班，只有鐵門虛掩著，但他也不想直接進去。交往至今，儘管謝筑寧給過備份鑰匙，但他從沒有趁房子主人不在時，獨自貿然闖入過。同樣地予以尊重，這是謝筑寧也堅持的事情。

這附近別無他處可去，最近的便利商店都在一兩百公尺外，所以他在鐵門邊等，反正車子騎到這裡，已經沒有什麼雨，只是或許因爲建築與地形的緣故，戶外風挺大的，他忍不住搓搓手，卻無濟於事，只好把衣領再拉高點，然後插手在口袋中。

在那兒等了多時，期間還拿出手機檢查，但依舊沒有女友的回電，等到晚上十一點半。原本新事業即將開端的喜悅，慢慢地被焦慮沖淡，最後只剩下擔心而已。直到將近凌晨，才終於有一輛車子駛近，而他看到謝筑寧從副駕駛座下來。

「電話怎麼不開機呢？」雖然有些不悅，但沒看見開車的駕駛究竟是男是女，李于晴也沒發脾氣，他說：「我擔心了妳一整晚。」

「去看電影了嘛。」倒是謝筑寧自己說了，「想說你最近那麼忙，而我朋友剛好有兩張試映的電影票，又臨時開口來約，所以我就答應了。對方是個很規矩的人，雖然離了婚，但也有兩個小孩了，算得上是個好爸爸，你不要介意。」

「是哪方面的朋友，怎麼沒聽妳提起過？」李于晴皺眉頭。

「當然也是工作上認識的呀。」謝筑寧聳肩，「你可以有朋友到家裡探病，我應該也可以有個能約著去看電影的友人吧？」

「做業務的人能有各式各樣的朋友當然是很好，但妳至少可以傳個簡訊，通知我一聲吧？我們今天聚餐，想預祝明天開工順利，打了一整晚電話，本來還想問妳要不要一起來的。」

「你也知道，我不是很欣賞那位莊先生。」謝筑寧搖頭，聽不出她口氣裡的心情，只是平淡地說：「再說，那是你跟他合作的工廠，跟我也沒有太大關係吧？一整桌都是你們的員工，聊的都是我聽不懂的東西，我去那裡，除了無聊之外，還能做什麼？」

「我以爲在這種時候，妳應該換一種不同的觀點才對不是？」

「不同的觀點？什麼觀點？你們公司的未來老闆娘嗎？現階段你還只是合夥人之一，又還不到獨資的時候，況且，即使你完全掌握了那家公司，那又怎麼樣呢？那是你的公司，不是我的呀。」謝筑寧也皺起眉頭，「我們說過不干涉各自的工作領域，不是嗎？」

「我們在一起已經一年了，妳不想要有任何改變嗎？」

「不想。」謝筑寧斬截地說。

那天晚上，他從喜悅的雲端，直接墜入了無底深淵。騎著機車回自己住處，腦海裡想著的，是謝筑寧最後幾句話。她說這本來就是她在愛情裡的一貫模式，從無改變的可能，一年前是如此，一年後也還是這樣，而且這件事情既然是交往之初就講好的，她也不希望後來又有人反悔。聽著那些，李于晴只能默然接受，他不想就這問題再糾纏下去。原想上去討杯熱茶，喝了好怯怯寒的，然而謝筑寧一句「晚安」，等於宣告了今晚的對話全部結束，他只能在回家的途中冷得直打哆嗦。

「你睡了沒？」夜很深了，洗了個熱水澡，雖然不能連心裡的鬱悶都沖掉，但起碼能讓身體舒服點。他今天夠悶的了，本來想趕緊躺上床休息，但又接到楊韻之的電話。李于晴一頭霧水，還以爲對方撥錯號碼，忍不住提醒，「如果妳要找孟翔羽，最好稍微看一下自己的手機，我跟他的電話號碼不一樣喔。」

「我打的是你的電話呀！」楊韻之說。

「但我現在沒跟孟翔羽在一起。」李于晴躺在床上，枕頭邊是一疊從出租店裡租來的漫畫，有時候輾轉難眠，這是他唯一的消遣方式，而今天晚上尤其需要。

「廢話，他就在我旁邊，或者正確的說法是：我在他家。」楊韻之的講話速度很快，「我是想告訴你，有空最好打個電話給子貞。」

「打給她幹什麼？去自取其辱嗎？」

「你跟她之間到底怎麼回事，我不是很清楚，但反正呢，她最近這幾天怪怪的。怎麼個怪法，我也說不上來，就老有點心不在焉的樣子。問她又不說，還經常三更半夜一個人窩在客廳發呆。」楊韻之說：「要不要把握機會，當然還是看你自己。這時間你打給她，保證她都還醒著。乖，姊姊給你一個機會，快去快去！」說完，她直接掛了電話。

妳也睡不著嗎？是因爲工作呢，還是有別的緣故？是不是跟我一樣，開始對自己信奉的一些什麼，慢慢產生了質疑？是不是覺得，那些我們長久以來總認爲理所當然的一切，原來並不如想像中美好？又或者說，還不睡的妳，這時候也跟我一樣，在想念著從前那個開心的自己？一邊想著，李于晴閉上眼睛，忽然感到一陣難過，但比起難過的心情，他更難過的是自己居然連一顆難過的眼淚都掉不出來。

逝去的青春之所以美好，是因為它永遠不會再重來。

有別於一般店家開幕，總得準備招待客人的酒水或小餐點，這裡取而代之的是許多小飾品，五顏六色、花花綠綠，有些在光線照射下，更映出璀璨的光澤色彩，比起食物，它們更能吸引客人的目光。

「什麼是目標客群的鎖定，現在妳知道了吧？」駱子貞得意地說。

「好吧，我承認自己原先的計畫眞的是蠢斃了。」楊韻之嘆氣。

本來爲了韓流服飾店的開幕慶，楊韻之到處蒐集了一堆餐點的文宣，想挑選質感與價位都適中的店家，訂購活動當天所需的東西，但駱子貞一口否定這主張，她說客人在吃完東西後，萬一不小心抹到了衣服上，那損失誰負責？要是哪個笨蛋失手把飲料給灑了，潑到衣服上，又要誰買單？與其花錢買食物跟飲料，不如把錢挪過來，改用贈送飾品的方式，會讓主要客群們更開心。這個見解後來被楊韻之採納，事實也的確證明，當開幕活動一起始，這些以女性爲主、早已久候多時的客人們立刻把目光焦點全都集中在擺滿長桌的免費飾品上。

儘管自己負責的是批發採購，不必扛今天這場開幕活動的成敗責任，也不用操心這家店之後的經營問題，但楊韻之看著看著，還是覺得開心，特別是當客人們對展售的衣服都讚不絕口時，她簡直快笑傻了，因為每一件都是她獨具慧眼，遠從韓國挑回來的精品款式。

「好啦，大功告成。客人們挑選了喜歡的飾品，就得搭配適合的衣服，而適合的衣服在哪裡？」駱子貞的手往店面一指，「接下來就看你們的店員夠不夠本事了。」

不算大的店面空間已經被擠得水洩不通，這次的開幕折扣其實給得不多，但因為事前宣傳有做足，再加上贈品策略成功，眼看著收銀台前大排長龍，幾個身穿制服的女店員跟負責管理現場的店長全都應接不暇，楊韻之真是笑得合不攏嘴。

「答應幫妳做的事情，看樣子是已經搞定了，現在輪到妳幫我了。」駱子貞從包包裡掏出一個小信封，遞給楊韻之。

「連一張發票妳都不肯自己親手交給他？」

「我跟他真的無話可說了。」駱子貞搖頭，下巴一努，順著那方向，楊韻之看到的是李于晴穿過人群，走進了店裡，而身邊還有一個女子。

「那個穿藍色連身裙的，就是他女朋友。」楊韻之說。

「不用跟我介紹，」駱子貞又搖頭，「我不想認識她。」

帶著無奈，楊韻之看著自己的好姊妹。她不能理解，為什麼曾經在一起的兩個人，明明沒結下什麼深仇大恨，最後卻鬧成這樣，甚至連朋友都做不成？她很清楚駱子貞的個性，這種愛逞強又高傲的個性，向來不肯輕易低頭，就算心裡已經融化了，也會死鴨子嘴硬到底，但李于晴呢？她轉念一想，矛頭立刻指向了那條還在東張西望的大鯉魚。你爲什麼這麼不爭氣呢？楊韻之很想衝過去，直接扯住他耳朵，叫他過來跟駱子貞賠罪，但也只能想想而已，此時此刻，可是店裡人潮滿滿的開幕慶活動，而且李于晴的現任女友就在旁邊不遠處。

「不好意思，今天有點事，來晚了。」一見到楊韻之走過來，李于晴開心祝賀，說：「恭祝楊大姑娘生意興隆，日進斗金。」

「就算公司日進斗金，我領的還是每個月一樣多的薪水呀！頂多只是今天衣服多賣幾件，改天老闆請吃慶功宴的手筆就大方點而已。」楊韻之沒好氣地一拍他肩膀，問：「怎麼樣，皮夾拿出來，裡面帶了多少現金？讓我看一看，看你打算爲我的慶功宴貢獻點什麼？」

「可以刷卡嗎？」

「當然沒問題。」楊韻之一笑，先往旁邊看了一眼，確定謝筑寧正被一件米色洋裝吸引了目光，趕緊乘隙先把那信封交給李于晴，同時也告訴他，這是上次購買餐券的發票。

「她今天沒來嗎？」李于晴問。

「怎麼可能，你要過去找她嗎？」

「駱大小姐應該沒話想對我說吧。」李于晴苦笑，而這時謝筑寧剛把那件洋裝拿在手上，轉過頭來，問問男朋友的意見。

這本該是一個歡天喜地慶賀的日子，然而愈到中午，楊韻之就愈覺得暗潮洶湧。店面不大，能走動的空間也極其有限，但這些彼此不想碰面的人，居然就是有辦法在這兒繞來繞去，始終不跟對方照面。

「很弔詭。」同樣也來湊熱鬧的孟翔羽站在楊韻之身邊說。

「簡直就是鴻門宴。」楊韻之搖頭，「希望別在我們開幕當天鬧出人命。」

從收銀機這邊看過去，謝筑寧拿著一件上衣，站在右邊的鏡子前稍作比畫，李于晴則陪伴一旁。而左側那邊，駱子貞身邊也有一個大約十分鐘前剛抵達的男人，他有過來打招呼，還遞了張名片，楊韻之在耳聞許久後，總算見到這男人的廬山真面目，他是江承諒。

「你知道我現在最懊惱的是什麼嗎？」眼看著左右兩邊，兩個女人各拿起衣服，朝著試衣間走過去，而她們身後各自有男人跟隨，楊韻之眉頭愈皺愈緊，她跟孟翔羽說：「早知道不該勸我老闆，叫他省下那點錢，只租這麼一個小店面，我們應該換個地方，弄個上千坪的大賣場，再隔個二十間試衣間，這樣或許就能避免接下來的刀光劍影。」她掩面縮在孟翔羽的懷裡，分明是小鳥依人的嬌媚姿態，但嘴裡說的卻是，「你幫我留意著，待會要是誰被誰殺了，請不要叫我看那種肚破腸流、斷手斷腳的樣子，我最怕血腥場面了。」

小店面裡，寥寥不過三處試衣間，全都有人在使用，每一間的門外也有人排隊。駱子貞跟著旁人一起依序排候，她原本希望自己能克制著不回頭，還有一搭沒一搭地跟江承諒聊上幾句，然而自己排的這一邊，不知怎地，推進速度竟是奇慢，才沒幾分鐘，旁邊的隊伍已經趕上。

「女人財眞是好賺哪，或許我也應該改行，別再賣電器了。」完全不知道枱面下的波濤洶湧，江承諒今天是應駱子貞的邀約，一起來捧個人場。他站在那兒，忍不住回頭看看店內的人潮，又笑著對駱子貞說：「而且仔細瞧瞧，大部分的女生都是自己來的，再不就是跟女性朋友一起，怎麼，妳們逛街都不喜歡有男性作陪嗎？是不是怕男朋友擋住妳們的血拚之路？」

「倒也未必吧，男女一起逛街購物的，不也大有人在？」駱子貞正說著，旁邊的隊伍又往前進，這時站在她身邊的，赫然就是一男一女。她滿臉不屑地瞄了一眼，卻轉頭對江承諒說：「問題只是甘不甘願而已。」

江承諒愣了一下，這句話講得有點大聲，要是被別人給誤會了，那可非常尷尬，可是他剛舉起手來，想示意她壓低音量，駱子貞居然一回頭，對著旁邊那對情侶直接開口，她問那個男的，「苦著臉幹什麼，不過就是陪女朋友試衣服嘛，臉色需要這麼臭嗎？」

那當下，別說江承諒目瞪口呆了，連站在不遠處的楊韻之等人也同樣膽戰心驚。被這一句話搶白的倒楣鬼不是別人，正是李于晴，然而他不慍不火，只是聳了個肩，冷冷地回了一槍，說：「陪試衣服的男生會擺臭臉，那也就算了，畢竟是人之常情。但是拿著衣服要試穿的女孩子居然跟貞子一樣，看到老朋友，連聲招呼都不肯打，還滿臉殺氣的樣子，我說這才是最奇怪的吧？」

此言一出，無異是啓動了駱子貞的暴走模式，楊韻之跟孟翔羽瞠目結舌，連本來不知緣故的江承諒也被她的臉色大變給嚇了一跳。只見駱子貞雙眉軒起，杏眼圓睜，本來她將一件套裝掛在手肘上，這時卻捏得好緊，瞪著李于晴良久後，才總算勉強壓抑住差點爆炸開來的怒氣，但還是咬牙切齒，恨恨地說了一句，「李于晴，你有種。」

她把衣服塞給一頭霧水的江承諒，又看了一眼急忙跑過來想勸架的楊韻之跟孟翔羽，最後才對李于晴說：「楊韻之剛剛已經把發票給你了吧？很好，從今以後，我們誰也不欠誰，大家真的連朋友都不必做了。你最好小心一點，走在路上別被我碰到。」說完，連衣服都不試穿了，也不跟任何人道別，肩膀上的包包一扯，轉身就往店外走去，只留下眾人錯愕不已。

我們做不成朋友，是因為我們從不只是朋友。

「到底應該誇獎大鯉魚很勇敢呢，還是責備他很白目，我已經搞不清楚了。」屋子裡大多數的燈光都關著，只有廚房前的餐桌這兒還亮著燈。四個女人圍坐，聽完今天所發生的故事，程采瞠目結舌，姜圓圓則苦著臉問：「他真的活得很不耐煩了嗎？」

「看來戰爭是正式開打了。」程采跟著嘆了一口氣。

「雖然我也覺得大鯉魚今天那些話有點超過，但是比起這個，我更擔心的其實是另一件事。」楊韻之沉吟了一下，說：「不知道他回去之後，要怎麼跟女朋友解釋發票的事。」

「解釋？有什麼好解釋的？」駱子貞瞪了一眼，「他要打腫臉充胖子，花一大筆錢買那些餐券，那是他家的事，有什麼需要解釋的？還是說，他女朋友會誤解，以爲自己的男朋友在暗地裡搞鬼不成？如果她真的這樣誤會，那我只能說，這真是雙重侮辱，這女人先侮辱了自己的智商，同時也侮辱了我的眼光。」

那件事之後，一連過了好幾天，駱子貞始終覺得憤恨難平，她本來就一直被這些感情上的複雜糾葛給困擾著，現在又遭遇這一場風波，此時愈是想要把心口上的疙瘩撫平抹去，就愈覺得不可理喻，也愈覺得心有不甘。自己到底怎麼了？這件事爲什麼像一道陰影般，老是在心上揮之不去？心頭一悶，工作表現就失常，甚至連平常駕馭自如的分內小事也處理不好，一些在進行中的工作，要嘛漏打了什麼電話，再不就是遺失了什麼文件，搞到最後，連走到茶水間想泡杯茶，都發現自己居然忘了帶杯子。

「所以妳出來運動運動是對的。」江承諒把落在地上的羽毛球撿起來，輕輕一拋，跟著「刷」的一聲揮動球拍，羽球凌厲地畫出弧線，越過中網，但駱子貞打得有氣無力，她沒有猛力揮拍，只是輕輕巧巧地應接，把球又撥了回去。

「用點力氣吧，發洩發洩之後，說不定精神就回來了。」幾個來回，江承諒靈活自如，還有餘裕可以聊天，反倒是網子的另一邊，駱子貞已經氣喘吁吁。

週末的下午，本來應該窩在家裡，或者到哪兒去走走的，但是江承諒的一通電話，給了她不同的建議。他說與其做些靜態活動，老是把自己悶著，不如出來打一場球，或許體力大量消耗後，人也會舒坦一點。

「夠了，夠了，我投降了。」棄拍於地，才兩個小時不到，駱子貞已經無力再戰。這雖然是一場不怎麼講究規則的比賽，但她也輸得太悽慘，不但體力不是江承諒的對手，就連一些基本的技巧也付之闕如，她打得荒腔走板不說，剛剛爲了搶救一個眼看著要失分的險球，還差點狼狽摔倒，嚇了江承諒一跳。

「早知道不跟你來打球，這根本是不公平的比賽，不管天時或地利，根本都是你占便宜！」坐在椅子上休息，她滿身大汗，一條毛巾擦來擦去，怎麼也擦不乾。

「時間是妳挑的，地點也是妳挑的，我哪有占便宜？」江承諒打開水壺，先遞給駱子貞，笑著說：「國民運動中心是台北市政府在經營的，可不是我家開的。」

「但是球拍是你帶來的。」駱子貞硬要強辯。

「比較輕的那一支都讓給妳了，不然還想怎麼樣，難道要我用手掌當球拍來打嗎？」江承諒啞然失笑，指著腳邊的球拍說。

「這主意不錯啊，待會不妨試試看？」

「萬一妳又輸了怎麼辦？」

「反正根本沒贏過，多輸一場也無所謂。」駱子貞乾脆賴皮聳肩。

「說也奇怪，打球的輸贏，妳看得很平淡，那其他時候，妳幹嘛念念不忘呢？」江承諒一邊擦臉，一邊說：「沒有什麼輸贏是一輩子的，做人還是豁達一點吧？」

這些話裡藏著的意思，駱子貞心中明白。那天她從楊韻之的店裡負氣離開，人還沒到家，江承諒已經傳來訊息，一來表達安慰，二來也提醒她，是該學著放下了。

「你知道他是我前男友嗎？」休息夠了之後，駱子貞不想繼續在球場上自取其辱，提議要散步走走，從羽球館出來，踩在樹蔭下的小徑，她問身邊的男人。

「多少了解一點。」江承諒點頭。他說那天事情發生的瞬間，整個人傻在當下，不明白駱子貞爲什麼會忽然跟旁邊排隊的情侶吵架，而且還一副跟對方很熟的樣子，可是在店裡時，他明明沒見過雙方有什麼互動。後來是楊韻之趁著有空時，才稍微跟他解釋了大概的狀況。

「沒興趣知道更多嗎？」

「有這必要？」

「你如果喜歡一個人，不是應該會想了解對方的全部？」停下腳步，駱子貞回頭問。

「我倒不這麼認爲。」江承諒聳了聳肩，「本來我喜歡妳，是喜歡妳個性上的獨立自主，也喜歡妳永遠帶著睿智跟銳利的眼光在看待這世界，這是我望塵莫及，也非常想學習的一面，因爲這實在太了不起了。那天跟楊小姐聊了一下之後，我才知道，不只是對自己要求嚴謹，妳還是一個很講義氣的人，跟妳住在一起的她們，不只是朋友，不只是老同學，更是妳最親密的姊妹們，這些年來，妳一直在照顧她們，也保護著她們。這種能與別人分享快樂，也分擔痛苦的人，老實說已經很少見了，也因爲這樣，所以我發現自己又更喜歡妳了。」

「多謝你的誇獎。」駱子貞苦笑，她說：「但你沒看過我跟她們吵架的樣子。」

「人跟人相處，本來就一定會有矛盾或衝突的時候，那不足爲奇吧？不過很多人即使是面對自己親近的朋友，也不見得能把這些情緒表現出來。大多數時候，我們總是隱藏著眞正的感覺或想法，戴著一張面具。」

「你是這樣的人嗎？」駱子貞笑問。

「在面對客戶、上司，還有同事的時候就是。都市裡的生活，我們總會遇到幾個很想把他們殺死，偏偏沒辦法下手，反而還得陪笑臉打招呼的傢伙，不是嗎？」江承諒嘿嘿一笑，說：「所以我很羨慕妳，很佩服妳，也很喜歡妳。」

「一身臭汗的時候，可不是告白的好時機。」

「這算不上是告白，」江承諒把球拍擱在肩膀上，直接用衣袖擦擦臉。繞著羽球館走了一圈，小徑的盡頭也是剛剛開始散步的起點，十字路口的一旁，就是羽球館大門。他說：「我只是想告訴妳，比起那些認識妳已經很多年的老朋友，或許我對妳的了解眞的很少，然而我相信，比起已經經歷過的那些，更重要的是未來的路要怎麼走，面對不同的分岔路口，要做什麼選擇。至於過往前塵，那些可能很漫長的故事，我不介意妳邊走邊說。」

「謝謝。」駱子貞點點頭，躊躇了一下，「但我不確定，如果哪天走到了該選擇的時候，自己選的會是什麼方向，是對或錯，我不曉得。」

「這世界上沒有方向對錯的問題，只看妳有沒有欣賞風景的心情而已，」江承諒笑著說：「放心吧，就算對妳的認識還不夠多，但起碼我很確信，這世上沒有什麼難題或關卡是妳駱子貞跨不過去的。」說著，他想到什麼似的，取下肩膀掛著的運動包包，從裡面掏出一只還裝在包裝袋裡，全新的粉紅色護腕，拆開後，幫駱子貞戴上，「準備好了嗎？要去嘗試新的方向，還是跟我再比一場？」

問題不在方向，只是心困迷霧，哪裡都不見風景而已。

「距離預定的時間還早嘛，用得著這麼急如星火的嗎？妳最近怎麼一副很煩躁的樣子，還好吧？」丁舜昇剛從外頭回來，就聽到駱子貞在針對幾個行銷案裡的問題碎唸不已，他本來不想干涉，但轉念又覺得有些不妥，所以乾脆把駱子貞叫進自己辦公室，提醒她要有點耐性。

「耐性？他們還能活著，就是我耐性的最大展現了。不過就是幾通電話可以確定的事情，我不知道這樣拖下去，到底要拖多久。」說著，她翻開手上的資料夾，也不管丁舜昇想不想聽，直接就彙報起手頭上的幾件工作進度。

「老實說，我比較喜歡妳前陣子經常沒頭沒腦、丟三忘四的樣子。」聽完她言簡意賅的報告後，丁舜昇沒有針對議案內容做裁決或指示，卻搓搓耳朵說：「我只覺得，妳元神歸位的那天，就是我們大家又要開始水深火熱的時候了。」

其實所有的問題都沒解決，駱子貞自己很清楚。無論是她跟李于晴的糾葛，或者是驀然闖入的江承諒，這兩個男人在她的世界裡所掀起的波瀾都不是一時三刻可以消停的，就像擺在桌上的這些案子一樣，永遠維持在進行中。

但就像江承諒說的，這世上沒有駱子貞跨不過去的難題或關卡，所以儘管有些情感上的問題一時無解，但手頭上這些案子總有進度能追吧？這天一早，她在踏進公司前已經調整好了自己的心情，手上端著咖啡，肩膀掛著包包，走到座位時的第一件事，就是讓原本散亂的桌面恢復乾淨，跟著她一掃連日來的陰霾，把那個老是心不在焉的自己給一筆刪除，取而代之的，又是精明幹練的模樣。

才短短一個上午，原本堆積的瑣事已經解決完畢，追上所有的工作進度後，她趁著午休時間，還順便跑了一趟便利商店，把遲納好久，幾乎都快過期的各種帳單一次結清，而後馬不停蹄再回公司，早上先料理自家公事，下午要處理的，就是顏眞旭之前託付的，關於婚宴包場的大案子。這件事與自家業務的關涉雖然僅止於因場地所衍生的相關範疇，然而她不敢馬虎大意，趁著晚上程采在家，她們已經討論過很多可行的內容，而具體的執行方式也全都在規畫之中。

跟分店經理的幾通電話都講了很久，最後她索性親自再跑一趟，把部分細節確認過，等到眞正可以下班時，早過了晚上八點半。本來想買點晚餐回家吃，但轉念一想，四個女人似乎好久沒有一起吃過飯，要嘛自己忙，再不就是程采或楊韻之撥不出時間，每次總是讓姜圓圓獨自守著那張空蕩蕩的餐桌。

心念既起，手裡跟著就要撥出號碼，然而電話比她更早一步響起，楊韻之第一句話問她人在哪裡，第二句話問她吃過晚飯沒有，第三句則告訴她，說店裡已經坐了三個人，就差她一個。

或許這就是默契吧！當她改變回家吃飯的念頭，搭上計程車，一路來到東區時，只見那家開幕花籃都還沒撤下的服飾店裡依然門庭若市，而店員往後指指，她好奇地推開一扇隱藏式的木門，才發現裡面別有洞天。除了好幾排貨架，擺滿依序編號的貨品外，一旁的小桌子上有香氣四溢的食物，楊韻之、程采跟姜圓圓早已吃了大半，但她們特地每一份都留下一點，放在一個空位前，還排得整整齊齊，顯然是留給駱子貞的位置。

「本來今天也想找妳們吃晚飯，沒想到我還來不及約人，妳們就先湊一起了，爲了這種心有靈犀的默契，我先乾一杯。」落坐後，她端起紙杯，先敬了三個女人一杯綠茶，但下一句則是：「可是呢，我最討厭吃的東西，妳們居然一次全張羅到了，這是怎樣，誰活得不耐煩了是嗎？」說著，她指指桌面，肉圓上頭有香菜跟蒜泥，一盤客家小炒裡面還有好幾根芹菜，再加上味噌湯裡的蔥花，駱子貞生氣地說：「妳們乾脆放兩顆老鼠藥，給我個痛快算了！」

儘管換了場景，地方非常狹隘，而且空氣不太流通，連每個人屁股下坐著的，也都只是硬邦邦的塑膠小板凳，但這頓飯餐，在香菜、蒜泥、芹菜跟蔥花都被挑乾淨後，駱子貞還是吃得很開心。

她需要的並不是多麼華麗的晚宴，也不在意環境是否優適，能跟自己的好朋友一起吃頓簡單的晚餐，就已經是莫大滿足。一邊吃著，駱子貞心想，其實江承諒說的那些話只對了一半。她並不是天生就那麼講義氣、那麼愛照顧別人，她之所以放不下這些朋友，是因爲這些朋友也沒放下她。

「我們這樣是不是很殘忍？」吃著酥炸魷魚時，程采原本聽著姜圓圓聊起大學時代，校門口附近那攤鹽酥雞攤子的口味，但不知怎的，卻忽然發出了句讓大家都錯愕的疑問。

「妳是說，把一隻雞剁碎了再炸來吃掉，這樣很殘忍嗎？」姜圓圓一愣。

「應該沒關係吧？反正我們現在吃的是魷魚。」楊韻之說。

「別忘了，不管再怎麼殘忍，魷魚妳也有吃。」駱子貞則提醒。

「不是啦，我是說，我們這樣聚在一起吃東西，對大鯉魚會不會很殘忍？」有些爲難，程采看了看駱子貞，生怕她臉色一變就發脾氣，但見似乎還好，才鼓起勇氣說：「以前我們讀書的時候，最常買鹽酥雞來請客的，就是大鯉魚呀，對吧？」說到這裡，她忍不住又停下來，看了看駱子貞。

「想說什麼，妳就直說吧。」駱子貞嘆口氣。

「其實，我也不知道自己想說什麼，」程采低著頭，望著那盤炸魷魚，她憂鬱地說：「我只是吃著吃著，忽然覺得，現在我們還能聚在一起吃東西，是一件很棒的事，但我們只顧著自己開心，卻沒人管他後來怎麼樣，是不是有點……有點……」說到這裡，她再也說不下去。

「知道了，知道了，我找他就是了，可以吧？」吐了口大氣，駱子貞站起身來，儘管臉上帶點不情願，但手裡卻拿起電話。

是應該打個電話給他。雖然打過去要講什麼，駱子貞自己也不清楚，但程采的意思，她是很明白的。就跟他寒暄幾句吧？不要牽扯太多，也不要有過度的情緒起伏，駱子貞一再提醒自己，也說服自己，這通電話，只是替程采她們打的，要問候一個老朋友，就這樣而已。一邊想，她一邊走到店外，但很可惜，一連撥了兩通，電話都沒人接聽。

你在忙嗎？已經晚上快十點了，難道還沒下班嗎？或者，因爲她在你身邊，所以不方便接聽我打來的電話？應該是這個緣故吧？駱子貞站在街邊，心裡想像著一個畫面，那是在李于晴的住處，他坐在床緣，懷裡抱著木吉他——是那把泛著暗紅色烤漆光澤的木吉他——彈奏著熟悉的曲調，哼哼唱唱，琴聲與歌聲都悠然。曾經，聆聽這樂音的人是駱子貞，但後來換成了另一個女子。

是因爲這樣，所以你才沒接我電話的吧？嘆口氣，當第三通電話也進入語音信箱時，她決定放棄。要踏入店裡時，再一次回頭，儘管夜漸漸深了，但這城市繽紛依舊，就像打起精神把注意力再次拉回到工作崗位上，那個強勢練達的自己一樣，充滿勃勃生氣。可是她知道，隱隱約約的，似乎有些什麼，已經不一樣了。

我們會長大，會懂事，或許也會離開，但我們雖然不說，卻還記得愛。

「妳現在是打算把我舅舅的婚禮當成尾牙的摸彩晚會來辦嗎？」笑個不停，江承諒打開公司的產品型錄說：「參加婚禮還送家電，這種事大概只有妳想得出來。」

「當然不是送那種電視機或冰箱之類的大型家電呀，我要的是精緻一點的小東西。」駱子貞解釋了一下構想，因爲包場婚宴的桌位席次很有限，顏眞旭透過程采所傳遞來的消息，他這一場只打算邀請親近的親友蒞臨，所以希望做得更精緻一些。也因此，駱子貞才想到，既然賓客人數易於掌控，她預計撥出一筆經費作爲來賓的回饋禮，而點子動到江承諒身上，反正他們公司也屬於顏眞旭旗下，肥水不落外人田，不但能夠拿到最大的折扣，還能表現婚禮主人的大度，有什麼不好？

「無所謂，看妳想要什麼，只要是在我的能力範圍內，數量跟價格都好談。」江承諒想了一下，又說：「就算超過了我的職權範圍，相信只要把我舅舅的名號抬出來，業務部的經理也不敢不聽話。」

「話別說得太滿，萬一到時候折扣壓不下來，丟臉的可不只是你跟我。」駱子貞一笑。

「放心吧，想怎麼樣都可以，」江承諒一拍胸，「隨便妳。」

那瞬間，駱子貞忽然全身一顫，原本整個人的注意力都在工作的事情上，但「隨便妳」這三個字一入耳，她卻一霎時失了神。

「沒事吧？身體不舒服嗎？」江承諒察覺有異。

「沒事，還好。」趕緊收攝心神，駱子貞努力想表現出若無其事的樣子。

「要不要休息一下？妳嚇了我一跳。」

「不用擔心，沒問題的，眞的。」搖搖手，駱子貞急著說。

一整天在公司忙還不夠，下班後她約了江承諒，不去什麼餐廳之類的，只在咖啡店裡繼續討論工作的事。臉上其實已經滿是疲態，但眞正讓她失神的，並不是因爲這些繁雜的事務，而是爲了一句當年李于晴常掛在嘴邊的話。這三個字，不但讓她工作分心，更重重敲了一下她的心坎。

堅持不讓駱子貞自己搭捷運回去，討論結束後，江承諒伸手要攔計程車，然而駱子貞卻問他趕不趕時間，如果有空，她還想走走。那三個字的衝擊太大了，她必須要平復一下才行，否則可能無法好好面對那種直接回家之後，更深沉也更難招架的寂寞感。

只是能走到哪裡去呢？順著人行道漫步，駱子貞忍不住抬頭望天，台北的夜空並非漆黑一片，反被地面上的各種光源映得五顏六色。她呵出一口寒氣，望著嘴邊的白煙消散，心裡很想知道，這個寒冷的冬天究竟何時才會結束？都已經過完年了，春雷哪時候才會響起？春雷響起時，自己能不能跟蟄伏的蟲子一樣驚醒過來，再次回到充滿生機與朝氣的樣子，而不是如同現在這樣，迷惘、困頓，夾雜著數不清的複雜思緒。

「妳好像有很多心事。」江承諒陪在旁邊，安安靜靜地走了好一段路，也陪她看了半晌的天空，最後又陪她在街邊佇立良久後，這才開口。

「想要不回頭看，需要很大的毅力。」駱子貞回頭，一整排的行道樹上，都纏繞著璀璨的藍紫色燈泡，繽紛亮眼。這一幕本該充滿浪漫氣氛才對，然而光線投映下，她卻只感覺到無比的寂寥。

「人怎麼可能完全不回頭看呢？」江承諒說：「只要在看完之後，記得繼續往前走就好了呀。」

「你不知道我走得有多累。」駱子貞嘆氣。

「雖然可能不太討喜，但我忍不住想說，或許妳需要的，是一個能陪妳回頭看，也能陪妳往前走的人。」

「陪著一起回頭看？怎麼，難道你不介意自己的女朋友是個拋不下過去回憶的人嗎？」

「只要她願意與我一起分享回憶的話。」江承諒聳肩，「本來就沒有人可以斷開所有回憶，只這麼片面性地活著。誰都會有偶爾想回頭看一下的時候，天經地義嘛。愛一個人，必須學會的第一件事，就是陪她一起欣賞回憶裡的一切，把那些自己以前來不及參與的，一點一滴補回來。」說著，他解下圍巾，裹在駱子貞的肩膀上，忍不住親吻了一下她的額頭。

「謝謝你，但是，或許我還需要一點時間。」低低的聲音，駱子貞說。

「那正是我現在最想給妳的。」江承諒點頭，有點謹慎與猶豫，但還是輕輕把女子攬進懷裡，他說：「不管答案是什麼，都等妳。」

在那樣的懷抱中，駱子貞覺得感動，可是同時攏上心頭的，卻是一股愧疚。她很久沒被一個男人抱住了，可是她不明白自己爲何在此時此刻，想起的竟是當年被李于晴擁抱時的感覺。

而同一時間，李于晴也想起了她，就在這城市的另一頭。他獨自坐在熙來攘往的街邊，眼裡看不見過往人車，視線直盯著地上的幾片碎紙，多希望這時能有一陣風來，吹散那些紙片，吹散這個不再美麗的夢。

一個多鐘頭前，謝筑寧問他，到底楊韻之爲何要轉交一張發票，那發票明細開的是什麼。李于晴知道她遲早會問起這件事，打從服飾店開幕慶後，謝筑寧就開始用那種眼光看他了，一種冷漠中帶著猜疑，親近裡又藏著疏離的眼神，讓他難以承受，就算謝筑寧忍得住不問，他自己或許也按捺不下，會把祕密給揭開來。

那時，就在這路口，他來接謝筑寧下班，原本還討論著晚餐要吃什麼，但一講到要不要多花點小錢，吃點比較精緻的東西，謝筑寧忽然停下腳步，轉過頭來問他，到底那天楊韻之轉交的，是一張什麼發票。

他以爲兩個人會吵架，可能吵到不歡而散，但他萬萬沒想到，當謝筑寧接過那張發票，看了幾眼之後，沒有多說半句話，只當著他的面把這張薄紙撕成碎片。纖手一揮，紙片揚空的當下，她轉過了身，朝前方走去。沒有晚餐，沒了爭執，沒了對話，也沒有回頭。

他一屁股坐下的地方是家打烊的銀行門口，鐵捲門早已拉下，牆角黯淡無光。不曉得坐了多久，也不知道自己空蕩蕩的腦袋裡還能想些什麼，他只覺得渾身無力，像癱瘓了一樣。許久之後，高跟鞋的足音靠近，他一抬頭，才發現是謝筑寧去而復返。

「我只是想問你，她值得你這樣做嗎？」女子口氣冷淡，幾乎不帶情感。

該怎麼回答，又能怎麼回答？李于晴也說不上來，他非常痛恨自己這種矛盾的感覺，眼前這人是他應該深愛的對象，也是他最不該懷藏祕密的對象，可是自己偏偏對她撒了謊。他無法去細思，到底駱子貞值不值得他這樣做，反而更急著想釐清，自己到底爲什麼要撒謊？

「我們分手吧。」然而當他還在腦袋裡翻箱倒櫃，試圖整理出一點想法，卻徒勞無功之際，他聽到謝筑寧淡淡地說。

「我……」那瞬間，李于晴懷疑自己有沒有聽錯。

「你根本不愛我，不是嗎？」謝筑寧說：「又或者，公平一點說，是我們沒有認眞愛過彼此。我們的愛情只是一種各取所需，一種互相取暖，也只是一種對應關係。我偶爾需要有個人陪，所以你在；你需要一個人來塡補駱子貞不在之後的空虛，而我剛好出現。不就只是這樣嗎？現在她回來了，又一次走進你的世界了，於是我們之間的關係也跟著失衡了。」

「筑寧……」李于晴的聲音顫抖著。

「這件事，你沒有錯，我也不怪你。撕了那張發票，只是因爲我覺得自己輸了，心有不甘而已，但那不干你的事。我們之間原本就沒有未來可言，這種相處模式，遲早都會出問題，她也只是一個催化劑，對吧？」謝筑寧深呼吸了一口氣，又說：「既然這樣，那就順著這個機會，把我們的關係也一併解決了吧，好嗎？從此以後，你要怎麼去研究，到底駱子貞在你心裡還有多少分量或影響，都與我無關了。本來你跟駱子貞還有她那群朋友的關係，從來也不是能說斷就斷的，我不想干涉跟過問太多，但也不想攪和在裡頭。愛情對我來說，不是什麼讓人提得起興趣的遊戲，所以我不玩了。」

「不玩了？」李于晴抬起頭來，語氣裡充滿不可置信。

「對，不玩了。」說完，她再一次轉身，而且真的不再回頭。

然後李于晴想起了駱子貞。而不過幾條街外，那一排被藍紫色燈泡滿滿綴飾的行道樹邊，江承諒抱著女孩，在很近的距離下，凝望著她的雙眼，從眼神裡看到她滿是傷口的心，於是，他給了一個她沒拒絕的吻。

愈是冰封的酷寒，我們才愈感受到心的火熱。

那天晚上，她很早就回到家裡，坐在餐桌前靜待。早在今天中午休息時，訊息就已經分別傳送出去，內容很簡單，寫著「家庭會議舉行通知」這八個字，既沒有標註時間，也沒有載明地點，但收到訊息的那三個女人都知道該在何時何地赴會。

「程采跟韻之都還沒回來？」除了駱子貞之外，第一個推開門的是姜圓圓。

「還早。」她點點頭。

姜圓圓在幼稚園上班，收入雖然不高，但工作壓力也不大。平時每個人回到家裡總是滿臉疲憊、步履蹣跚，誰也不會想多管屋內瑣事，只有姜圓圓還能這邊掃掃、那邊擦擦，讓這房子維持在最乾淨的狀態。此時她也不得閒，眼看駱子貞已經泡好一壺茶，擱在桌子上，姜圓圓走進廚房，弄出了好幾盤點心與餅乾。

「我們廚房裡有這些東西嗎？」駱子貞一愣，「我剛剛泡茶的時候搜過一遍，明明什麼吃的也沒找到，妳這是從哪裡變出來的？」

「妳的廚房裡可能沒有，」姜圓圓點頭，得意地說：「但是我的廚房裡就有。」

正在抬槓，門又推開了，楊韻之跟程采同時抵達，她們也不回房間換衣服，把包包、外套都往沙發上一扔，趕緊先過來落坐。

「今天開會，主要呢，是要宣布一些事情。」看看眼前三個人，她們各個正襟危坐，面前都已經擺上一盞瓷杯，淺褐色的茶水平靜無波，杯子旁邊還有一小包誰都不敢貿然打開來吃的蘇打餅乾。駱子貞坐在主位上，眼睛轉了轉，略帶點試探性的口吻，說：「妳們猜，我要宣布什麼？」

「該不會是丁總要把房子收回去，叫我們搬家吧？」三個女人面面相覷了一下，程采緊張地問。

「妳懷孕了？」姜圓圓一開口，讓手上端著杯子的駱子貞差點嗆到。

「不對不對，」楊韻之想了想，搖頭說：「收房子的事情，不可能突如其來地發生，要懷孕也得先找個願意跟妳上床的對象，所以今天要宣布的主題，應該是有人跟妳告白之類，這比較合邏輯。」

「楊韻之得一分。」駱子貞換下一題，「那第二個問題，妳們猜，是誰那麼不要命呢？」

「會這麼煞有其事叫大家猜，這人來歷一定不簡單，該不會是妳主管吧，那個姓丁的？他不是只愛男人嗎？」姜圓圓瞪眼。

「不對不對，這沒道理。」程采搖頭，「我認爲是大鯉魚。」

「一個愛男人的男人，不會平白無故轉性，忽然改愛女人；一個原本已經在愛別的女人的男人，也不會神來一筆地愛起另一個女人。況且大鯉魚跟駱大小姐的梁子有多深，這個人盡皆知，所以當然不可能是他。」楊韻之凝神想了大約兩秒，「看樣子江承諒已經先馳得點了。」

「楊韻之得兩分。」駱子貞再點頭。但說也奇怪，宣布喜訊時，臉色本來應該開心的，可是此時的她殊無笑意。而她這一表示，桌邊另外三個人一時間面面相覷，竟是誰都無法做出下一個反應。

「那現在呢？」姜圓圓率先打破沉默。

「不知道，所以我才問妳們。」駱子貞搖頭。

自從四個人再次同住一個屋簷下以來，她召開家庭會議的往例屈指可數，畢竟大家都長大了，也正如李于晴對她說過的，既然都是朋友，就不該有誰居於領導地位，每個人都因爲珍惜這段情分，才能再相聚在一起，任何人都不需要再聽從誰的指揮。因此，除了幾次通知大家關於管委會的公告事項外，駱子貞從沒這麼刻意把大家集合起來過。而今天晚上，她第一次就自己的情感問題做討論，結果大家互看了幾眼，卻沒人知道該如何開口。

「這中間的轉折一定很複雜吧……」沉吟著，姜圓圓想了又想，問問旁邊兩個同樣被叫來開會的，「妳們認識那個江先生嗎？我連他是誰都不曉得耶。」

那瞬間，駱子貞眞覺得對牛彈琴，但轉念一想也對，在一切狀況都不清楚的情形下，眼前這三個女人要怎麼給予意見？她在啜了一口茶後，先就江承諒的身分做一次簡短的說明與介紹，同時也把最近發生的事擇要大致說過一遍，說明完畢後才又問她們一次，「如何，妳們認爲怎樣，我應該接受嗎？」

「妳心裡難道沒有任何預設立場嗎？」楊韻之側著頭反問。

「普天之下，方圓九州，沒有人不知道我駱子貞才氣縱橫，而且睿智能斷，這一點我當仁不讓地承認，正所謂……」

「拜託請講重點。」楊韻之急忙打斷她。

「好吧，簡單來說，就是我當然覺得這是一個不錯的選擇，只是唯恐當局者迷，才想聽聽妳們的意見。」駱子貞一番自誇自讚的台詞沒能講完，瞪了楊韻之一眼，也只好乖乖說出自己的想法，「要說喜歡，這一點我承認。對於江承諒這個人，我是有動心的，但也僅止於此而已。雖然他是一個很不錯的男人，但以前我從來沒考慮過要跟他交往。」

「我還有一個問題，」程采舉手，問：「我們的意見，有重要到可以改變妳的決定嗎？我的意思是說，這畢竟是妳的幸福，而我們……」

「我覺得起碼是個重要的參考方向。就像韻之剛剛問的，我有沒有預設任何立場呢？答案是沒有，所以妳們的看法對我來說就非常重要。」駱子貞看了大家一眼，雙手一攤，又說：「如何，要來投個票，順便發表一下各位的意見嗎？」

「我投江承諒一票。」姜圓圓立刻下了決定，「畢竟妳也老大不小了，有人敢要，總是好事一件。就算我不認識他，可是我相信，能被妳看上眼的貨色，肯定都不會太差，而且妳如果最後沒選他，說不定還可以轉過來介紹給我。」這幾句話說完，她立刻被駱子貞白了一眼。

「我也投江承諒一票。」程采接著答腔，她的理由比較像樣點，「我覺得，江承諒既然是顏先生的外甥，論背景跟能力，應該都配得上子貞。」

「好，已經兩票了。」駱子貞點點頭，再看向桌子對面。然而最後一個尚未表態的楊韻之拿著手機在那兒滑了幾下後，卻突然臉色一變，沉吟半晌後才抬起頭來，「不好意思，這一票我不能投給姓江的。」

「爲什麼？」駱子貞一愣。

「因爲我想投給大鯉魚。」楊韻之深呼吸了一口氣，很篤定地說。

「我不記得他有取得參選資格耶。」駱子貞聲明，「我們現在要選的，是身家清白、品行端正的單身男性喔。切記，是單身。」

「誰說他沒資格？」楊韻之把手機放在桌上，往前推了一下。另外三個女人不約而同地一起探頭。明亮的手機螢幕上，顯示著孟翔羽剛剛傳來的訊息，只有寥寥幾句話，卻讓大家都看傻了眼，孟翔羽寫著：「讓我們用掌聲來揭開天下大亂的序幕，慶祝李于晴終於成功失戀。」

愛情不是選美，不必挑最好的，卻要挑最愛的。

「你一定要這樣昭告天下就對了？」看著那封訊息被發送出去，還附帶一個好笑至極的可愛貼圖，李于晴皺著眉頭問。

「放心，我們共同的朋友不多，我只會通知那些第一時間應該收到消息的人。」孟翔羽舉起酒瓶，說了一聲恭喜。

「恭喜個屁。」他嘆了一口氣。

很奇怪，今天不管怎麼喝，除了肚子裡滿滿的啤酒脹氣外，半點暈醉的感覺也沒有。在跑來找孟翔羽之前，他已經接連著忙了兩三天，先處理了光療指甲油公司裡那一批來自馬來西亞的代理商，把他們照顧得無微不至，用滿滿的產品課程與觀光行程，讓那些人感覺賓至如歸又無比充實，然後撥出時間，跟莊培誠接連拜訪幾位保養品代工的客戶。有些客戶喜歡跑酒店，他跟著去了，有些客戶喜歡窩在快炒店，他也跟著吃了，眼看著訂單一張接一張進來，他笑得合不攏嘴，舉杯時也特別豪氣。等繁忙緊湊告一段落，回到家裡，他卸下面具，總是倒頭就睡，等到隔天醒來，才又粉墨登場，去扮演現實世界裡他必須演出的角色。

在忙亂的生活中，他不是沒有一點零碎的時間可以留給自己，只是當他細細品味時，心裡卻覺得荒謬至極。為什麼謝筑寧決絕地說完那些話後，轉身離去的背影，在腦海裡如此鮮明，可是他想著想著，卻不覺得特別難過？有好幾次，他車騎到一半，機車也沒熄火，突然停在街邊，心中在想，自己是不是應該流幾滴眼淚呢？他習慣一邊騎車一邊聽音樂，當播放出以前他剛跟謝筑寧在一起時，兩人愛聽的旋律，儘管有些落寞感浮上心頭，偏偏就是一滴眼淚都擠不出來。

難道這段一年左右的感情，眞如謝筑寧所說的那樣，在看似心照不宣、心領神會的來往之間，其實意味著彼此的互不關心與塡補空虛而已？他想起來，在很多場合中，不只一次有人問起他是否單身，或許可以幫忙介紹對象，但自己總是笑笑搖頭，說已經有了女朋友。「我已經有女朋友了」這句話，他記得曾對很多人說過許多次，但除了孟翔羽，即使是最熟的搭檔莊培誠，只怕都沒見過謝筑寧幾次。

原來我們眞的這麼疏遠嗎？李于晴忍不住想。他知道心裡有一塊地方坍塌了，可是卻也僅止於失落而已，不到痛心的地步。這兩天他很積極投入工作，目的並不在於藉由工作麻痺自己。仔細想想，現在跟平常其實沒有多大差別，唯一的不同，大概是忙到半夜時，手機裡少了一通或兩通電話而已。

這未免太可悲了吧？從孟翔羽那兒離開後，距離自己住處已經不遠，他把機車停到路旁，走進街邊的便利商店，原本想再買兩瓶啤酒的，但覺得胃部隱隱有些不舒服，所以還是作罷，轉而拿起一瓶綠茶去結帳。等結帳時，他本能地掏出手機。以往，他也跟現在一樣，會在回家前停下來買飲料，在店門口講一通睡前的電話。

玻璃門開了，手裡拿著飲料，把發票跟零錢塞進口袋。今天他沒有撥出電話給任何人，心情卻有幾分惆悵。他發了訊息給莊培誠，提醒明天一早要進工廠看樣品，有些東西還得送檢驗認證，別給忘了。

發完訊息，坐在店門口喝茶時，不時還能看見路上有些上班族模樣的行人。他們也加班到這麼晚嗎？瞧那些孤身走過的人們，他想起一首很久以前的老歌，歌詞唱的是「就算站在世界的頂端，身邊沒有人陪伴，又怎樣」。想到這句，他忍不住苦笑。

「這樣做眞的好嗎？蠟燭好幾頭燒的，你會不會應付不來？別把自己累壞了。」有一回，他在睡前的電話裡告訴謝筑寧，自己將與莊培誠攜手合作，投資經營代工廠。那時，謝筑寧曾問他到底為什麼這麼拚。

「想要有更好的收入、更高的成就，或許未來可以過更好一點的生活，我們也才能一起分享這些美好的果實呀，不是嗎？」那時，他想了想，這樣回答。

「傻子，你的成就，那是屬於你的呀，要怎麼分享？」謝筑寧笑著說：「不用考慮到這麼遠，做你想做的事情就好。」

當時他覺得謝筑寧很貼心，一個女人居然願意放開手，讓自己的男人盡情闖蕩，不必懷著後顧之憂，但現在想來，那不就等於是謝筑寧換個方式在告訴他，說你是你，我是我，我們沒有誰對誰的責任或義務，也不需要把「我們」當成考慮的對象？

所以這兩天他忙著工作時，一邊往返奔波與應酬客戶，一邊卻在想，都已經失戀了、身邊沒有陪伴的人了，還繼續為事業而拚命付出，這有半點意義嗎？是不是所有的努力，真的只剩下為了跟駱子貞賭一口氣的目的了？

這問題他問了自己不下數十次，但每次都覺得只是白問，一路走到今天，哪有說停就停的道理？他只是感慨，失戀堪為人生大事才對，一個人可以因為失戀而擱置工作、中斷學業，讓人生轉出一個大彎，甚至放棄寶貴的性命，就算沒有天崩地裂的悲痛，好歹也要沉淪沮喪一番，但自己居然一如往日地坐在這兒喝茶，還不忘跟工作夥伴交辦事情，這算哪門子的失戀？謝筑寧之於自己的存在感又怎麼能低落至此？責怪對方不夠重視這份感情，那自己呢？自己是不是也沒有好好愛過人家？原來不夠相愛的兩個人，既欺騙了自我，也欺騙了對方，所謂的給彼此保留各自的空間，不過度干預對方的生活，說穿了，都只是因為愛得不夠而已，所以這段愛情裡，才會出現那些下意識就說出來的謊言，才會屏退對方想接近的意圖，才會在裂痕出現之際，就毫無眷戀地輕易放手。

搞了半天，那些一起營造出來的和諧氛圍，都只是粉飾後的太平，卻脆弱得不堪一擊呀？李于晴嘆口氣，他這次眞的流了一滴眼淚，正好呼應不久前離開孟翔羽家時，那個擺明一副看好戲的傢伙所說的。他說：「人哪，最悲哀的不是失去愛情，而是分手時，你才發覺自己原來沒有眞的愛過。」

最悲哀的不是失去，而是失去時，才發現原來沒愛過。

故人淹藏幾許話頭後，去也便去了如大江之逝，
夕陽猶在，行者叨唸起來。
一幅古剎廊簷前，宛轉舊夢遂也鮮活，
唯有勝負，煮酒/拚殺
你在落子前問，是否已然太遠，關於從前。

沒有不隨時歲消散的青春哪，
滿池華光褪去，詩歌止息，大千錦繡有老枝恆亙，
任誰拾起都是，痕跡。

那年冬雨後，
你帶走滿池華光，留磚瓦靜默。
而我埋存塵封相思於石階下，
盧寐暫眠，
只留一抹青苔，等待歸人。

33

「你沒事吧？」總覺得這句話問出口，會顯得自己非常愚蠢，然而眞正碰了面，駱子貞幾乎不假思索，一開口還是問了出來。

「當然沒事呀，還能有什麼事？日子照樣得過，三餐依舊要吃，妳看今天太陽是不是一樣打從東邊出來？跟昨天到底有沒有颳風下雨，一點關係也沒有。」李于晴狼吞虎嚥，把一塊從便利商店買來的三明治塞進嘴裡，跟著灌了好幾口水，先把肚子給塡飽，然後才側頭看了駱子貞一眼，「怎麼，妳該不會也想來聽故事吧？拜託，這故事我已經說了好幾遍，孟翔羽聽過了，莊培誠聽過了，我公司的同事跟主管聽過了，甚至連那些遠從馬來西亞來台灣上課兼觀光的代理商們也都聽過了。」

「大致的情形，孟翔羽轉述給楊韻之聽，楊韻之又跟我說了一遍，所以你的故事，現在全世界幾乎都知道了，這個你不用擔心會有遺漏。」駱子貞沒好氣地說：「我只是有點擔心你。」

「妳這表情看起來一點都不像在擔心別人的樣子。」李于晴搖頭。

「不然你想怎麼樣？」駱子貞露出不耐煩的臉色。本來她就對今天這個碰面問候的安排非常反感，要不是有人再三慫恿，她根本不想來。

「一定是別人叫妳來的，對不對？我猜大概是楊韻之。」李于晴也猜得到。

「就算是，她也不可能拿刀架在我的脖子上，逼我來跟你見面。」駱子貞忍著脾氣，說：「好吧，既然你看起來一副沒事的樣子，那大家顯然都白擔心了，我也可以放心回公司去了。」

「等一下啦。」喊住她，李于晴忽然彎下腰，拎起腳邊的兩個紙袋，說其中一個是駱子貞的同事們之前團購的商品，一拖拖了好久，現在才交貨，至於另一袋，則是要給駱子貞家裡的那些女人們。

「幹嘛，沒了女朋友以後，忽然覺得孤單寂寞，怕自己日子太無聊，所以想收買點人心嗎？」駱子貞接過紙袋。

「少拿妳的小人之心來度我。」李于晴說。他在公司裡每一季都有固定的員工免費領取額度，自己也跟著人家領，但男人沒有擦指甲油的必要，所以每次領來，總是便宜了楊韻之。

「每次都給楊韻之？我還以為你應該送給那位謝小姐。」駱子貞皺眉。

「第一次領到的時候，我有問她要不要，她拒絕了，所以後來我就沒再問過。」李于晴搖頭，說：「一來呢，她不喜歡自己耗時費工去玩光療指甲，寧可花錢去給別人處理，二來大概是不喜歡我送東西吧，她想要的，往往是自己買。」

「很少有人能把『獨立自主』這四個字貫徹得如此徹底吧？」駱子貞讚嘆。

「對呀，不像某人。」李于晴居然同意。

「活得不耐煩了是吧？」橫他一眼。駱子貞想起以前，自己雖然也是個個性非常獨立的人，但跟李于晴交往時，兩人一起上街，偶爾看到喜歡的小東西，還是會表現出小鳥依人的模樣，逗得李于晴非買給她不可。這本來已經是好久好久之前的往事，平常根本不會記得，這時被他不經意講出來，駱子貞還是覺得耳根子微微一熱。

「所以呢，一切就這樣結束了？」在便利商店靠著窗邊的小椅子上解決一餐後，李于晴拿出手機接連撥了幾通電話，聯絡了些工作上的事情，接著收拾桌上的垃圾，而駱子貞一直坐在原位，一杯熱咖啡連蓋子都還沒打開，看他儼然準備離開的樣子，忍不住問。

「什麼結束？我的人生才正要開始耶！」李于晴轉頭說：「沒看到我剛剛正在講電話，約了下午要拜訪的客戶嗎？」

「我是指感情部分。」駱子貞說：「她說分手，你就答應了？」

「不然呢？哭哭啼啼的戲碼我演不來。」

「我以爲挽回一段感情，需要的應該是眞心，而不是演技。」

「要不妳說說看，有什麼好辦法呢？」本來已經抬起屁股的，李于晴又再次坐下，把手上的包包擱在桌面上，「我洗耳恭聽。」

「我知道這件事，有不少原因跟我有關，尤其是那張發票的事情，對吧？」駱子貞提議，「如果可以的話，我想跟那位謝小姐碰個面，親自跟她解釋這件事。」

「妳想去解釋，是爲了想幫我跟她復合，還是怕自己跟這個漩渦沾上邊，所以急於切割？」李于晴搖搖手，笑了一下，說：「別誤會，我沒有企圖毀謗或曲解，也不想再在這種時候，給自己多添一個吵架的對象。我只是想告訴妳，這整件事或許跟妳脫不了關係，但妳並不是導致我跟筑寧分手的唯一關鍵，那張發票也是，它頂多只是壓垮駱駝的最後一根稻草而已。」

「不然你們爲什麼分手？」

「這故事從頭到尾說一遍得花上不少時間，就算妳今天下午願意撥空，只怕我的客戶還不想等。」李于晴嘆口氣，「簡單點講，也許就是不適合。」

「你跟你的影子都未必能完全貼合呢，上哪裡去找一個跟你完全適合的人？這種理由未免牽強。」駱子貞冷笑。

「妳認同也好，不認同也罷，我沒辦法干涉，更沒打算說服妳什麼。」李于晴聳個肩，「要自告奮勇去找筑寧解釋，這份好意我心領了就是，但勸妳還是不要做這種徒勞無功的事，她不是那種往前走了之後，還會回頭看的人，尤其是這種重大決定，往往她說一就是一，說二就是二，沒有討價還價的空間，也沒有做了決定又反悔的可能。至於我，我總算有點明白，其實我自己在這段愛情裡也沒有認眞付出過。我們都太習慣只爲自己著想了，以至於一段愛情結束時，說好聽一點，我們好像舉重若輕，講白了，就是不痛不癢，只是這裡有點空而已。」說著，他拍拍自己心口，還補了一句話，「再說，妳有看過導火線可以搖身一變，變成滅火器的嗎？別開玩笑了。」

「好吧，我不插手就是，免得拿熱臉貼你們的冷屁股。」駱子貞嘆口氣，又問：「那接下來呢，你有什麼打算？」

「剛剛不是說了嗎？客戶還在等我。」李于晴淡淡一笑，「有些糾纏不清的，我選擇不去糾纏；有些挽回不了的，也沒有挽回的必要，我選擇讓它隨著時間沖淡。至於這當下，我只想好好工作，好好賺錢。」

「賺那麼多又有什麼用呢？拿來治療你的胃病嗎？去做檢查了沒有，搞不好你不只胃潰瘍，可能都快肝硬化了。」駱子貞苦笑。

「我不是只爲了賺錢才這麼拚。」李于晴說：「起初我以爲，跟筑寧分手之後，這些努力就失去意義了，但後來想想，又覺得其實不是這樣。她根本不希罕我做出什麼成績或成就，我也不是在認識筑寧之後，才開始想要爲事業打拚，事實上，這本來就是我一直在做的事，我就是要去證明，證明自己有能力做得到。」

「證明了又怎樣？」

「不怎麼樣。」李于晴搖搖頭，「我心裡一直有個影子，有個標竿，我不但想抵達，更想超越。大學那幾年，我浪費的時間已經夠多了，輸在起跑點的我，不想在終點也遲到。」

「我從來沒有想證明自己比你強。」駱子貞本來已經漸漸平復的情緒，這時忍不住又升了起來，「請不要把你失戀後的目光焦點，用這麼愚蠢幼稚的方式，轉移到我身上來好嗎？」

「看吧，妳又誤會了。」李于晴居然笑了出來，「剛剛就跟妳說了，這個念頭，早在認識筑寧之前就已經存在了，當然也跟後來的分手無關。我只是覺得，既然現在了無牽掛，那自然更應該爲了這個想法而努力罷了。」

「勝負眞的有那麼重要跟必要嗎？我甚至嚴重懷疑，不知道這到底有什麼好比的。」

「是沒什麼好比的，但反正我只是想知道，大學比妳晚畢業，學歷比妳低，也沒有到國外見過世面的自己，能不能在人生的路上，走出比妳高的成就而已。」李于晴攤手，「拜託妳千萬不要存著競爭的心，最好保持現狀，繼續走下去就好，我還怕妳卯起來拚了，到時候我就更沒勝算。」

「請問，這一場比賽，它判斷勝負的標準是什麼？年收入嗎？公司的規模嗎？還是你只想比名片上的頭銜？如果只看身分，那你已經贏了，你是保養品代工廠的合夥人，而我只是個做行銷的小螺絲釘。好了，你滿意了吧？」駱子貞生氣地說完，也不等李于晴開口，抓起桌上的包包，轉身就往店外走。

什麼是輸贏，要怎麼判斷勝負，李于晴從來也沒想過，他望著駱子貞離去後，被遺棄在桌上的咖啡。輕輕揭開蓋子，香味與熱氣還依舊蒸騰，但飄散的白色煙霧很快散盡，像極了被駱子貞這麼一說之後，自己都覺得好像眞的很無聊、眞的很幼稚的，這種爭輸贏的念頭。

有時，我們想證明的，只是自己還有愛人的資格。

離開那家便利商店後，駱子貞還是覺得很不舒服，她不知道自己爲何莫名其妙成爲別人的競爭對手，而這個別人，還是那條大鯉魚。除此之外，她更不能理解，爲什麼今天本來一再告誡自己，千萬要耐著性子，把想講的話好好講完的，就連楊韻之也叮嚀交代過，對一個失戀的人，要體諒對方隨時可能波動的情緒，千萬不能過度操切，也不可以表現出平常咄咄逼人的態勢。結果呢？爲什麼自己還是氣呼呼地走了？本來想講的話，也只講了一半而已。

今天來找大鯉魚，駱子貞有兩件事情要提，其一是她認爲，自己或多或少造成了別人感情裡的困擾，而她最討厭的就是被誤會，所以李于晴若不介意，她眞的很有誠意想找那位謝小姐做點解釋，結果這第一件事都沒能講完，第二件事當然更沒有開口的機會，偏偏有些一時被沖昏頭而沒能說的，其實才是自己眞正的來意。

昨天晚上，她一直認眞研究幾張來自部門裡的設計圖稿，細細琢磨了一番，總覺得不是很滿意，眼看著快要接近週年慶的籌備期，壓力頓時又大了起來。飢腸轆轆，又不想把家裡唯一懂烹飪的姜圓圓給叫醒，自己走到廚房，看了又看，最後決定喝個牛奶、吃幾塊餅乾就好，然而轉眼看到置物架上的果汁機，她又呆愣了一下。

那是江承諒送的小家電之一，這台果汁機號稱功能多元，業界無可比擬，它的要價更是驚人，當初送來時，江承諒說產品尚未正式上架，價格也還沒確定，但後來駱子貞在網路上查詢過，發現它居然折扣後還要近萬元。

這件事本來已經過了好一陣子，記憶也都淡了，但這一晚，一邊喝著牛奶，她忍不住拿起手機，想傳個話也好，或許能對江承諒說些什麼，只是想了又想，最後還是作罷，反倒是牛奶喝完，洗了杯子正打算要睡覺時，江承諒卻用手機傳訊，問她睡了沒有。「還沒」兩個字剛回覆過去，跟著這男人的電話就打來了。

那一聊，又聊了快二十分鐘，雖然大多是些不著邊際的內容，盡講些工作上有關的事，但聊到最後，駱子貞忍不住告訴他，說自己在發現那台果汁機的售價後，心裡感到非常驚訝。

「妳也知道那只是訂出來的售價嘛，真正在賣的時候還有折扣呀。」江承諒笑著說：「況且我還是公司內部的員工，買台果汁機，少說也能便宜一大半。」

「打個對折也要五六千塊吧？你不覺得這禮物貴重過頭了嗎？」

「關於送禮呢，我舅舅曾經告訴我兩個道理，第一，選擇禮物的標準，不在於價格的高低，而是收禮物的人是不是真的需要。」

「就算對方眞的有需要，但送禮人還是應該要考慮考慮價格。」駱子貞強調。

「所以他才又說了第二個道理：選擇禮物時，除了要看對方的實際需要之外，還有一個更重要的考量，就是禮物的價值是否符合對方在我心裡的價值。就這一點來看，我認爲那台果汁機還太廉價了些。」

「懂得在任何時機做生意，你眞是個厲害的業務。」駱子貞苦笑，這個江承諒已經把自己當成產品在推銷了。

「不敢當，」江承諒笑著說：「我敢開出價碼，也得妳點頭答應，這筆買賣才會成交。」

「但你知道這筆買賣沒有賞味期限的保證，也不是金錢標價可以衡量，更不受消保法的保障規範。」駱子貞提醒他，「你所要買賣的東西，其實非常沉重跟巨大。」

「當然，所以我還在等妳考慮的結果。」

「再給我一點時間吧。」駱子貞只能這麼回答。

她想聽李于晴的意見，想知道他會怎麼看，會贊成還是反對？除此之外，駱子貞更想釐清自身的思緒，她不希望自己的猶豫與躊躇，只是因爲楊韻之沒頭沒腦地在家庭會議的投票中，莫名其妙多提一個候選人出來而已。

自從回台灣後，再次跟老朋友們重聚的那天起，她就知道，有些原本以爲消散或平復了的，其實都沒有眞正被淡忘，只是擱淺了而已。而潮汐是有時的，當海水滿漲時，所有遺跡都覆蓋在水面下，隱而不見，那時，她是無拘無束的駱子貞；但當潮水褪走後，滿滿的故事都還在，即使出現了鏽蝕、爬滿了海藻或青苔，也不能將這些遺跡的存在感給遮掩半分。她知道自己心裡有一塊角落仍存有一個人的身影，就像那張唱片的存在一樣。即使搬了新家，不需要開車通勤，改搭捷運上下班，唱片雖然還在車子的音響設備裡，但音樂檔案已經被複製出來，轉成了數位檔，存進手機裡，每當工作繁瑣、心情躁動時，戴上耳機，她就能在熟悉的旋律中，慢慢沉澱與平緩自己。那不是因爲旋律特別動聽所致，音符間之所以若有魔法，純粹因爲彈奏那旋律的人，是李于晴。

所以，在爲了該如何抉擇而矛盾時，她有必要再見他一面。駱子貞想知道，那塊心裡的位置能不能從此被別人塡滿，也想知道，手機裡能不能再換首別人的曲子。然而這期待卻落空了。當她氣呼呼地連咖啡都不喝，轉頭離開那家便利商店時，這問題也就於焉無解了。

「這幾張圖，可以大致區分成兩種不同風格。」回到公司，她沒敢因私而廢公，小組會議照樣得開。駱子貞把那些圖稿擺在桌上，左手一指，說：「左邊這幾張，走的是前衛風格，跳脫原本的色調跟屬性，這種大膽的手法固然很不錯，但針對消費者而言，適不適合在一向訴求溫馨與情感的『蟬屋』裡放進這麼多藍色或銀色的金屬氣息，有再討論跟斟酌的必要。至於右邊這幾張，雖然以暖色系為主，很符合原本的氛圍，不過在構圖上，我總覺得有點老派，看不出什麼新意，儘管週年慶是每年都辦的活動，但既然年年都不能免，當然就得年年都推陳出新，對吧？」說完，她把稿子傳遞給每個人看，也逐一徵求同事的意見。

小組當中，有些人負責對外的公關工作，有些人負責行銷提案的構思，有些則以美工設計為主，透過交換意見的方式，讓每個人暢所欲言，最後再由她彙整與決定，這是到職幾個月來，她一貫的帶領模式，同事們在習慣了之後，也比以前更能在會議中暢言自己的想法。

「剛剛看到你們在開會，一群人還挺熱烈的樣子，我心裡想，妳果然還是那個鋒芒畢露、活力十足的小丫頭，但哪裡曉得，會議剛結束不到十分鐘，妳就跟消了氣的氣球一樣。」丁舜昇忍不住調侃，「那個好不容易才元神歸位的駱子貞又中邪了嗎？下午要不要請個假，去行天宮拜一拜，我可以讓妳請公假喔。」

「不如更大方一點，你索性放我半個月的長假，再送我一張歐洲來回機票，讓我出去散散心？」駱子貞是進來彙報的，但資料還在手上，卻先跟主管抬槓起來。

「一個女人單獨放長假還飛歐洲，別人只會覺得妳一定是剛失戀的可憐蟲，不如我多送妳一張機票好了，但妳能找誰一起去？」丁舜昇哈哈一笑，語帶嘲諷。

「空個座位擺行李我也甘願。」駱子貞沒好氣地說著，把資料遞給丁舜昇，連解釋也懶了，乾脆叫他自己看。

「沒問題呀，就答應妳兩張機票。」駱子貞要離開辦公室時，還聽到丁舜昇說：「弄個能賺一千萬的週年慶企畫，我讓妳上火星都可以。」

問題不是去哪裡旅行，而是誰能陪著去旅行。

一千萬的業績，對「蟬屋」來說其實並不困難，即使不是週年慶之類的活動，一般的促銷戰也能達到這個數字，丁舜昇未免太小覷她了。星期五的傍晚，駱子貞先整合了企畫案的內容後，再針對諸多細節進行確認，一直拖到晚上八點多才下班，但慶幸的是隔天放假，即使稍微累一點，明天也能睡到飽。

「快一點，有人要發火了。」楊韻之急如星火地接連打了兩通電話來，不斷催促。

「急什麼，叫那個壽星冷靜點，蛋糕在我手上，要是打翻了，她就沒得吃了。」駱子貞一出公司就先轉往附近的麵包店，拿了預訂好的生日蛋糕。今天是程采生日。

「噢，妳搞錯了，生氣的不是壽星，」楊韻之說：「但是為了吃一塊蛋糕，所以特地放過晚餐的姜圓圓已經餓到歇斯底里了，拜託妳還是加快腳步吧！」

哭笑不得，原本還打算搭捷運慢慢回家的，這下只好走到路邊攔車，但她等了三五分鐘，好不容易才盼到一輛計程車，上面卻已經載了客人。她嘖了一聲，正在懊惱，另一部計程車很快接近，雖然空車燈沒亮，顯然也在載客中，但車子開到身邊時居然停下，看來乘客就要下車。

當下她心中一喜，立刻向前一步，準備接手上車，奇怪的是後車門雖然開了，裡頭乘客卻沒下來。正感納悶，只見車裡的人一探頭，居然笑著問她要不要搭便車，再仔細一瞧，赫然是江承諒。

「看來妳很需要搭便車喔。」他招招手，等駱子貞一上車，立刻告知司機目的地。

「你知道我家地址？」駱子貞一愕，但隨即想起來，自己跟他買過家電產品，地址根本不是祕密。

「妳一定以為我是從之前的送貨單上面抄來妳家地址的吧？」心思也繞得極快，江承諒笑著搖頭，「單子上的地址，其實我早忘了。事實上，我今天中午才曉得妳住哪裡的。」他把手機拿出來，那上頭有封邀請簡訊，又拍拍擱在腳邊的紙袋，那裡面裝著幾個用包裝紙裹得很漂亮的禮物盒。

「程采傳簡訊給你？」看到簡訊，駱子貞傻眼了。

「不要把事情想得太複雜。我今天早上去舅舅家，剛好遇到程小姐，她說今天生日，邀請我一起來而已。」江承諒說：「所以囉，中午接到這封寫著地址的簡訊後，下午我就去挑了些禮物。挑完禮物，心想妳大概還沒下班，所以繞過來接妳，哪知道剛好遇見一位攔不到計程車的美女。」

「現在我知道她為什麼要投你一票了。」駱子貞恍然，原來程采在顏眞旭身邊工作了一段時間，早就認識江承諒了。

「投票？」

「沒事。」她眼裡泛出殺氣，決定今晚在吃蛋糕前，要先海扁程采一頓。

這段路並不遠，如果搭乘捷運，二十分鐘內就可以抵達家門口，按理說，選擇計程車應該更快才是，然而坐在車上，望著外面壅塞的路況，駱子貞心想，待會回到家，自己要痛扁程采之前，可能會先被餓到發瘋的姜圓圓揍一頓。

江承諒說他其實跟程采只見過幾次，大多是他去舅舅家拜訪時遇到，彼此交談也不多，沒想到她會盛情相邀。說著，他又躊躇起來，擔心自己跑了一下午，最後只給壽星買了一瓶香水，這樣的禮物會不會太輕了些。

「只買了一瓶香水，那其他那些是什麼？」駱子貞有些疑惑，因爲紙袋裡可不只一個包裝盒。

「噢，還有妳的、楊小姐跟姜小姐的。雖然是程小姐生日，但我不想厚此薄彼。」

「拜託不要小姐、小姐的叫，她們是程采、楊韻之跟姜圓圓。」駱子貞用一副受不了的口氣說：「那些女人，平常完全沒有半點淑女的樣子，所以你不必稱呼得如此客氣，起碼我就受不了。」

哈哈一笑，江承諒本來已經彎下腰，打開了紙袋，正想取出禮物來介紹，然而駱子貞拿在手上的電話卻響了，他只好禮貌地先停止動作。駱子貞還以為是楊韻之又打來催促，結果一看手機，臉色卻沉了下來。

江承諒很紳士地保持安靜，轉過頭去，假裝自己正欣賞街景，只是車內空間狹小，駱子貞接聽手機時的不耐煩語氣又太過明顯，等她掛上電話後，這才相詢是否還好。

「一點都不好。」駱子貞重重呼了一口氣，滿臉無奈地說：「我媽打電話來，想問我這週末回不回家。」

「回家一趟又何妨呢？」

「我家在屏東啊，你知道來回一趟要花多少時間嗎？」駱子貞說最近偶爾會接到電話，老媽總覺得女兒自從念完碩士，回到台灣後，已經大半年過去了，平常總是忙著工作，既少回家探望，也不怎麼理會自己的終身大事，因此三番五次想幫她介紹對象。然而一生務農的母親，人際關係大多侷限南部的親朋好友，而大家輾轉推薦的男士，也全都在南部發展，這跟駱子貞現在的工作，還有她熟悉的生活圈實在相距太遠，因此本來是真的忙得沒時間回去，後來則是開始找各種理由推託，無論如何，就是不想去參加那些變相的相親活動。

「你知道嗎，我媽到最後已經找不到辦法了，居然開始瞎編理由來騙我，說我爸身體出了狀況之類的。」駱子貞翻個白眼。

「那令尊身體好嗎？」

「的確是不太好，但也沒有嚴重到足以危害生命安全的地步。老人家嘛，難免有些糖尿病或高血壓之類的慢性病，可是透過藥物控制，其實好幾年來也沒什麼大礙。只是我媽為了叫我回一趟屏東，連這個都可以拿來當作理由，我就不太喜歡。」

「所以妳真的上當過？」江承諒忍不住笑。

「被騙個幾次在所難免，但我也不是傻子，沒道理一直中計呀。」駱子貞苦笑。

「其實妳應該高興，即便這只是一個想讓妳回家的理由，」江承諒嘆口氣，「至少妳還有父親可以關心。」

駱子貞聞言一愣，她對江承諒的家世背景，一直停留在只是顏真旭的外甥這一節，但他的父母呢？自己好像從來沒有關心過？江承諒像是察覺了她的尷尬，臉上有淡淡的笑，說：「其實我平常不太提到家人，所以妳不知道也是正常的。」

「抱歉。」駱子貞心虛道歉。

「沒關係的。我爸過世很久了，我母親也退休了，平常大概就參加一些社團，跟一群老人家唱唱歌、種種菜之類的，生活基本上是一種乏善可陳的狀態。」江承諒笑說：「所以我才說，至少妳父親還在，這就是值得開心的事了。儘管拿他的健康來當理由，要妳回去認識結婚對象，這種做法有點偏激，但無論理由的背後到底真相如何，起碼有空就回家看看，那也是應該的。」江承諒一邊說著，一邊伸出手來輕拍駱子貞的手背，「還記得妳問過我的問題嗎？像我這樣看似什麼都有的人，知道什麼是失去的感覺嗎？其實，我是眞的知道，也多少體驗過一點。」

「那時候，眞的很抱歉。」駱子貞的頭更低了。

「夠了夠了，我今天是來參加生日派對，不是來接受道歉的。」一展笑容，他爽朗地說：「失去並不可怕，只要我們能因爲失去，而從此學會珍惜。」

不怕失去，只怕沒有學會珍惜。

那是一場熱鬧中卻暗藏一點尷尬氣氛的生日派對，駱子貞看著眼前的場景，心裡忍不住覺得弔詭。

回到家後，她先請江承諒在客廳稍坐，讓程采跟姜圓圓作陪敘話，自己則趕忙進房間，先換了一套衣服，爲的是要搭配連在自己家裡辦派對，也濃妝豔抹還盛裝打扮的另外那三個女人。但奇怪的是，換好衣服走出來一看，沙發上本來應該有兩女一男的，卻只剩下耐不住肚子餓，開始吃起了餅乾的姜圓圓，和正悠哉看電視的江承諒。

「程采呢？」駱子貞奇怪地問，姜圓圓往走廊那邊指了指。

好奇心起，她走了過去，只見最後那間房門掩上，但門下透出燈光，納悶著推開一看，恰好看見楊韻之一手掐著程采的後頸，另一手則高高舉起，拳頭正要狠狠揮下去。

「就算有什麼深仇大恨，妳也讓她吃完蛋糕再從容就死吧？」大吃一驚，她趕緊衝上前去，把扭在一起的兩個人給拆分開來。

「這擺明了是作弊吧？」楊韻之生氣地說：「說好了四個人要慶祝的，她居然自做主張，把江承諒給約來！」一邊罵著，她伸出手，又要去捏程采的臉頰。

「我只是剛好遇到，隨口問問嘛，哪知道他眞的說要來！」程采倒也機靈，發揮她當年在排球隊訓練有素的反應能力，立刻躲到駱子貞背後去。

「我不管，既然要作弊，那我也要打電話叫大鯉魚立刻過來！」楊韻之要求，「這是公器私用、賄賂選民、暗中操盤、選舉奧步……」

「眞是夠了……」駱子貞哭笑不得。

但最後她沒讓楊韻之打電話，理由很簡單，駱子貞說了，眼下李于晴才剛失戀，雖然已經恢復單身，似乎情傷也不怎麼重，但那傢伙現在滿腦子都是賺錢跟生意，把他找來也沒多大意義。而且江承諒還在這裡，讓他們這樣碰面，感覺非常奇怪，萬一誰的哪根筋不對勁，惹出一點亂子來，這場生日派對可就難以收場。好說歹說，最後總算讓楊韻之打消了撥電話的念頭。

「妳們沒事吧？」三個女人再次走進客廳時，江承諒有點訝異。爲了阻擋剛剛的紛爭，駱子貞原本梳好的一頭短髮全亂了，楊韻之的洋裝皺了，程采臉上的妝也花了。

「切蛋糕吧。」駱子貞不想解釋，她手一攤，全場唯一歡呼的，只有期待好久的姜圓圓。

而弔詭的地方就在這裡，當駱子貞看著熱鬧的客廳裡，姜圓圓精心布置的小氣球跟彩帶，以及桌上的佳餚美食，再看看座上這些人時，心裡不斷被許多新舊交替的畫面來回衝擊著。不說當年，就光是幾個月前剛搬來時，能在這屋子裡自由走動的男人，只有一個李于晴。那條大鯉魚被找來當免費的搬家工人，刷完整屋子的油漆後，就坐在江承諒現在坐的位置上吃泡麵，曾幾何時，座位換了一個人坐，但除了楊韻之之外，程采跟姜圓圓一樣對他熱絡寒暄與招呼。

駱子貞其實也很清楚，程采跟姜圓圓並不討厭大鯉魚，今晚她們如此盛情款待眼前這位稀客，只是因爲覺得他可能比大鯉魚更適合自己，那是一片好心，但不知怎的，駱子貞就是覺得怪，也覺得渾身不自在，她不想拂逆程采今晚過生日的好心情，可是又很想盡快結束這一場喧鬧，早點洗澡休息，讓自己稍微沉澱沉澱。

「妳看起來臉色不太好，是不是不舒服？」在吃東西時，江承諒忽然問。

「還好，大概是有點累了。」駱子貞撐著笑容，說：「最近開始要忙週年慶的案子，我們丁總很在意這個，企畫出來之後，要做的事情一大堆，如果不盯緊點，出了亂子我可擔待不起。」

「那只是一份工作呀。」江承諒端了一小碗滷味遞給她，「適度的放鬆跟休息，才是維持長久戰鬥力的好方式。」

笑著點頭，她雖然不怎麼有食欲，但既然東西都端來了，好歹也該吃上一點，只是才剛挾起一塊豆干進嘴裡，還沒開始咀嚼，旁邊耳朵很尖的姜圓圓忽然往餐桌那邊跑去，拿來正發出嗡嗡震動聲的手機。駱子貞納悶了一下，都這麼晚了，會跟她聯絡的人也幾乎都在眼前了，如果不是李于晴，還有誰會在這時間打來？接過電話一看，發現又是遠在南部的母親。

「又是我媽。」臉上立刻顯出不耐煩，她按下接聽，本來開口就要罵人，但說也奇怪，電話裡傳來的卻不是母親的聲音，而是住在她老家隔壁的阿姨。

起初江承諒也以爲駱子貞會按捺不住脾氣，當場破口大罵，他一直小心留意，只要稍有動靜，隨時要示意提醒這個個性火爆的女孩克制脾氣，但只見她表情先是一愣，跟著眉頭一緊，然後站起身來，走到一旁安靜處。他不禁納悶不解，另外三個人也與他一樣面帶疑惑。

「眞的是一語成讖了。」臉上有焦慮也有擔憂，眉宇間也帶點慍怒，駱子貞結束通話後走了回來。

「什麼意思？」江承諒隱隱覺得事態有些不妙。

「還記得我們稍早在計程車上說的話嗎？」駱子貞沉著聲說：「這下可好，我爸眞的進醫院了。」

一句話打散了整屋子的歡樂氣氛，姜圓圓跟程采半晌說不出話來，楊韻之立刻把電視跟音響都關了，跟著江承諒站起身來，他想的是半夜十一點多，如何才能在最短的時間內趕去屏東。

臉上的妝來不及卸下，只能匆匆把衣服給換了，駱子貞心慌意亂，扯起包包就要下樓。但這時間倉促，她已經無暇查詢客運或火車的時間表，高鐵又沒開到屏東，她當即決定直接開車南下。只是伸手要去抓放在鞋櫃邊的車鑰匙時，江承諒卻早她一步。

「幹嘛？」她一愣。

「妳已經上了一整天班，晚上又沒休息，從台北開車到屏東，最快也得五個小時，等回到南部，還得進醫院陪妳父親，體力怎麼吃得消？」江承諒拿起鑰匙，「我開車送妳。」

而儘管大家都想一起去，駱子貞卻不希望讓一群人都跟著，一來勞師動眾，二來只怕驚擾了父親的病情。阿姨在電話裡說了，老人家因爲糖尿病引起昏迷現象，母親已經陪著坐上救護車，緊急送往醫院，希望她趕緊撥空回來一趟。

她讓江承諒開車，自己坐在副駕駛座上。一開出地下停車場，車子就加速疾駛。儘管不熟悉這部車的性能，但江承諒的開車技術甚好，在接近凌晨卻依然車水馬龍的台北市區鑽來繞去，很快就上了高速公路。

「妳該睡一下的。」待駱子貞將醫院名稱輸入衛星導航，規畫出路線後，江承諒提醒她。

「怎麼可能睡得著？」一邊回答，她拿起手機，就怕錯過任何一通緊急電話。

「那就閉上眼睛休息，能睡就睡，到了我會叫妳。」江承諒騰出手來，還是那個習慣的動作，又拍了拍駱子貞的手背。

這段路很遠，遠得讓駱子貞光想就會卻步。她不喜歡開那麼長途的車，也不喜歡擠在客運或火車上，因此返台之後，只回過老家一次。

那時父親身體還不錯，一餐能吃兩碗飯，抽菸也不怎麼節制，駱子貞勸過好幾回，老人家總是笑咪咪地說不用擔心。言猶在耳，怎麼好端端地就進了醫院呢？滿懷憂慮，她不自覺地搓著手掌。

「不要擔心，不會有事的。」江承諒維持著比最高速限再快個十公里左右的速度，飛快往南奔馳。

「很不好意思，這樣麻煩你。」

「小事情嘛，不過就是開個車而已，不要緊的。」江承諒的臉上其實也帶著緊張，但他勉強掛著一點安慰的微笑，說：「本來就一直想去南部走走，今天聽說妳老家在屏東，還想問妳哪時候有空，可以帶我去玩的。沒想到眞的跟妳一起開車南下，卻是因爲這個緣故。」

「下次你來，我一定當導遊。」

「好呀，先謝了，」江承諒點點頭，又提醒，「但是妳還是休息一下吧，好嗎？」

只有不輕易許諾的人，才明白約定的意義，其實不只是約定本身而已。

37

原本覺得很不好意思，這件事其實與江承諒一點關係也沒有，卻讓他負責開車，大老遠一路從台北南下直達屏東市區。在車上，駱子貞心裡懷著擔憂，一直了無睡意，只掛心著父親的病情，無心聊天，再加上江承諒有意要駱子貞多休息，自己因此更不多話，車內始終保持安靜。

本想就這樣一直清醒著到家的，然而開過台中後，駱子貞再怎麼強打精神，也終究難掩睏倦，尤其當她望向車外，除了偶爾掠過的光影外，怎麼瞧也只有漆黑一片時，更覺得疲憊。自己後來是怎麼睡著的，已經沒有印象，她只記得最後看到的路標，寫著距離彰化的一處交流道還有兩公里，但再次睜眼時，車子已經從高速公路銜接上了東西向的快速道路，眼看著就要下匝道，也離屏東市區不遠了。

「我睡了這麼久？」她很訝異。

「不算久，是正常睡眠時間的一半不到啊。」江承諒看了一眼汽車導航的顯示螢幕，說距離抵達時間，預估還有十五分鐘左右，如果還想睡，可以稍微再瞇一下。

「你都沒有停下來休息嗎？」駱子貞很吃驚。

「趕路比較重要，而且反正油箱很滿，不必繞進休息區去浪費時間呀。」他笑著說：「眼睛仔細盯著路況，這就是最好的提神良方。放心，我精神好得很。」

天色還沒亮，他們已經到達位於屏東火車站附近的醫院。江承諒把車停妥時，駱子貞看了看他的側臉，眼角已經微微有些下垂，還有冒出鬍碴的下巴，儘管嘴巴說無妨，但那應該是疲倦已極的樣子了吧？帶著心疼，她問江承諒要不要先在附近找個飯店，可以小睡片刻，如果父親的病情穩定了，下午她或許可以帶路，在屏東市區稍微走一走，也算彌補這一夜開車的辛勞。

「妳難得回來一趟，令尊的狀況也還不清楚，怎麼好就帶我去哪裡玩呢？沒關係，機會有的是，今天妳還是多陪家人吧。」寬慰地笑，江承諒說：「待會妳把車子直接開到醫院的停車場，我想先到便利商店去買杯咖啡，然後搭火車回台北。」

「回台北？」駱子貞大吃一驚。

「雖然今天是週末，但妳也知道，業務員是永遠都在上班的。」江承諒拍拍她肩膀，「我可以搭早班車回去，或者到高雄再轉高鐵。妳趕快去探望令尊，看情況怎麼樣，隨時傳個訊息過來，通知我一聲，倘若需要轉院到台北，我也好盡早幫忙安排，好嗎？」

「我……」有種說不出話的感覺，駱子貞只覺得一陣鼻酸。

「記得，有什麼需要幫忙的，千萬別跟我客氣。」在疲態中依舊露出微笑，江承諒推開車門。

醫院裡很靜謐，日光透入，微風徐來，駱子貞坐在病床邊，看著父親閉上眼睛正熟睡，不敢有所驚動，小心翼翼地站起身來，躡手躡腳地慢慢走到病房外面。南部的氣溫比台北溫暖，也沒有那城市的陰霾，才早上七點多，陽光已然耀眼。

江承諒現在到哪裡了？是在火車上搖搖晃晃呢，還是已經轉乘高鐵，往台北飛快前進了？自從在醫院外面分開後，他就沒再傳訊息，想來是上車後就開始補眠。駱子貞嘆了一口氣，自己何德何能，讓人家如此費心照顧，而她又能怎麼回報？從台北出發，一路南下到屏東，她說了不少次的感謝，可是江承諒總是搖頭，他爲什麼搖頭，駱子貞當然心裡明白，那是因爲愛情的緣故。

可是這麼勞碌奔波，眞的能換得到愛情嗎？或許江承諒並不在乎，他只是做了認爲該做的事情而已，但駱子貞捫心自問，卻不曉得應該怎麼回報。

剛到醫院時，媽媽一臉驚訝，問她是怎麼回來的，駱子貞撒了個小謊，只說是自己開車南返。一來江承諒沒進醫院，好像沒有隔空介紹的必要，二來在父親患病的當下，她也不想轉移了焦點。天亮之後，她打發母親先回家休息，自己留下來陪伴，同時也傳訊息回去給楊韻之她們，大致報告了一下，要大家都先放心。

走到外面來透口氣，順便在醫院附設的便利商店裡買了杯咖啡，駱子貞想起來，江承諒剛剛也買了這麼一杯。在清晨微風中，他解開了襯衫的兩顆鈕釦，頭髮有些凌亂，西裝褲也稍微皺了，熬夜開這趟車，儘管累得很，他卻兀自帶著爽朗笑容，站在商店外面揮揮手，一邊道再見，一邊又催促駱子貞，趕快把車開進停車場，快點上去探視父親。

除了在心裡多說一次謝謝，她什麼也做不了。而這時間，江承諒在車上補眠，她不想打擾。緩步走回病房，想起那天在家裡召開的投票會議，或許自己應該順從多數的觀點，也應該認眞地考慮考慮，畢竟年紀老大不小了，如果眞的要選個合適的對象，讓自己定下來的話……

一想到這兒，她忽然停下腳步，忍不住伸手摸摸自己的唇。

江承諒吻過她，那個吻是什麼滋味？那天爲什麼兩個人就不自覺地接吻了？當時也沒發生什麼特別的事，他們只是走在一條燈光綴飾得非常璀璨的人行道上，有一搭沒一搭地聊天，聊聊過去，也聊聊未來，聊著一個人該如何看待自己曾有過的經歷，又該怎麼帶著這些經歷，與另一個人走向未來。

那時她爲什麼會接受江承諒的吻呢？駱子貞自己都覺得納悶，可是更讓她陷入沉思的，是她此時此刻想回味那個吻的感覺時，卻覺得陌生了起來。江承諒的臉頰是溫暖的，手掌是溫暖的，嘴唇也是溫暖的，可是，那些溫暖有沒有真正暖了她的心？她有些迷茫，也有些惘然，癡癡傻傻地往前踏步，還不小心走過了頭，一路走到長廊盡頭處。一個小小的護理站前面，櫃枱裡值班的護理師納悶地抬頭，駱子貞自己也愣然，只好尷尬一笑，掉頭折返。

「不好意思，我想請問一下，有沒有一位姓駱的先生在這裡住院？有沒有？還是人在急診室之類的，麻煩幫我查一查！趕快趕快！」講話很快，口氣很急，但聲音卻很熟悉，本來已經轉身又往回走的駱子貞詫異地急忙回頭，剛好跟那男人打了照面。

「你爲什麼跑來了？」駱子貞目瞪口呆地問。

「楊韻之三更半夜打電話來，說妳爸病倒了啊，我人還在工廠忙出貨呢，急忙開著貨車就從台北衝過來了。」李于晴身上有股難聞的臭味，很像化工藥劑的味道，又混著一股汗臭，讓駱子貞忍不住掩鼻。

「現在怎麼樣，妳爸還好嗎？」李于晴才不管自己有多臭，也不理會護理師了，快步走過來，就要駱子貞領著去探望病人。

「你怎麼知道是這家醫院？」

「屏東又沒幾家大醫院，要找還不容易？」李于晴嫌怪地嘖了一聲，又問：「妳爸到底怎麼樣了啦？在哪間病房呀？」

「前面二〇三號病房，他沒事了啦！」駱子貞摀著鼻子指指，只見李于晴毫不囉嗦，拔腿就往病房跑過去，這時她才注意到，這條大鯉魚的樣子比剛剛的江承諒狼狽許多，他穿著髒兮兮的上衣跟牛仔褲，腳下是雙髒污的慢跑鞋，也不管這是安安靜靜的醫院，踩著驚天動地的腳步聲就往病房狂奔而去。

「大半夜從台北衝下來？」旁邊的護理師也聞到怪味，她一樣摀著鼻子，探出頭來，看看製造出一陣腳步回音的李于晴的背影，卻打趣著問駱子貞，「這麼孝順，是駱老先生的家人嗎？還是什麼準女婿之類的？」

「曾經，差點就是了。」嘆口氣，駱子貞說。

有些人不是家人，卻比家人更像親人。

「你們還眞是心有靈犀，連買的營養食品都是同一個牌子、同一個口味，不簡單哪。」帶點嘲諷的口氣，駱子貞指著家裡櫥櫃上那一大堆瓶瓶罐罐，有些已經開封，有些則連收縮膜都還沒拆，這些都是駱爸爸平常按時要吃的營養保健食品。然後她又指著桌上的大紙袋，裡面也有一樣的東西，是李于晴趕回台北前，透過她轉交的。

「我們哪知道要買什麼牌子，這些跟那些，都嘛是大鯉魚寄來的。」連駱媽媽也稱呼李于晴這個綽號。她一邊指指櫥櫃裡的庫存貨，一邊將紙袋裡的東西拿出來，依保存期限的長短分類，逐一收進櫥櫃中，「多虧了他，不然哪，我們在屏東買這些東西可貴了。」

「都是他買的？他哪來的錢啊？而且妳怎麼可以收人家這種東西，妳……你們跟他眞的有這麼熟嗎？」駱子貞不可置信地問。

「不然怎麼辦，女兒都不回來呀！」白了女兒一眼，駱媽媽說。

就在昨天午後，依舊散發著渾身臭味的李于晴在確定駱爸爸無恙後，準備再趕回台北，卻先從小貨車的副駕駛座那兒拎出這個大紙袋，叫駱子貞記得帶回家，還說幸虧網購這些東西時，收件地址寫的是工廠，才能順便帶下來。但是他當時沒坦白，說自己已經寄過很多次營養食品到南部，只說是偶然興起，想送個禮物而已。

「你跟我爸媽很常聯絡嗎？」昨天她也問過李于晴。

「逢年過節總是得打通電話，寒暄問候一下吧？」大鯉魚說：「我挺喜歡妳爸的，他也很喜歡我，怎麼樣，妳有意見嗎？」

「但是你別忘了，我跟你已經分手很久了。」駱子貞提醒。

「我跟妳沒有愛情了，可是我跟妳爸的友情還在啊！」他說得理所當然。爬進小貨車裡，也不囉嗦，只提醒駱子貞要注意自己身體，又說如果駱爸爸的病情有任何變化，一定要趕快通知他。

想到這裡，駱子貞搖頭嘆氣，又對母親嘮叨，說既然已經非親非故，就不該再收受人家這些禮物，還再三強調，倘若父親眞的需要這些營養食品，大可叫女兒買，不必找外人。

「你們這樣子，讓別人怎麼看我？不知道內情的人還以爲女兒有多不孝。」她埋怨。

「哪來的別人？哪來的外人？再說，他一得知妳爸病倒，立刻大老遠從台北趕過來，這還叫作非親非故嗎？」

「從台北趕來的又不只是他一個人！」

「不然還有別人嗎？」駱媽媽愣了一下。

「我……」一時脫口而出，駱子貞自己也愣然，急忙改口說：「我也是從台北趕回來的呀。」

「不對，不是妳，一定還有別人。」駱媽媽眼裡忽然泛起一道銳利的光，女兒如此幹練，至少一半是遺傳到她的優良基因，駱媽媽心思機敏的程度，絲毫不亞於晚輩，她停下手邊的動作，轉過頭來問：「妳剛剛那句話透露著心虛。」

「心虛個屁！」駱子貞不想搭理，轉身走出廚房，然而駱媽媽沒有死心，也跟了出來。這幢三合院的舊宅子附近雖然住了不少近親故朋，但大中午的，除了蟲鳴鳥叫，周遭卻十分安靜。駱子貞坐在早已沒有稻穀可晒的埕子前，望著陽光照耀的水泥地，駱媽媽尾隨出來，手上卻拎了一張板凳，直接坐在她旁邊。

「我沒有八卦可以挖，妳不用費心了。」駱子貞冷冷地說。

「別人家的閒事，那才叫作八卦；自己家的事，叫作家事。」駱媽媽雖然年紀大了，但黝黑的皮膚與農忙歲月累積的斑紋，卻絲毫沒能阻擋她清晰的思路，她說：「別以為妳騙得過我，要知道，妳是我生我養的，妳所有反應我都一清二楚。」

「反應？」駱子貞一愣。

「妳從小到大都一樣，只要一說謊，兩隻眼睛就會開始東看西看，一直飄來飄去。」駱媽媽說：「對，就像現在這樣。」

「夠了吧妳！正常人在說謊的時候不是都這樣嗎？」

「哈哈，」一拍手，駱媽媽指著女兒，「妳都承認自己說謊了，還不快趁這機會把眞相告訴我？」

一時語塞，看著得意洋洋的駱媽媽，她只能沒好氣地把江承諒的事情老實說出來，連到底是誰負責開車南下也直接坦白招供。

「原來如此，我就覺得奇怪，哪有人上了一整天班，又開了一整晚的車，回到屏東以後精神還那麼好，可以在醫院照顧妳老爸一整天。」駱媽媽點點頭，又問：「所以那個姓江的現在是妳男朋友？」

「勉強來說，應該不算。」駱子貞想了想，然後搖頭。

「那就是說，有些部分已經算男朋友了，是這意思吧？」駱媽媽看了女兒一眼，再看看四下無人，低聲問：「妳跟他上過床了嗎？」

「駱太太，妳給我放尊重點喔！」

「那摸摸有嗎？」很不死心的，駱媽媽舉起雙手，又做出一個很不雅的手勢，在半空中虛抓了幾下。

「沒有！」駱子貞又瞪她。

「起碼親過嘴了吧？」跟著駱媽媽嘟起嘴巴，咂咂了兩聲，見女兒低頭不答，她居然放鬆了，說還好沒有太吃虧，這筆買賣接下來還有得談。

「妳現在應該關心的，是妳老公躺在醫院的事情吧？」

「放心啦，他不會有事的。」駱媽媽揮揮手，叫女兒別打斷話題，跟著再問：「這個男的一定很想追妳，不然也不會熬夜當司機，大老遠載妳回來，自己又搭火車再趕回台北。那妳怎麼看？要不要跟他在一起？要的話，等妳老爸出院，把他帶回來給我們瞧瞧？有好對象的話，最好不要浪費時間，請他趕快來提親吧！如果妳覺得大鯉魚那邊不好交代，也沒關係，我會幫妳跟他說一聲，保證他不但衷心祝福，還包個大紅包來喝喜酒，要不要？」

「妳眞的覺得我會嫁不出去，需要這麼趕時間嗎？」駱子貞的耐性已經用完，幾乎就要拂袖離去。

「要說讀書、考試，或者找工作、賺錢之類的事情，這些妳從小到大都沒讓我們擔心過，可是呢，要說到挑選對象，我跟妳爸可是沒有一天放心的。妳從高中的時候就離開家了，來往的朋友，我們認識的也不多，會不會被人家欺騙感情，或者遇到適合的對象時要怎麼選擇，這些都沒有人來教妳。我好不容易把女兒養到這麼大，卻出去讓人吃虧占便宜，這張老臉在鄉親面前要往哪裡擺？我當年號稱『恆春一枝花』，這名聲又怎麼維持得下去？」

「『恆春一枝花』？這麼老土的綽號，我沒有聽錯吧？」駱子貞忘了要繼續生氣，下巴差點掉下來。

「當然沒聽錯，說起當年，想追我的人多到可以從古城門一路排到墾丁大街去。」

「那麼多人追妳，結果最後妳卻嫁給一個種田的？」

「這就是重點所在，也是我覺得應該早點教妳的道理。」駱媽媽顯然很滿意女兒對問題焦點的掌握能力，她說：「那麼多人讓妳挑，妳該怎麼挑？我告訴妳，與其挑一個條件好的，不如挑一個妳喜歡的；與其挑一個妳喜歡的，不如挑一個喜歡妳的。要是這樣妳都還挑不出來，那就更乾脆一點，直接挑一個笨一點的，起碼嫁給笨蛋，以後不用擔心他會亂來。」

「原來我爸是一堆男人當中，最笨的那一個。」

「最笨的那一個，三十年前被我挑走了，但是妳放心，想挑的話，這世上跟妳爸差不多笨的也還不少。」

「有嗎？妳想介紹給我的那些，他們都是笨蛋嗎？」

笑著，駱媽媽沒有回答，起身走進屋子，再踅出來時，她手上提著紙袋，裡面裝著好幾罐李于晴買來的營養代餐，笑著說：「走吧，妳爸應該已經快餓死在病床上了。醫院裡的伙食只怕他吃不慣，好幾年了，他午餐都只愛這一味的。」

其實笨蛋到處都有，但是要聰明人才看得見。

雖然是個意料之外的原因，但既然難得回老家一趟，駱子貞索性打了電話，跟丁舜昇多請兩天假，她想多陪陪臥病的父親，也可以分擔一點媽媽的辛苦，順便給自己一個遠離喧囂、安靜喘口氣的機會。只是當假期結束，拎著大包小包的屏東名產回台北之後，駱子貞就後悔不已，這世界果然沒有因爲個人的短暫缺席而暫停運轉。

爲了彌補工作進度而焦頭爛額，她只有分別傳了兩封極爲簡短的訊息給江承諒跟李于晴，告知父親平安，以及自己回到台北的消息，也感謝他們的幫忙和關心，一視同仁，不偏不頗。訊息傳完後，立刻又埋首工作中，到了傍晚，總算把週年慶的企畫案遞交上去，留點時間給丁舜昇慢慢評點，自己則拿出手機，果然看到他們的回覆，李于晴只說這是他本來就應該做的，江承諒則貼心地問她還有沒有需要幫忙的地方，並提出邀約，想找她一起吃晚飯。

該見這一面嗎？駱子貞心裡躊躇，坐在椅子上，手中的老鋼筆不斷迴旋轉動，想起顏眞旭說過的，最適合的人，不見得是最早出現，或最後離開的那個人，而是始終掛心自己，自己也掛心不已的人。

好了，現在她兩個都掛心，那然後呢？如果顏眞旭的觀點可以當作第一道檢驗關卡，那這兩個男人都過關了，接下來是不是要按照駱媽媽的角度，再從這兩個男人當中選一個比較笨的？這要怎麼判斷，難道要給他們做一次智力測驗嗎？想著想著，駱子貞不禁笑了出來。

她知道自己應該要跟江承諒見個面的，至少，有當面再感謝他一次的必要。離開公司後，距離約定時間還早，她索性先約了楊韻之在服飾店裡碰頭。

「要去約會嗎？正好，這幾件衣服都很適合妳。」楊韻之特別強調，「這一批貨的評價很高喔，戀愛不敗款，是我親手挑選的。」

「妳看我的樣子像是正在戀愛嗎？」駱子貞指指自己。

「不，一點都不像，但就因爲妳現在這身套裝，再配上無精打采的表情，活像慘遭遺棄的失婚婦女苦命樣，所以我才要推薦戀愛不敗款給妳。」楊韻之說。

那是一件連身的白色洋裝，下襬還襯著蕾絲，剪裁非常好看，莊重中不失青春氣息。雖然對比之下，駱子貞臉上的妝好像太嚴肅了些，但依照楊韻之的說法，只要再補點眼影，把眼線也描一下，應該就會非常完美。

「其實我不知道自己該怎麼做才好。」換好衣服，對著鏡子看了看，駱子貞本來在欣賞洋裝的，但忽然肩膀一垮，露出無奈的表情。

「什麼意思？」還在幫忙挑選配件的楊韻之問。

「我不想選那隻大鯉魚，除了我覺得他已經瘋了——爲了工作而瘋了——變得一點都不像他本來的樣子之外，重點是，他才剛失戀沒多久，而我跟他似乎也沒有火花。但我要因爲這個緣故就選擇江承諒嗎？儘管所有條件拿出來相比，他都比大鯉魚好，可是我總覺得，跟他之間又少了點什麼感覺，還走不到那一步。」駱子貞站在鏡子前嘆氣，「我看到鏡子裡面的自己，卻看不出鏡子裡的這個人到底在想什麼。」

「只能二選一嗎？」

「難不成妳還想要再丟出第三位候選人？」駱子貞瞪眼。

「不，我是說，非得在兩個之中選一個嗎？」楊韻之聳肩，說出很符合她當年「花蝴蝶」個性的話來，「老娘兩個都不選，但是兩個都要，難道不行嗎？」

「劈腿是不道德的。」

「有名分了還出軌，那才叫作劈腿，」楊韻之兩手一攤，說：「我沒叫妳腳踏兩條船，我只叫妳延後投票日而已。等妳搞清楚自己的心意之後，再去決定就好，至於他們得等上多久，都看妳高興，反正不想等的人，他要先退出競選也無所謂，還反而給妳省事呢。」

「是嗎？」

「刻意選出來的男人都不是好男人，充其量只能算是沒得選擇的選擇。」楊韻之理直氣壯地說：「不用選，妳就知道是他了，那才叫作真命天子。」

雖然給自己換上了一套好看的衣服，但駱子貞怎麼想都覺得有點不划算，這套洋裝在一番折扣後還要價兩千八百多塊，而她雖然換來了一身美麗，卻也同時換到了一顆思緒更複雜的腦袋。

不在昂貴的餐廳，吃的也不是什麼山珍海味，只是一盤簡單的義大利麵。江承諒說這是他最近發現的美食，有時下了班，不順路也想繞過來吃，駱子貞嚐了幾口之後也稱讚不已。

用餐時，江承諒問起駱爸爸的身體，他提醒駱子貞，有空還是應該多給自己排假，回鄉下去走走看看，或者乾脆把父母親接來台北，免得兩地相隔，如果有什麼意外，距離往往是很容易造成遺憾的因素。

駱子貞知道他沒有詛咒人的意思，並不見怪。江承諒又說：「別怪我多事，但我看到那些只顧著在外打拚，卻很少回家探望父母的年輕人，總忍不住想嘮叨幾句。」

「知道了。」駱子貞一笑，說最近週年慶的案子還沒結束，想真正回家住幾天，只怕還得再等一陣子，待公事忙完後，她想要請個長假，一來給自己喘息的空間，再者也能回家多陪陪雙親。她說著，原以為江承諒會附和幾句，也表達他想跟著一起南下的意思，然而對方卻像完全忘了似的，竟提也不提，只問駱子貞在企畫案方面的進度如何，倘若需要的話，他可以把自己公司的週年慶促銷案給偷出來，當作是一個參考。

「你們是賣電器的，我們是賣餐點的，你確定案子偷出來後，會有很高的參考價值嗎？」駱子貞忍不住笑。

「反正都是民生必需品嘛。」他自己想想，似乎也覺得荒謬，跟著笑了。

如果不談感情，他應該是個很不錯的朋友。吃完了飯，走出餐館時，看看手機，才晚上九點鐘不到，沿著路邊，漫無目的地走過去，再轉個彎，就到了之前約會的地點，那兒有燈光璀璨的行道樹，也曾經有過一個吻。

「我……」遲早總是要開口的，駱子貞放慢腳步，她不想等走到那個吻的發生地點，才講出讓人不開心的話，躊躇了一下，她深深吸了一口氣，「有件事我想了很久，老實說，即使到現在，我依然無法做出決定。」

「噢，沒有關係，那已經不重要了。」江承諒忽然露出淡淡的微笑，搖頭說：「我才覺得不好意思。都怪那盤義大利麵太美味，以至於一整晚，光顧著吃東西就來不及了，我都沒時間整理自己的思緒，也沒找好一個開口的方式，來跟妳說說這件事。」

「什麼事？」駱子貞愕然。

「先說好，不管我們接下來要講的是什麼，都不影響我們是朋友，而且是好朋友的這層關係，好嗎？」沒直接回答，江承諒說：「我們依然可以互相關心，好嗎？」

駱子貞不明所以，但她只是堅定地點點頭，這也是她深以爲然的。

「那天，開著妳的車，載妳回屏東時，我本來沒打算直接趕回台北的，事實上，當天下午我也沒事，那一整個週末我都閒得很，還一個人騎著腳踏車，繞了北海岸一圈。」

「爲什麼？」駱子貞不解，「既然沒事，爲什麼不一起去醫院看我爸？而且，你不是想去屏東走走的嗎？」

「因爲我在車上，聽到了一些東西。」江承諒說：「是動聽的，卻也讓人傷心的旋律。」

自願的失去，叫作成全。

春雪

彼時，將有一方遼闊，承接夢囈間多少語句，
是時節，風與蟬聲都靜了，
歸來旅人才指點古巖痕縫間的，祕密。

深邃的／一道以舊時光做爲符徵的謎，
娓娓道來，盡頭那端，
思念平靜宛如不動的鐘，時針也失去方向。
雲朵嗎？碎浪嗎？

不是我偏愛在這蕭索片刻間非得，
向誰索要一段旋律／無邊無際的，藍色
但你還欠我一個永恆。

那瞬間，駱子貞恍然大悟，耳裡聽到江承諒又說：「車子開過台中之後，再沒多久，妳就已經睡了，我為了提振精神，所以按開了汽車音響。本來只是想聽廣播的，但很無奈，我不知道中部有什麼電台好聽，所以就選了唱片，然後，我聽到幾首曲子……」

「好了，好了，我……」駱子貞啞口無言，她揮揮手，想制止江承諒再說下去。

「別急著打岔，聽我說完好嗎？」握著駱子貞的手，江承諒語氣坦然，「也許我一直以來低估了他在妳心裡的分量，同時，我也高估了自己的能力，以為只要繼續努力，就可以讓妳慢慢地、慢慢地將所有的注意力放在我身上，以為當妳的全世界只剩下我的影子時，我們就能在一起了。不好意思，妳知道我這個人比較臭屁，從小到大，每次談戀愛，我憑的都是這種直覺，說眞的，幾乎也沒失敗過，當然也未必百分之百成功。」說到後來，他從刻意的玩笑，剩下一抹苦笑。

「不只是因為他的緣故，我……」

「我知道，有些事強求不來，就像我說的，直覺也有失靈的時候。」江承諒淡淡地說：「妳心裡還有他，對不對？不只是車上的一張唱片，還有先前在路邊的樂器行外面……妳還記得那次嗎？或許連妳自己都不敢相信或面對，但妳自己知道，我也終於懂了，他其實一直都住在妳心裡。」

「但他心裡未必有我。」換駱子貞苦笑。

「不管怎麼樣，妳要記得對自己好，也盡量別留下任何遺憾，不管是對哪方面的感情都一樣。」江承諒豁達地吐口氣，拍拍她肩膀，「冬季已經結束，春天就快回來了，如果可以，我想替妳許一個這樣的心願，在新的季節到來時。」

駱子貞忍不住流下了眼淚，她沒想到，自己在不經意間，已經給了對方否定的答案，她更沒想到，那張放在車上的唱片，原本平常小心翼翼，不讓任何人有機會發覺，然而最後揭開祕密的，卻是最不該聽到那些旋律的人。

多日來所有的猶豫、矛盾，以及數不清的爲難或糾葛，在這一瞬間，忽然全都得到釋放，這本是一件好事，可是這種結果卻不是她原本所預期的。今晚，她只想告訴江承諒，關於兩個人之間的事，或許還需要再緩一緩，就像楊韻之說的，她不想勉強自己，逼著去跟誰在一起，這時候，她只想要維持現狀就好，哪知道結局卻出乎意料之外。

「最後，我還想再強調一件事，」把駱子貞出神的思緒喚回，江承諒笑著說：「我這個人很相信一見鍾情的感覺，而我一見鍾情的對象，往往都是萬中選一的優質人選，這一點依舊無庸置疑，請妳不要忘了。」

「當然。」駱子貞回報以一個淺淺的微笑。

或許這是最好的解決方式。在自己完全無法預料的情況下，迸出一個截然不同的結果，儘管那很傷人，也很傷自己，可是她沒得選擇，如果還能做點什麼，駱子貞心想，也許就是今晚再陪著江承諒走上一段路，讓兩個人的心情都好好平復一下。

「還要再走走嗎？」像是察覺到她的心意，江承諒問。

「往這邊走吧，好嗎？」指著另外一邊，而不是之前擁吻的地方，駱子貞想避開那種尷尬，而且，另一邊距離捷運站較遠，也才能多走幾步路。

「都好。」江承諒點點頭，他的兩手插在外套口袋裡，呵出一口氣，正要往前走時，旁邊卻傳來手機鈴聲。駱子貞也愣了一下，就怕遠在南部的父親再有意外，急忙把電話掏出來，但來電顯示卻是楊韻之。

該不會這麼急著想來探聽約會的結果吧？駱子貞微一皺眉，先按了拒接的按鍵，可是還沒把手機收進包包裡，鈴聲很快又再響起。

「接一下吧，也許有要緊事。」江承諒也看到螢幕上顯示楊韻之的名字，笑著說：「或者妳可以叫她打給我，我今天失戀耶，需要有人一起聊天。」

「你想都別想，她可是我最要好的朋友。」駱子貞笑了出來，最後還是接了電話。

通話的第一秒鐘，楊韻之沒有問她約會內容，沒問她最後怎麼選擇，也沒問她那套洋裝有沒有善盡不敗款的職責，她只是無限放大了音量，卻不知道在說些什麼。

「發什麼神經啊，有話慢慢說！發生什麼事了，我現在……」耳膜被震得有點痛，駱子貞沒好氣地想要制止，但話還沒講完，卻被楊韻之好不容易完整說出口的一句話給嚇傻了。

「怎麼了嗎？」一旁的江承諒也隱隱察覺不妙。

「工廠發生火災，李于晴被嗆傷送醫了。」說著，駱子貞像著了魔一樣，手上握著忘了掛斷的手機，嘴裡只能說出一句抱歉，沒等江承諒反應過來，轉身就往路邊攔計程車。

「這時間會塞車，我陪妳搭捷運去吧？」

「沒關係，我可以自己來的。」藏不住心慌意亂的表情，她稍微穩住腳步，跟江承諒道謝，然後又說一句對不起。

「路上小心。」江承諒鬆開了他握住駱子貞的手，看著這女孩轉身之後，一路朝街邊的轉角跑去。她沒有回頭。

那不是一段很長的距離，駱子貞繞過轉角後，遠遠處看見捷運的入口，她加快腳步繼續往前跑。被楊韻之嚇傻的心情還難以平靜，此時只能拔腿狂奔，更顧不得身上穿著的是一件理當優雅端莊的白色洋裝。這瞬間，她只想在最短時間內，趕到醫院去探視李于晴。

奔跑的路上差點撞倒幾個漫步的行人，也險些被路過的自行車給擦到，駱子貞跑得很急，眼看捷運站就在眼前，她卻忽地放慢速度，停下腳步，就在那一整排被藍紫色燈光妝點得好美好美的行道樹前，她回頭望了一眼，停駐了幾秒鐘，然後，深呼吸一口氣，又繼續往前跑去。

該愛誰，分析仰賴理智；想愛誰，決定在乎於心。

沒有停頓，也不浪費半點時間，在跑下捷運電扶梯時，一邊對那些被她擦撞推擠的排隊人群說抱歉，一邊手已經探到包包裡，取出了悠遊卡。一進捷運車廂，立刻脫下大外套，喘氣的同時，她打電話給楊韻之，再次確認醫院院址與李于晴的所在單位，等捷運到站，便即刻轉乘計程車，叫司機盡快趕往。

從接到那通電話起，駱子貞就渾身籠罩在一種驚惶且極具壓迫的感覺中，尤其當楊韻之說出「加護病房」四個字時，強烈的恐懼感襲來。以前，她從來不覺得這世界可能有毀滅或崩塌的一天，無論多麼艱難的挑戰，她總能夠咬著牙撐過去。應對大學時代的那些風波，她是這樣；剛到紐約時的徬徨，她也是這樣；回國後，面臨工作上接踵而來，一個比一個難搞的行銷企畫案，她還是這樣。甚至就連乍聞父親臥病時，她也相信，只要盡快趕回屏東，一切就不會有問題。什麼局面，只要自己保持鎮定，總能夠掌握得住。可是現在，駱子貞卻發現，自己坐在計程車上時，雙腿竟不自覺顫抖著，而她當然知道，那肯定不是因爲剛剛倉促跑步的關係。不知怎的，那種本該鎮定的感覺竟然消失了，取而代之的，只剩無止盡的心慌意亂。

她不能想像，爲什麼好端端的，一個在印象中，總是永遠帶著笑容，甚至有點憨笨的大鯉魚居然會昏迷在加護病房裡，她更不敢想像，如果李于晴再也醒不過來，那這世界又會怎麼樣？

丟了一張五百元鈔票給司機，根本不等找錢，她在醫院外面下車後，立刻朝門口直奔去，路上隨便抓到個護理師，便問加護病房的所在，不管李于晴現在狀況如何，也不知道他能不能熬過這一關，總之，駱子貞只想在最短時間內趕到他身邊。

「除了一部分的外傷和燒燙傷之外，比較大的問題是吸入性的嗆傷，人還沒醒。」加護病房外，楊韻之已經在那裡，旁邊還有孟翔羽。駱子貞一趕到，立刻就想進加護病房，卻被護理人員制止，要求她稍候，得等開放時間到了才能探病。

就怕駱子貞太激動會妨礙醫生的工作，楊韻之先把人拉開，陪著她在病房外坐下，接著說：「詳細的內容，醫生說了我也聽不懂，只知道現在是插管的狀態，人也還沒醒，就算醒了，大概也還得住院幾天。」

「插管？沒有生命危險吧？」駱子貞還是難掩緊張的情緒。

「應該是沒有。」

聽到這句話，總算讓她心上的大石先落地一半，駱子貞雖然還皺著眉頭，但呼出一大口氣後，起碼稍微放心了些。楊韻之接著轉述了醫生在急救後說的話，認爲李于晴在火場滯留的時間過久，氣管的損傷較爲嚴重，等他清醒後，還得視恢復情形，進行呼吸訓練之類的復健。

「呼吸訓練？是說他可能會有後遺症嗎？」那股擔心的感覺又上來了，駱子貞忙問。

「不會的，只是讓他慢慢適應自己呼吸的方式。」聽到她們的對話，原本在旁邊抄寫資料的護理師忽然抬起頭來，溫言說明，「妳們是那位李先生的朋友吧？不用太擔心，他現在之所以還沒清醒，是因爲血氧濃度太低的關係，不過醫生已經給他裝了呼吸器以調整血氧濃度，慢慢他就會醒過來。至於呼吸訓練的部分，那是因爲現在插管，氧氣透過管子輸送給他，之後呢，我們要慢慢地調整供氧方式，讓他恢復成原本的自主呼吸。」

「那他什麼時候可以康復？」駱子貞急著又問。

「這就不一定了，病人除了吸入性嗆傷的治療之外，還有一些外傷，需要比較謹愼的醫護照料，此外，我們也要觀察他的肺部，看看是否有其他感染的可能性，所以大概還得住院幾天。」護理師看了看手邊那些資料，又說：「他剛剛被送來的時候，有些住院手續在倉促中來不及辦理，還要再麻煩兩位，也請妳們代爲聯繫他的家屬。」

瑣碎的事情就讓楊韻之去處理了。駱子貞握著掌心裡的手機，儘管心裡有些猶豫，但眼前也沒有再掙扎的餘地。她撥打李于晴老家的電話，李媽媽幾乎昏了過去，李爸爸也半晌說不出話來，慌亂了一陣，才拜託駱子貞先幫忙照看著，他們現在出門，會立刻趕來醫院。聯絡過李家二老，再通知了程采跟姜圓圓，最後她才傳了簡訊給江承諒，告訴他大致情形，而江承諒的回覆，則跟上次駱爸爸住院時一樣，說如果需要什麼幫忙，儘管開口。

收好電話，要走回加護病房外面時，駱子貞只覺得心裡糾結不已，有太多釐不清的思緒，把她原本的思考空間都占據了，以至於眼下竟完全無法坐下來好好思考，除了勉強自己鎮定下來，撥那幾通電話之外，其他的事情，已經沒辦法再想。

「你明知道那個廠房已經很老舊了，安檢也沒過關，根本不是可以合法開工的狀況，為什麼遲遲不肯處理這件事？如果願意花點錢把這些先搞定，今天根本不會發生這種事吧？」除了等待之外，已經別無他事可忙，駱子貞口乾舌燥，腳步緩慢地走到茶水間，還沒推開門，卻忽然聽到一個惡狠狠的聲音。她愣了一下，那不是陪楊韻之去辦手續的孟翔羽嗎？他這些話是在對誰說的？好奇心起，推開虛掩的門板，只見茶水枱邊，孟翔羽正一把掐住個男人，把他往牆上重重一推，對方後腦敲到牆壁，臉上露出痛苦的表情，駱子貞認得他是莊培誠。

「什麼安檢沒過？我不知道你在胡說什麼！」莊培誠身上也帶著傷，但看來不是很嚴重的樣子，他生氣地說：「我們可是合法生產的工廠！」

「安檢報告連我都看過了，你還不承認嗎？」孟翔羽也很生氣，正要揮拳揍人，駱子貞已經走了進來，問了一句，「什麼安檢報告？那份安檢報告跟工廠失火、跟大鯉魚受傷有關係嗎？」

「妳問他吧，他比任何人都清楚。」孟翔羽氣呼呼地說：「這種人居然還有臉來探病呢。」

「說呀，怎麼不說話了？」駱子貞只覺得心口很緊，連問話時的聲音也整個沉了下來。然而莊培誠的臉色極其難看，他剛剛被那一推，後腦勺撞得很痛，一時間也講不出話來。

「你不敢講，那我就替你講了吧。」孟翔羽哼了一聲，對駱子貞說：「那個廠房已經幾十年了，電路設備幾乎都沒有更新過，這個人爲了省錢，也沒有好好翻修，明明安檢報告都不合格，卻堅持要開工生產。那份報告的副本，李于晴也給我看過。」

「所以，這一場火災，是因爲電路老舊的關係？」駱子貞這才想起來，自己從接到消息趕來後，至今都還沒過問火警發生的原因。她面色凝重地問，只是問話對象並非一臉懊惱沮喪的莊培誠，而是義憤塡膺的孟翔羽。

「八九不離十。李于晴前幾天還跟我說，最近工廠趕出貨，他一直覺得不放心，就怕機器長時間運轉，對廠房的電路設備會是很大的負擔，還說等這批貨出完，一定要找人來整頓整頓。」孟翔羽說：「雖然確切的起火原因還要等消防隊進一步勘驗才能證實，但其實這早就有跡可循，我們也都心知肚明了。」

「那爲什麼李于晴受了重傷，到現在還昏迷不醒，而你看起來卻沒什麼事？」點點頭，駱子貞又問莊培誠，可是答案依然還是從孟翔羽嘴裡說出來，原來工廠一失火，這個負責人拔腿就跑了，但李于晴卻抓起滅火器想救災，眼看火勢難以控制，他也不肯逃生，爲了顧及損失，還一口氣搶救了好幾箱產品出來，正因爲如此，才會吸入過多濃煙，身上也有多處外傷，這些都是目擊民眾跟消防隊員說的。

「你是負責人，居然先逃走了？」耳裡聽著，駱子貞始終瞪視莊培誠。

「我跑出來是爲了報警求救啊！」莊培誠終於開口了，他語氣十分激動，嚷著，「要不是我報警，趕快找消防隊，李于晴早他媽燒死在裡面了！你們覺得他很委屈，欸，他只是傷得比我重一點而已，但我的財產損失呢？他投資那麼少，根本不算什麼！我不但股份是他的好幾倍，還是公司的負責人，我的麻煩才大吧？這些損失我要去跟誰要？對那些客戶要怎麼給交代？我光是賠給人家都不知道要賠幾千萬了！」

「要賠幾千萬，那是你家的事，你家有錢，賠多少都無所謂，但是李于晴就只有那點積蓄，燒光了就沒了。」駱子貞冷冷地說：「當年，你害姜圓圓車禍受傷，我打過你一巴掌；現在，你讓李于晴昏迷不醒，你說我該怎麼辦？」

「什麼怎麼辦，妳……」不敢跟孟翔羽這個大男人起衝突，莊培誠倒是一點也不怕看來弱不禁風的駱子貞，挺起胸膛，一副隨時可以動手打架的樣子，只是他嗆人的話沒講完，駱子貞就已經朝他臉上，用盡全身力氣狠狠揍了一拳，打得他鼻血直流。

「如果你還想活命的話，」駱子貞完全忽略自己手指骨的劇痛，對著掩面坐倒，哀號不已的莊培誠說：「從現在起，滾出我們的世界。」

我不奢求你愛我，我只想要你平安。

儘管駱子貞後來又打電話通知李爸爸，說加護病房已經過了探病時間，目前李于晴狀況還算穩定，可以明天再來，然而兩位老人家懷著放不下的牽掛，一個多小時後，還是出現在醫院裡。

儘管有過一段時間的交往，但駱子貞一次也沒到李家拜訪過。她以前曾有提議，問李于晴是否想帶女友回去，可是那條大鯉魚立刻搖頭。

「是覺得我很糟，帶不進你家門嗎？」當年，她瞪大眼睛，這麼問李于晴。

「我這是爲了他們的生命安全著想，」那時他是這樣回答的，「我怕他們的囉嗦，會成爲致命的關鍵。」

其實見不見對方的父母，駱子貞並無所謂，兩個人交往，也還沒走到論及婚嫁的時候，與其讓雙方父母跳出來湊一腳，她寧可享受更有自主空間的兩人世界。當年因爲自己懷抱這樣的想法，再加上李于晴也嫌麻煩，所以駱子貞從來都只見過照片中的李家二老，沒機會跟這兩位長輩碰面，哪曉得分手後幾年，卻是在這樣的場合與情況下，第一次打了招呼。沒時間尷尬，面對著惶急焦慮的李媽媽，駱子貞言簡意賅地把大致狀況說明一遍，也把在場幾個朋友都介紹一次。聽完說明後，李媽媽總算安心了些，還握著駱子貞的雙手不住道謝。

時間已晚，醫院裡也沒地方可以容納這麼多人，孟翔羽開著車子，把楊韻之、程采跟姜圓圓都送回去，駱子貞陪李爸爸他們留在已經關了大半燈光的醫院大廳。她給二老買了消夜點心，打算等他們先填飽肚子後，再陪著到外面去搭計程車，在附近找飯店投宿。

「以前于晴提過妳很多次，每次我們都叫他要帶女朋友回來，可是他就是不肯。」李媽媽講話時帶著很濃的客家腔，讓同樣也算半個客家人的駱子貞覺得倍感親切。她說以前大家都還是學生，年輕時候不懂事，李于晴不肯帶女友回家也就算了，自己本該主動來拜訪長輩的，卻也沒善盡禮貌，感到非常抱歉。

「現在見到了，也還不嫌晚。」李媽媽客氣地笑，「李于晴這個人很重朋友，但是卻不會照顧自己，如果不是妳這幾年來一直陪著，他可不知道會變成什麼樣子，所以妳千萬不要覺得不好意思，反而是我們要感謝妳才對。」

那當下，駱子貞有些錯愕，這句話的意思，莫非是二老完全不知道，李于晴不但跟自己早已分手多年，不久前也還跟另一個女人剛結束一段感情嗎？她不明就裡，未敢貿然開口，李爸爸吃著包子，也滿臉笑意地點頭，說：「人家說大難不死，必有後福，他這一關如果順利過了，我看，你們要不要早點定下來了？」

然後駱子貞就完全無話可說了。

要一個平常活潑好動的男人體驗這種只能靜躺在床上，既不能言語，也不能活動的感覺，應該非常折磨人吧？李于晴不但還在插管，雙手也被固定在病床邊，不能隨便亂動。看著眼前的景象，駱子貞忍不住嘆氣。站在床前，雖然沒有規定探視者不能觸碰病人，但她還是小心翼翼，就怕萬一不小心，自己貿然伸出手去，碰到了李于晴身上的醫療管線或外傷的部位，可能造成影響。

加護病房的開放探訪時間很短，一次又僅以兩人爲限，本來想先讓李爸爸他們進來的，但老人家也貼心，堅持讓駱子貞優先，還說比起父母，這個不肖子大概會比較想先見到女友。

「你爸媽來了，就在外面，他們讓我先進來。」稍微彎下腰來，她靠近病床邊。李于晴不太能側頭，但雙眼骨碌碌地轉動，又因爲插管的緣故，暫時也無法開口，只是臉上偶爾露出疼痛的表情，喉嚨間偶有粗啞的呻吟聲。

「醫生說，等你狀況稍微好一點，就可以用筆紙寫字，不過我是覺得，你還是乖乖靜養比較好。」駱子貞嘆口氣，說：「我不知道你爲什麼不告訴他們，說我們其實早就分手了，但既然他們不知情，我也就沒有把眞相說出來。都這種時候了，再說那些好像也沒什麼意義。

「昨天晚上，大家都趕來了，但是沒辦法進來看你，今天每個人都得上班，所以中午也來不了，不過我猜想晚上的探病時間應該會很熱鬧，以你的人際關係，只要把消息放出去，可能會有見不完的訪客。」看著李于晴的雙眼，隱約透著疑惑，駱子貞說：「不要這樣看我，我沒有翹班，可是名正言順請過假的。」

一個經過旁邊的護理師看到駱子貞，忽然拉下口罩，露出一個淡淡的微笑，駱子貞認得，那是昨晚在病房外時，幫她跟楊韻之解惑的那一位護理人員。那個年輕的護理師輕輕推過來一張帶著滾輪的椅子，讓她坐下。

「昨天晚上送你爸媽到飯店之後，我就回家去了。可是一整晚翻來翻去地睡不好，心裡一直在想，這一場火到底來得是不是時候？很抱歉，雖然因爲這場火災，讓你虧了一大筆錢，可能前幾年存下來的都沒了，也許還因此要背一身債，甚至人也躺在醫院裡面動彈不得，我卻由衷地認爲，這場火其實沒有不好，起碼，說不定它能燒斷你那些在我眼裡看起來根本莫名其妙的念頭。

「這些話我一直找不到機會跟你說，每次講著講著，到最後總會吵架，我看大概也只有這個時候，你才不會亂回嘴又惹我生氣，可以讓我好好地把自己所想的那些慢慢告訴你。其實，我們兩個人之間，從來都沒有比較的必要，當然我也知道，要論人品、才幹還有智慧的話，一定都是我領先你很多，但你也不要妄自菲薄，千萬別低估了你自己，你沒有比較差，你只是稍微笨了點而已，好嗎？」

駱子貞露出淡淡的微笑，看看皺起眉頭，卻一句話也無法反駁的李于晴，她又說：「你是一個很善良的人，也是一個很貼心的人，但不是一個適合做生意的人，也不是一個應該在金錢收入或社會地位上，去跟別人爭高低的人。比起那些華而不實的外在，說眞的，我更寧可看到你原本的樣子，儘管大學時候，你整天拿著吉他彈彈唱唱，到處去騙小女生的行爲眞的很可惡，可是我必須承認，你那時候比較帥。」

說這些話的時候，駱子貞把音量壓得很低，然而在一旁的小護士還是都聽見了，她轉過頭來露出莞爾的眼神。駱子貞也朝她一笑，又對李于晴說：「護士小姐聽到你的惡行惡狀，人家都笑了，你是不是覺得很不好意思？覺得害羞的話，你左眼眨一下，覺得生氣的話，就換右眼眨一下。」

李于晴喉頭間有微微的氣音，右眼則像沾了灰塵似的，猛眨個不停。

「看樣子，一把火總算把你燒成了正常人，也慶幸你這時候躺在病床上，不然幾句胡言亂語打斷我，我們又要吵架了，謝天謝地，阿彌陀佛。」駱子貞一笑，把頭又低下來，湊近了李于晴的耳邊，這幾句話說得極細，不再讓任何人給偷聽了去，她說：「我沒接受江承諒的告白，因爲我不能騙自己，我知道我不愛他。而此時此刻，不管你我是什麼關係，有多少恩恩怨怨，我都只希望一件事，就是你趕快好起來。

「你趕快好起來，才能繼續扮演無知的大鯉魚來逗我開心；你趕快好起來，才能變回那個原本的你的樣子；你趕快好起來，變回原來的樣子以後，才能再彈吉他、唱歌給我聽，也才能帶著我，一起回到最早最早的，那個我們以前的世界裡。

「我知道，我們都已經長大了，然而正因爲長大了，過去的天眞歲月才讓人更加懷念。我很想再看到以前那個我，可是那個以前的駱子貞，只有在你面前才會自然地表現出來。

「等你康復之後，我們一起出去走走，好不好？不管去哪裡都好，台北的生活眞的太累人了，我們都需要放個假。親愛的，別再想那些成就不成就的了，該證明的，你早就已經證明了，你在我心裡，一直都是最棒的那個人，從來都是。」輕聲說著，她流了一滴眼淚，剛好落在李于晴的臉頰上，而那時，李于晴緊閉著雙眼，全身微微顫抖，用力握著拳，他的眼角也有一滴淚水。

我們在浮光掠影的城市裡，迷失、長大，但還會在一起。

「爲什麼不跟你爸媽說清楚，我們都分手那麼久了，還讓他們這樣誤會，不太好吧？」坐在病床邊，手上的釋迦一口也沒吃進李于晴嘴裡，倒是駱子貞自己一小顆一小顆地吃得很開心，她邊吃邊嘮叨，「而且你跟那位謝小姐的事，你爸媽居然也完全不知情，這實在太誇張了，哪有人這樣當兒子的？」

「這種事本來就沒什麼好說的，講了又怎麼樣？我花一分鐘的時間，把事情報告給他們聽，妳知道代價是什麼嗎？代價就是我得再花上一個小時聽他們發表高見，煩都煩死了。」李于晴搖頭，看了看駱子貞手上的水果，最後終於忍不住說：「那是顏先生買來給我的探病禮物耶，妳到底要吃到什麼時候？」

吸入性嗆傷的復原情況良好，呼吸訓練也很順利，在加護病房待了幾天後，李于晴已經拔管，轉到一般病房休養，原本他希望趕緊出院，然而所有人一致搖頭，因爲除了嗆傷之外，他身上還有不少擦傷跟燒燙傷，這些需要照料的傷口都不是一個人在家裡能夠處理的。

知道兒子是想省錢，李爸爸說了，醫藥費家裡負擔得起，此外，他也千萬拜託，希望駱子貞可以幫忙照料。認眞答應二老的請託，把他們送到車站，看著兩位老人家進了火車站閘口後，駱子貞總算鬆了一口氣。接連兩天的時間，她都小心翼翼，深怕自己說溜了嘴，或者楊韻之她們不小心露了口風，好不容易，一直捱到李家爸媽離開台北，他們都還不曉得眼前這個女孩早已不是自家兒子的女友了。

爲什麼要演這齣戲呢？駱子貞其實沒別的意思，只爲了那天晚上，李爸爸在醫院大廳吃包子時所說的一句話，「還好有妳在，不然我們眞的不曉得該怎麼辦。」

「妳在笑什麼？」李于晴的一句話，把想著想著就失神的駱子貞給喚了回來。

「我在想，如果當年沒有分手，不曉得現在我們是什麼樣子。」駱子貞想像著，「我還會出國嗎？你還會受傷嗎？那我會在哪裡上班，你過的又是怎樣的日子？」

「這有什麼好想的？不管我們分不分手，妳總之是吃了秤砣鐵了心，非得出國不可。況且妳這根本是本末倒置，妳之所以會出國，根本不是因爲分手情傷，而是因爲堅持要出國，才會跟我分手。」李于晴不以爲然，「至於我會不會像現在這樣，受這個莫名其妙的傷，那跟我們分手，還有妳出國與否，根本沒有關係！就算當年妳留在台灣，繼續跟我在一起，難道我就不用工作賺錢嗎？既然要出來闖，受點傷是難免的。最重要的是，妳確實出國去了，我確實事業受挫了，這一切都已經發生了，多想也沒用。」

「看不出來你滿身是傷，腦袋卻很清醒。」駱子貞哼了一聲，又說：「但是我現在已經回來了。」

「是呀，而我的錢也賠光了。」李于晴點點頭，說：「所以呢，妳想說什麼？當我們一切又都回歸原點了，妳想來跟我復合嗎？」

「省省吧你。」駱子貞白了他一眼。

「仔細想一想，他說的其實很有道理嘛，當一切都回歸原點了，你們幹嘛不在一起？」楊韻之一邊翻箱倒櫃，一邊說：「其實你們挺適合的呀。」

「首先，站在時間點上考量，他結束上一段感情也才兩個月不到，以正常人處理感情的邏輯來說，這於理不合。其次，以地域性來考量，過了那麼多年，我們來來去去，整個故事都發生在台北，長時間待在同一座城市裡，所累積的回憶太多，背負的包袱也太沉重，很難擺脫所有舊的往事，重新開始新的劇情。再以『人』的角度來講，那就更簡單不過了，這座城市有幾十萬個適婚的男人或女人，我們有什麼理由非得吃回頭草不可？」手裡也很忙，在幾個抽屜裡翻來翻去，駱子貞一樣頭也不回地說話。

「適婚男女那麼多，但是你們都沒有好對象，這是擺在眼前的事實，再說，李于晴算是正常人嗎？一般人的邏輯適合套在他身上嗎？這一點我持保留態度。至於地點，那算什麼問題？反正他是業務員，天南地北都可以去，我們現在在找的，不就是他那一份該死的、到底藏到哪裡去的馬來西亞業務報表嗎？」說著，楊韻之翻開一個資料夾，看了半天後，抽出一張，轉頭問駱子貞，「上面都是英文，我完全看不懂，是不是這個？馬來西亞的英文怎麼拼？」

「白癡嗎，看字母也知道發音方式不對呀，那上面寫的是墨西哥！」駱子貞只瞄了一眼，立刻呸了一聲，說：「而且那不是業務報表，那只是一張龍舌蘭酒的報價單！上面清楚寫著，大鯉魚買了一箱龍舌蘭酒。」

楊韻之自己都笑了出來，一邊納悶著李于晴沒事幹嘛買整箱酒，一邊把報價單丟開，繼續翻了起來。

知道部屬受傷住院，李于晴工作的指甲油公司主管來探望過幾次，那主管年紀不過四十歲上下，算是英俊挺拔，看到他時，駱子貞想起姜圓圓似乎說過，有一封情書要託大鯉魚轉交，當對方告辭離去後，李于晴則像是看透駱子貞的心思一般，直接說了，這位主管雖然年輕有爲，但是非常遺憾，人家已經結婚生子，都是兩個孩子的爸了。

這位主管來探望的次數還算頻繁，每回也總是帶著關切與禮貌，儘管李于晴並不是因公受傷，但人家也不介意，還說畢竟業務不可能跑一輩子，趁著年輕有活力，多嘗試不同的領域，給自己多一點機會也無可厚非。不過今天下午，他卻一改常態，臉上帶著緊繃的神情到訪，踏進病房的第一句話，就是問李于晴，一份馬來西亞的年度業務報表是不是還沒提交，公司開會在即，老闆追了起來，他這才想到要問。

也因爲這樣，一直陪在醫院的駱子貞，跟剛剛下班就過來探病的楊韻之肩負起代爲尋覓報表的責任，將還不能出院卻老是不安於床、整天想下來溜溜的李于晴暫時交託給孟翔羽看管。

「妳最近工作是不是很閒？」一邊翻，楊韻之又問：「我幾乎每天到醫院，都看到妳在那裡。」

「我人不在公司，不代表就無心工作，更不代表我非常悠閒啊。」駱子貞正在逐一檢視抽屜裡一堆基本上可以歸類爲垃圾的紙團，說：「妳待會回醫院，要不要打開我的筆電，看看我今天做了多少工作？」

「既然都忙成這樣，那還窩在醫院幹嘛？」忽然停下動作，楊韻之問：「該不會是我投的那一票，現在開始出現效應了吧？」

「妳覺得有可能嗎？」駱子貞冷冷地反問，但楊韻之沒有因此畏縮，反而嫣然一笑，「人哪，最怕的不是看不見事實，而是事實都擺在眼前了，還不肯承認或相信。」

「閉嘴！」最後駱子貞只好斷然下令。

這世上無法視而不見的唯一，就是愛情的存在。

找了好半天，幾乎把屋子都翻遍了，這一丁點大的空間原本就已經散亂不堪，現在更儼然一副被亂槍掃射過似的。楊韻之把整個矮櫃子裡的東西都清空了，駱子貞連床鋪都掀了，她們雖然找到一堆跟馬來西亞業務有關的文件，但就是沒有報表之類的東西。

趁著楊韻之按捺不住焦躁，打電話回醫院去找李于晴，逼他認眞再想想時，駱子貞坐在床邊休息。這是她第二次出現在這裡，上一回是爲了探病而來，卻跟李于晴因爲買餐券的事情大吵一架，氣得拂袖而去。這一回再來，又一次坐在這床緣，不知怎的，竟有一種恍如隔世的感覺。才多久時間哪，他們已經各自經歷了多少是是非非，李于晴眼下人還在醫院，而她居然來這裡幫忙找一份業務報表？想想都覺得荒謬，駱子貞嘆了一口氣。

楊韻之剛才的話言猶在耳，爲什麼不在一起？駱子貞心想，這問題應該反過來問：爲什麼要在一起？這是一個適合在一起的時機點嗎？不管天時、地利或人和再怎麼充分，但總之就不是一個水到渠成的時候，最起碼，駱子貞根本不知道，在李于晴還插管不能言語或動彈時，對自己說的那番話到底聽進去了幾成，也不知道他的腦袋恢復正常了沒有，他如果還一股勁的，只把焦點放在兩個人事業成就的競爭上，那感情就沒有重提的必要。駱子貞沒有告訴任何人，那天中午，當她接受李家二老的好意，罩上加護病房的隔離衣，第一個走到病床邊，跟他說了那些話後，李于晴雖然因爲插管而不能言語，但他緊握著拳頭，閉著雙眼，爲了駱子貞一句「你在我心裡，一直都是最棒的那個人」而掉下淚水。那一幕，至今都還深深印在駱子貞的心裡。

你那時爲什麼流下眼淚呢？是因爲不甘心嗎？好幾年來的努力，最後化爲灰燼，你覺得嚥不下這口氣，覺得自己又輸了，是嗎？其實不用這樣，我們根本就沒什麼好比的，不是嗎？駱子貞望著擱在牆角的吉他保護盒，盒身黑色的烤漆已經斑駁，上面本來貼著很多五顏六色的貼紙，現在也已經褪色，有些紙角都翻捲起來了。駱子貞伸出手去，輕輕撫摸那些捲起的貼紙，心想，我們不是還跟從前一樣嗎？我回來了，那你呢？你也回來了嗎？如果能回到從前那樣，那該多好。屋子裡安安靜靜，但駱子貞心裡卻彷彿聽到了旋律，那是李于晴彈吉他的聲音。

好些年前，還在大學的時候，因爲弄丟了一堆學聯會的單據，陷入學生時代最大的鬥爭風暴當中，她也曾在自己的住處，這樣拚了命地翻箱倒櫃，當時陪著窮耗一整晚的，就是李于晴。那時，他們都還年輕、懵懂，卻也充滿熱情，或許是被這樣一份患難相挺的情意所感動，在解決那次事件後，她才跟李于晴正式交往。而今，換李于晴的東西不見了，輪到她來幫忙找。可是即使找到了，兩人還能因此在一起嗎？駱子貞自己很清楚，之所以拒絕江承諒，那是因為儘管心動，卻構不上愛的緣故，這是層次與程度上的差別，但對李于晴呢？是心動嗎？與其說是心動，不如說是既熟悉也懷念吧？她熟悉李于晴，也習慣有這個人存在，更懷念的是那些因為有他而過得開心或安心的日子，但這樣就是愛嗎？駱子貞苦笑，她發現自己想來想去，居然無法對這個字做出一個明確的定義。

既然東翻西找都沒發現那份報表，不如反其道而行吧，如果把滿屋子的散亂一一整理好，或許在回復原樣的過程中，會有不同的發現？一邊想著，她蹲下身來，開始收拾地上的垃圾，收著收著，又忍不住嗔怒起來。都怪楊韻之，妳找東西就找東西，把一堆文件弄得亂七八糟幹什麼？眼看著一地的紙張，有保養品代工廠的相關文件，有指甲油公司的資料，還有一堆各式各樣的傳單或報價單，全都混在一起，連分類都是個麻煩事。這個女人哪，之前她自己的工作不好好張羅，放著新銳作家不當，偏偏去擺地攤賣衣服。當一隻綠葉叢中飛舞的花蝴蝶也好幾年了，現在好不容易有個適合她的孟翔羽，兩人又總是這麼若即若離，也不想認真安排自己的未來，一天到晚管著別人的感情事。駱子貞心想，整天問我要不要選李于晴有個屁用，誰知道那條大鯉魚在想什麼？誰要不要去問問他，看他過陣子出院以後，到底要選什麼？

把那疊文件撿整起來，一邊整理，一邊把每一張都認眞再看幾眼，確定它們不是自己要找的報表後，駱子貞也懶得分門別類了，姑且都擱在一起，這樣就算很夠誠意了。這些雜七雜八的東西，誰曉得李于晴還要不要，不如等他哪天回家了再慢慢處理。收完地上的紙張，再把一些雜物擺好，駱子貞一回頭，又看到那個裝著吉他的保護盒。

那把吉他應該是暗紅色的吧？之前也曾在路邊的樂器行看過一把顏色很像的。駱子貞不諳樂器，連該怎麼欣賞都不是很懂，喜歡李于晴的音樂，純粹因人所致，但自己一次也沒嘗試著要彈過，現在想想，到底吉他有幾條弦，她也不是很敢肯定。

那份馬來西亞的業務報表會不會放在這個盒子裡？駱子貞心裡忽然犯疑，依照剛剛跟楊韻之仔細搜索時的發現看來，李于晴確實是那種會把東西到處亂塞的個性，她們先前還在衣櫃裡找到一個鍋蓋，但天可憐見，這屋子裡根本沒有鍋子，更荒唐的是，楊韻之發現一個丟在角落邊，插頭沒有接上，裡面也沒裝水的熱水瓶，把瓶蓋掀開一瞧，裡面居然有幾枝筆、一雙筷子，以及只有一隻腳的襪子。

如果筷子、筆跟襪子都能塞在熱水瓶裡，那保護吉他的盒子裡放著馬來西亞的業務報表，這應該也不爲過吧？好奇心起，她忍不住把原本豎立起來，斜擱牆邊的盒子挪下來，小心翼翼地放倒，然後打開了盒子側面的小鎖扣……

「問到了，問到了，那個超級大白癡總算想起來了，最後一次看到那報表時，他好像隨手塞進了衣服的口袋裡，所以我們應該要從衣櫃下手……」匆匆忙忙地，楊韻之一邊嚷嚷，一邊推開房門跑了進來。駱子貞沒有反應，沒有回答，她還坐在床邊的地板上，傻愣愣地低著頭，手裡拿著幾張卡片般的東西，正處於完全失神的狀態。

「那是什麼？」楊韻之上前幾步，卻同樣看傻了眼。

駱子貞眼前的盒子裡根本沒有吉他，倒是放了好多張明信片或卡片，每一張上面都有寫字。楊韻之蹲下身來隨便拿起一張，看了看，沉默許久，最後才問：「爲什麼？」

沒有回答，駱子貞搖頭，有滴眼淚落下來，就掉在她手上那張明信片上。

明信片的一面印著漂亮的海灘風景，從小在屏東長大的駱子貞一眼就能認出那是墾丁南灣的風光。而另一面，李于晴率性勾勒的筆跡，寫著：「妳離開之後的第二天，在與妳相隔千百公里遠的地方，呼吸著海的味道，我在想妳。」

每張明信片或卡片都來自墾丁，也都寫了簡短的文字，但時間日期各自不同，從駱子貞出國的第二天起，一直到近一年前，而每一張明信片的最後一句，都是「我在想妳」。每一張紙片，都是沒寄出去的思念。

有一種人，他們把祝福留給最愛的人，把思念留給自己。

「下次，你要是再敢把東西亂放亂擺，我就讓你有住不完的醫院、吃不完的藥，跟永遠不會痊癒的外傷。」出院在即，病床床頭邊的小櫃子裡，累積了不少該整理的東西。駱子貞剛洗好幾個杯子，擺回架子上，她轉過頭來，對還躺在病床上的李于晴說：「你知道報表在衣服口袋裡，但你知道衣服在哪裡嗎？」

「難道不是在衣櫃？」

「衣櫃個屁！我們在你的冰箱裡找到一個塑膠袋，袋子裡面有一塊放了八百年的過期麵包，還有那件藏著報表的襯衫。」駱子貞冷冷地說：「麵包我還沒丟，你餓不餓？」

「我剛吃飽，謝謝。」李于晴趕緊搖頭。

上午，最新的檢驗報告出爐，確定肺部沒有感染，外傷的休養也到了可以自理的階段後，李于晴放聲歡呼，引來病房裡其他病人的側目，還害駱子貞不得不趕緊制止他，又去跟別人賠罪道歉，同時也著手收拾東西。醫生已經點頭，最快可以在這兩天就辦理出院。

「對了，忘記跟妳說一件事。」李于晴看膩了電視，把遙控器擱一邊去，「我主管說了，在我住院期間，公司的業務部重新劃分，大家的工作範圍也有調整或變動。」

「然後呢？調整後的名單裡面沒有你，是嗎？」駱子貞剛收拾好垃圾，抬頭問：「該不會失業了吧？不好意思，我們公司不缺人，我的部門也不缺人喔。」

「想到哪裡去了！」李于晴瞪了一眼，「海外事業跟電子商務這兩塊，是我們接下來要發展的重點，而全公司的人都知道，馬來西亞的代理商是我接洽的，馬來西亞的實際銷售業務，我也是唯一一個去當地視察過的人。」

「所以你要去馬來西亞？」駱子貞一愣。

「我們公司本來就有在操作電子商務，但是現在要擴大涵蓋範圍，不好意思，那些以前也是我常接觸的，幾家電子商務的通路，我都混得很熟。」

「貴公司原來這麼缺人才。」駱子貞點點頭，馬上就說：「難怪你們產品都好貴，原來是一瓶當兩瓶在賣，不這樣做，公司應該很快就倒了吧？」

「妳到底要不要聽別人講話呀？」然後李于晴就生氣了。

他說公司已經開會決定，要擴大海外事業與電子商務的經營，因此需要從現有的業務部門遴選適當的人員來接手。帥帥的主管已經說了，兩個位置都會加薪，也都不再需要風塵僕僕地全島走透透，到處去巡櫃，差別是，選了電子商務座位的人，眼睛必須死死盯著電腦螢幕，而選了海外事業，以後上班打卡的地方將不在台北，而是在吉隆坡。

「這兩種選項，其實我都可以勝任，也覺得挺有挑戰性，但我不想整天坐在螢幕前面，更不想離鄉背井去很遙遠的地方。」李于晴搖頭說：「妳知道，我吃東西最怕辣。」

「所以我才說嘛，敝公司不缺人，我的單位更是。」駱子貞手一攤，「如果你把離職後就來我們這邊上班當成第三選項的話，那我現在就可以告訴你，兩個字——沒門。」

苦笑了一下，李于晴搖搖頭，他說當然不是非得二選一不可，主管只是開口詢問他的意向，倘若都不中意，還是可以留下來繼續跑外務。

「既然這樣，那你還想問我什麼意見？」

「那天，妳們兩個一起離開這裡，跑到我家去找資料，結果卻只回來了一個。」沉澱了一下情緒，李于晴的聲音輕慢，「楊韻之說，妳還留在我家，在那裡看一些東西。」

「對呀，我是多留下了一會，沒錯。」一碰到這個話題，駱子貞嚇了一跳，趕緊站起身來，背轉過去，雙手有些無措，只好假裝收拾東西，在櫃子邊摸來摸去。

「妳在那裡待了很久嗎？」

「嗯，大概十分鐘吧。」

「只有十分鐘？那裡面起碼百十來張明信片吧，妳十分鐘就看完了？」李于晴有點吃驚。

「我不能帶回家看嗎？」把頭轉過來，駱子貞瞪了他一眼，「你家又髒又亂，籃子裡面的衣服起碼半個月都沒洗了，臭得跟什麼一樣，誰在那裡待得下去？」

「好吧，帶回去看也好。」李于晴點點頭，想了想，又問：「那妳看完之後有任何心得嗎？」

該有什麼心得？駱子貞無法坦白地說出來，那天晚上回到家之後，她把所有明信片從包包裡拿出來，依照時間排列順序，慢慢讀了起來。每一張都只有寥寥幾句話，從一開始，他寫了心裡的思念與懷念，也寫了他的大學第五年，眼看著大家都畢業後，自己還留下來當學生的心情，儘管有楊韻之一起延畢，但人家只差幾個學分就可以修完走人，他卻得留下來面對漫長的無聊。畢業後，有段時間明信片數量銳減，那是因爲他入伍服役，在新竹湖口當兵，不過因爲這小孩極爲不孝，因此放假之後也不乖乖回家，又跑南部，照樣在墾丁寫明信片，就這樣一路寫到退伍，寫到他找工作，也寫到他認識了一個女孩。

我當然知道自己不該耗盡一生去追逐一個影子，但我只能慶幸，儘管人生的方向可能就此改變了，有些美好的故事，卻還清晰地留在記憶裡。倒數第二張明信片，李于晴是這麼寫的。而最後一張，他寫著：也許我這一生不會再有為妳寫下什麼的機會，但我仍想告訴妳，有些事，從來也不是隨著時間能夠消逝或抹去的，那些美好的記憶與深刻的情感，我們會在淡化後，好好地收藏起來，一輩子，帶著走。

那張明信片押註的日期大約就是在他跟謝筑寧正式交往之前吧？那時，他是不是已經決定收起所有的思念，要重新開始一段感情了？所以那是他最後一次去墾丁，一個人在那裡寫了一張告別的明信片。只是既然如此，為什麼後來還要再出現呢？駱子貞想了想，問他：「為什麼當初我回國約大家見面，你也來了？」

「我是很認眞的，只想跟一個老朋友見一面。」李于晴說。

「那現在你問我，從此關在辦公室裡，或者到吉隆坡去打卡上班，你問的這個人，是你的老朋友嗎？因為是老朋友的關係，所以你徵詢她的意見嗎？」駱子貞又問。

李于晴沒有回答。

「抱歉，這麼困難的問題，我回答不了你，就像你恐怕也回答不了我一樣。」駱子貞嘆了口氣，又把臉轉回去，給自己倒了一杯水。冰涼的開水入喉，稍微沖淡了一點心裡的矛盾糾葛，她努力穩住自己的心情，又問李于晴，過兩天出院後，有沒有打算回老家休息幾天，還是要立刻恢復上班？然而李于晴臉上忽然露出躊躇的表情。

「怎麼，你連這個也得花上十天半個月來思考嗎？你傷到腦子了是不是，要不要再檢查檢查？」駱子貞皺眉頭。

「倒不是，只是這件事說出來有點荒謬，害我一時有點難以啓齒。」李于晴苦笑了一下，他說出院後的第一件事，不是立刻上班或回老家休養，而是得先去見謝筑寧一面。

「去找謝小姐？你們難道要復合了嗎？」駱子貞先是有點驚訝，跟著露出懷疑的表情，「或者說，你也要以一個『舊情人勉強也算老朋友』的角色，跟她再聯絡聯絡？」

李于晴哈哈大笑，把舊情人歸類爲老朋友的這一套說法，正是他當初參加駱子貞歸國聚會的理由，沒想到人家還念念不忘這個老梗。他搖搖頭，也不多做解釋，卻伸手拿過櫃子上的手機，叫駱子貞過來看看。

會有什麼好看的？駱子貞納悶地接過電話，不看則已，一看大驚失色。謝筑寧寫來訊息，說她遇見了一個很棒的人，在積極籌備婚事的同時，很想再跟前男友見一次面，親口對他說聲感謝，謝謝這個男人，陪她走過一段學著去愛的日子。

「我記得你好像說過，她是堅決的不婚主義者？」駱子貞扶起她剛剛掉落的下巴。

沒有回答，聳了聳肩，前女友剛跟自己分手不久，忽然就愛上了別的男人，堅持不婚的人生觀還徹底來了個大轉彎，這種閃電般的變化，李于晴說他也不知道該怎麼面對才好，只能一笑置之。

「所以你要去見她？」

「去給她一個祝福，這是我能做的，也是該做的。至少在這一年左右的時間裡，儘管我們所維持的那份情感非常薄弱，但好歹在關係上還算是情侶。」李于晴點點頭，想了又想，說：「等我給過她祝福之後，我也要趕快站起來，去追求我自己想要的幸福。」

「喔？」拉高語氣，駱子貞問：「你的幸福？在哪裡？」

「民主的高貴價值，在於失敗者有捲土重來的機會。」沒有回答這問題，李于晴卻說這是他這幾天躺在病床上，窮極無聊地滑著手機時，在網路上看到的話語。

「很棒的一句話，可是，在天后的領域裡，你看過『民主』眞的存在過嗎？」駱子貞白了他一眼，「等你出院，該給人家的祝福都給過了以後，在你決定從此深鎖辦公室，或者流放海外之前，陪我去走一走吧，好嗎？」

「當然好，想去哪裡？」李于晴微笑。

「去墾丁，買張明信片，我想知道你現在要寫什麼給我。」駱子貞也微笑。

「民主的高貴價值，在於使失敗者有捲土重來的機會」，愛情亦如是。

「當妳說要銷假回來上班時，不只是妳底下那些人，連我都覺得很可怕，彷彿噩夢又要降臨。但是在妳回來的第一天，聽到妳說要再請幾天假時，我彷彿看到陽光又露臉了一樣，非常溫暖。」丁舜昇臉上的表情瞬息萬變，他說自己在這公司上班了好幾年，從來沒有一個員工能帶給他這麼大的壓力。

「你如果眞有那麼多不滿，可以直接開除我。」駱子貞聳肩說。

「那怎麼行？有妳在，我才可以準時下班，要是妳走了，這些鳥工作不全掉我頭上了？」拿起筆來，不假思索地在假單上立刻簽下名字，他把單子遞給駱子貞，「歡迎妳回來，也恭喜妳又放假了。」

道了謝，駱子貞點點頭，正要轉身走出辦公室時，耳裡聽到丁舜昇的提醒，叫她這次可別在放假期間還帶著筆電忙工作了。

「我眞的給你很大壓力嗎？」她忍不住停步，回頭問。

「我喜歡妳給的壓力。」丁舜昇也點頭，揚起手上的一本八卦雜誌，說：「這樣我才有時間知道哪個藝人又傳緋聞了。」

搖頭嘆氣，對於這種褒揚，駱子貞還眞是不敢恭維。她先把假條交給人資部，然後回到自己的工作崗位上。這個位置之前空了很多天，現在坐下來反而有些不習慣。

因爲每天都抱著電腦去醫院，所以累積的工作並不多，有些案子的內容，或者設計圖檔，基本上她在醫院裡都能收到，也都能一一下達指令，人進公司處理的，不過只是些瑣事而已。

「接下來的三天，你們要好好把握時間，該怎麼偷懶的就盡量偷懶，沒有關係，但是三天之後，所有該放在我桌上的東西，記得要擺好，一樣都不能短少。」這天的工作結束前，對著幾個部門同事，她只有簡短的交代。

相較於駱子貞在下班後匆忙趕到市區，爲了出門幾天的行程所需而到處採買，李于晴卻顯得悠哉自如，他反正還在請傷假，根本不必進公司。

「你跟她會走到今天的地步，老實說，我一點也不意外。」孟翔羽正在整理一屋子的漫畫，不怎麼認眞創作的他，唯一的休閒嗜好，就是窩在家裡反覆看那幾套漫畫。

「哪個她？」李于晴太習慣在這地方走動了，隨便拿了雙拖鞋就穿，又拉開椅子坐下，還不經過屋子主人的同意，逕自把冰箱打開，拿別人的飲料來喝。

「哪個都一樣。」孟翔羽說：「早料到你跟謝筑寧不會有好下場，也早料到你跟駱子貞一定會再續前緣。」他疊好漫畫，沉吟了一下，又說：「不過她們這兩個女人，一個約你去墾丁玩，另一個居然要閃婚，這倒是讓人始料未及。」

「那倒是。」李于晴點點頭。

「怎麼樣，謝筑寧還好吧？」

「好得不能再好。」李于晴苦笑。

在晃到孟翔羽家之前，他才剛跟謝筑寧見了一面。小小的咖啡館裡，謝筑寧原本不肯收下禮金，她說自己都不好意思發帖子跟送喜餅給前男友了，又怎麼好收這紅包，但李于晴很堅持，逼得謝筑寧非收下不可。

「謝謝你。」最後只好無奈收下禮金，謝筑寧鄭重點頭致謝。

「一點心意而已，不用這麼客氣。」

「你知道，我的感謝之中，包含的不只是這份禮金而已。」謝筑寧看著他，有些囁嚅著說：「跟你分手之後，有一段時間，我總覺得自己是不是哪裡做錯了，是跟你的相處有問題呢，還是我自己的人生觀偏失，這問題困擾了我一段時間，直到……」

「跟前男友說這樣的故事，就算沒有惡意，但還是太殘忍，拜託妳可千萬不要告訴我後續。」李于晴自己都忍不住笑了，急忙揮揮手，說：「我只要知道妳現在很幸福、很開心就好了，但是我還沒有勇氣聽太多細節。」眼裡略帶點玩笑意味，但李于晴這話說得懇切，他眞的不想知道太多太詳細的內容。

謝筑寧也笑了。

大致跟孟翔羽說了見面的經過，一邊聊著，李于晴忽然問：「怎麼樣，我今天的表現還算得體吧？不聽她的故事雖然有點失禮，但畢竟在分手這件事上，我勉強算是被害者，按理說我是可以拒聽的吧？」

「你們那也算分手嗎？嚴格來講，你們根本不算在一起過吧？」孟翔羽呸了一聲，說：「你跟我聊過的心事，只怕都比跟謝筑寧講過的廢話還要多。」

李于晴苦笑。這好像也對，跟謝筑寧交往期間，確實兩個人都不太談及自己的想法，頂多只就一些生活瑣事或者工作狀況，彼此分享分享而已。他認識孟翔羽夠久了，哥倆反倒更有話聊，就連要南下墾丁，他需要一個背包，也是來找孟翔羽借。

「這個包包很貴的，麻煩請愛惜它。」把東西交給李于晴，想了想，孟翔羽忍不住想探究，「不過我還有一件事搞不懂耶，你們現在是怎麼回事？該不會是看到謝筑寧要結婚了，你爲了要賭一口氣，所以也想加緊腳步了吧？」

「我像這麼無聊的人嗎？」李于晴搖頭，「筑寧根本不知道我跟子貞現在的來往情形，甚至連我受傷住院都不曉得。再說，她有自己對人生的安排與規畫，我幹嘛跟她比這個？」

「天曉得，你就喜歡挑一些莫名其妙的無聊事去找人比較呀！你當初還不是嚥不下駱子貞成就比你高，一退伍就發了瘋地想賺錢？」

「那是以前的想法，總不想永遠輸給她呀，讀書讀不過人家，賺錢也賺不贏人家，感覺很心酸耶，你這種隨便寫幾個字就能賺錢的人生勝利組是不會明白我的心情的。」

「我眞不懂你到底在想什麼。」孟翔羽嗤的一笑，說：「好吧，過去的事情就不提了，那現在呢？現在你又不比了？非但不比，還跟她去墾丁玩？請問你到底想怎樣？」

「就那樣囉。」有點憨厚，但又帶著點神祕感，李于晴呵呵地笑著。他喝完了飲料，也借到了背包，居然起身就準備要走人了。

「你他媽的這是什麼爛答案啊？」孟翔羽忍不住罵了髒話。

「從認識她到現在，這幾年來，我去過墾丁很多次。」已經走到門口，穿鞋子時，李于晴把包包背在肩膀上，想了想，說：「但只有第一次，跟現在這一次，才有旅行的感覺，你知道爲什麼嗎？」

「爲什麼？」孟翔羽疑惑，但李于晴只是微笑，沒有回答。

上一個故事的終點，往往是下一個故事的起點。

曾是一抹林梢沉睡的，
如常／亙古，葉脈冰封。
曲折蜿蜒如讖，願留待佛陀應允，
但曙光久久未見／我不想見。

傳聞，有南國始終如夏，
他們用鹽分釀起詩歌，傳唱歡愉。
揮霍青春不盡，教人欽羨。

而我在酷寒境地裏，虛擲皚雪千年。
只待你摘下初陽，
心跳——
然後細雨方隨春雷之落，醒來。

47

不若北台灣雲霾陰雨，墾丁的陽光耀眼，雖然溫度一樣不高，海水大概也依然冰冷，但其實無妨，反正他們都不是愛玩水的人。車子沿著海岸線前進，都是當年駱子貞當導遊時，帶領著走過的路。

因爲李于晴身上的外傷還沒完全康復，不敢讓他勞累開車，駱子貞自己手握方向盤。但她一路上不斷疑神疑鬼，老覺得東西帶得不夠齊全，雖然車上載了個大行李箱、一只大紙袋，以及一個背包，裡面裝的全是她從台北帶來的行李，但到了民宿之後，打開行李箱盤點了一下，她居然還說：「我有很多東西忘了帶。」

「除了楊韻之她們三個人沒被妳打包裝箱一起帶上車之外，我眞的不覺得妳還有任何遺漏。」李于晴不住搖頭，「我的背包都還裝不到一半呢！不過才三天，妳到底想帶多少東西？」

「浴巾就忘了。」

「民宿這裡有提供啊。」

「拖鞋也沒帶。」

「妳已經穿著涼鞋，可以了。」李于晴指指玄關處的鞋。

「一整組的保養品我都有準備，連防曬油也有，可是卻忘了帶面膜。」駱子貞根本不是在跟李于晴講話，她只是在自言自語，還說千萬不能忘了，待會去海邊之前，得在墾丁大街上先買好。

「那倒不用。」李于晴轉身蹲下，探手到他的背包裡，拿出一個小紙袋。

「你一個大男人，居然帶了這種東西？」駱子貞打開紙袋，愣了一下，裡面裝著好幾塊面膜，全都是市面上知名品牌的產品。

「不只這些，我這裡還有另外一袋，不過不是給妳的，是給駱媽媽的。如果這趟有空，我們繞去妳家吧。」李于晴說：「工廠起火的時候，我能搶救出來的不多，大部分都在出院後又分給莊培誠了，剩下的一些正好可以留給妳們。」

看著那幾塊面膜，駱子貞覺得感慨殊深，這是多少心血的累積，又是多少債務的重擔，而最後所殘留的，卻又如此之輕。她手裡拿著面膜，忍不住抬頭看看李于晴。

「早點幫我把它們用掉吧，好嗎？」李于晴淡淡一笑。

「會不會覺得難過或後悔？」

「難過還剩下一點點，後悔倒是不至於。」他聳個肩，不想再提這些，反問駱子貞想不想趁著天黑前先到海邊走一走。

有些事情，過去了也就過去了，或許眞的沒有重提的必要，況且人都已經來到幾百公里遠的國境之南，關於台北的那些事也該拋諸腦後，只是坐在沙灘上時，駱子貞想了想，忍不住還是問李于晴，「出院之後，爲什麼你還去跟莊培誠見面？」

「總有些合約啦、債務啦，還有貸款之類的事情要處理呀。」李于晴說：「他鼻梁都被妳打斷了，應該可以放過他了吧？」

「我眞的很難理解，你這顆鯉魚腦袋到底裝的是些什麼？仔細回想一下，想想你這段時間以來，到底有多少挫敗？那甩了你的女人跟害你破產的傢伙，你居然都能心平氣和去跟他們見面，難道一點也不覺得生氣嗎？」駱子貞瞪著眼問。

「爲什麼要生氣？人有百百款，就像夕陽每天落下，角度全都不同一樣，有些對或錯，其實不必過度計較。」他擺擺手，「在我看來，這些人其實都不壞，眞的，他們只是在『爲了讓自己變得更好』的這件事情上，稍微用錯了方法而已。」

「對，但是代價很大，你不但失戀，而且還受傷住院。」駱子貞說。

「那些一定都是壞事嗎？沒經過那些壞事，我今天又怎麼會坐在這裡？」李于晴笑著說，站起身來，拉著駱子貞，要她跟著一起走。

走過沙灘，走過夕陽斜照，也走過陸續擺起的攤販，李于晴的手始終沒有放開，一直挽著駱子貞。華燈初上時，墾丁大街的熱鬧正要開始，李于晴買了一顆切開的椰子，上面只有一根吸管，他自己喝了口椰子水後，遞給身邊的女孩。

捧著沉甸甸的椰子，望著那支李于晴剛剛用過的吸管，駱子貞凝神想了很久，她不記得當年帶著第一次來墾丁玩的李于晴旅行時，有沒有同樣的畫面。事隔已久，現在的李于晴對這兒瞭如指掌，哪家攤子的東西好吃，哪間餐館的飯菜太鹹，他一清二楚。

「進去逛逛吧，好嗎？」站在一家專賣紀念品的小店門口，李于晴問。

「好。」點點頭，駱子貞喝了一口椰子汁。

裡頭的東西五花八門，琳瑯滿目，但熟門熟路的李于晴卻直接走到擺放明信片的架子前，在那兒欣賞了片刻後，徵詢駱子貞的意見，問她喜歡哪一張。

「你要買，卻問我喜歡哪一張？」駱子貞自己也不知道該從何選起，這兒空間狹窄，難以旋身的小地方裡，擺滿了各式各樣的商品，明信片張張都很繽紛，在亮黃色燈光映照下更是奪目，光瀏覽都來不及了，還怎麼細細去挑？

「這幾年來，我每次站在這兒，想的都是同樣一個問題，如果是妳，妳會喜歡哪一張。」李于晴望著五彩繽紛，每一張都很別緻的明信片說：「所以每次要買，我總是提心吊膽，就怕妳收到之後，會嫌棄我眼光太低，挑的明信片太醜。」

「那種擔心根本都是多餘的，事實上是，你寫了那麼多，但我一張也沒有收到。」駱子貞沒好氣地說，隨手挑了一張天空與海洋都同樣蔚藍的風景明信片。

「因為以前我不確定妳是不是會想收到呀。」

「那你又怎麼知道我現在會願意呢？」

「那天去借背包的時候，孟翔羽跟我說，他要把我們後來的故事寫成一篇小說，而這篇小說必須有個圓滿的結局。」李于晴拿起那張明信片，端詳了一下圖案，沉吟著，「對一個已經失去一切的人而言，最大的喜悅與安慰，莫過於在所有的東西都被剝奪後，才看見還有最美的風景在眼前，不曾離去。所以，雖然還有一點難過，但我不悲傷，因為我找到的，比起我失去的原來更多、更美，也更值得我趕緊站起來，努力再去追求。所以，儘管人生轉了一個大圈後，又得重頭開始，但我知道，也相信，這次的重新出發，不是我自己一個人走。我或許辛苦，卻不孤單。也所以，現在這張明信片的內容值得我好好想想，那麼小一張紙，該怎麼把所有想說的話都濃縮進去？妳知道，我已經浪費了很多年，沒有再蹉跎的機會。」

「李先生，你挑好了就快點去結帳，好嗎？」駱子貞只覺得臉紅心跳，她很樂意聽李于晴的眞心告白，但這番告白適合花前月下，適合星空海濱，甚至在民宿的陽台也可以，就是不好在人來人往的紀念品店裡，她催促著問：「可不可以先把你那麼多的『所以』都先收起來，我們回去再說好嗎？」

「不好。」李于晴搖頭，也不管東西還沒付錢，從隨身的包包裡掏出一枝筆來，直接就在還沒結帳的明信片上寫字，寫完後說這家店不但賣紀念品，而且兼賣郵票，甚至店門口就有個郵筒，馬上可以拿出去寄，「所以，在寫了那麼多張無法寄出的明信片後，這次，我想問問妳，妳家住在哪裡？」

很想一口氣把台北的地址背誦出來，但駱子貞卻有一種哽咽的感覺，她深怕自己一開口，眼淚就會落下。抿著嘴，點了點頭，她給李于晴一個吻。

「舊思念的終點，是新故事的起點；很遠，但我們不會放手，一起走，好嗎？」

【全文完】

- 後記 -

春雪融盡，又到凝望浮光的季節

寫到最後一個章節的前一夜，我反覆納悶自問，我怎麼不若以往，總能在故事的結局前，被自己入戲的情緒深深打動，會不可抑制地想要拚了命地一口氣寫完，反而好整以暇，悠悠哉哉地睡上一覺，然後泰然無事般，在隔天才慢慢落下一個「全文完」的結尾？

這個問題大概要從這裡解答起，約莫一年前，腦袋裡萌生一個念頭，想透過四個個性迥異的女性角色，詮釋我們人生中不可避免的貪嗔癡與求不得。這四個人來成了故事裡的駱子貞、楊韻之、程采跟姜圓圓，也成了現在這篇故事的前身，我們姑且稱之爲故事的第一部，後來多了個小名，叫做〈冬雨〉。

若不是這一年結束前，如玉忽然傳來的臉書訊息，這故事或許就此定名，要叫作「花漾之年」，但我還得要從岔題裡再岔個題，「花漾之年」還是第二部（小篇名叫作

〈春雪〉）寫了一大半後才定出的名字，事實上，以我多年來寫作的慣性，稿子都寫完了還在想故事篇名，那是常有的事。而〈冬雨〉都寫完後，〈春雪〉也進行到一半了，才終於能有個名稱，眞的算是有點誇張跟過分了，只是最後我們誰也沒料到，就像故事裡永遠都會出現意想不到的大翻盤，「花漾之年」後來還是再改名了，苦思一夜後，連著陪我一起想篇名的王漢威小朋友都幾乎崩潰，最後它叫作《凝望浮光的季節》。

浮光飄忽，難以捉摸，就像青春年少時的我們，就像走進都會生活後忙碌變遷不斷的我們，而凝望浮光時的一點憧憬、一點懷念，以及那一點那舊日的想望，則是我想賦予故事裡這群人的心情。

《凝望浮光的季節》第一部〈冬雨〉的寫作風格與以往改變並不大，我只是企圖讓故事的人物、場景，以及互動關係增強，讓它快速轉動，使之在我自己的腦海裡，有類似電影剪輯的效果，至於故事內容本身，有別於以往著重在愛情方面，我試圖讓它稍微淡一點，四個女孩之間的緊密性則高一點，同時也讓駱子貞不那麼一如往常在我故事中女性主角常有地溫文，甚至偶爾會做出一些或稱爲異想天開也好，或解讀爲離經叛道也罷的行爲。總之，她的規矩都是自己訂的，這位天后有她的價值觀，不容別人批判。不過第一部的故事後來延宕出版了，因爲在與編輯的溝通上並不順利，爲了怕大修而延誤出版日期，這才有了去年其他幾個故事先行出版的結果。

但我始終無法撫平自己心裡的激動，當第一部的故事完成後，誠如該篇後記所言，我彷彿已經看到駱子貞手握方向盤，在一個寒冬清冷的早晨，開車上班途中，一手端起咖啡杯，一邊等候紅燈號誌的畫面。那續集故事的時間設定，大抵要在第一部完結後的又過幾年，她已經完成留學學業，再次回到台灣，她跟她的三個好朋友，以及那條大鯉魚，在一個冬天即將結束時，還會有新的故事要展開……

因爲這個畫面實在太過深刻，深刻得難以忘懷，所以即使時間已經過去了將近一年，在陸續完成其他幾篇小說，也又出版了幾個故事，還順便拿到碩士學位後，我終於忍不住，還是想寫完第二部。

或許這就是我無法一如往常，在故事的最終章前後，自己深受感動的原因吧？因爲故事的脈絡已經想了太久，故事的氛圍已經瀰漫太久，故事的情緒，我也已經呼吸了它好久好久，乃至於在寫作過程中，這些人物都像我的老朋友，每天環繞在眼前一樣。你會爲了一個或幾個每天都遇見的人，爲了他們早讓你習以爲常的存在而忽然感動不已嗎？通常不會吧？是了，我就是這樣的感覺——我太習慣這些人物在我生活中如影隨形的陪伴了。

但在故事寫完後，我狼吞虎嚥吃完了午餐，才開始有些莫名的失落，儘管初稿完成了，接下來還有爲期約半個月的修稿，可以從第一部開始，一路重溫這些人的愛恨離愁，但我心裡清楚，一旦修潤完成，稿子交付編輯後，這些人就將徹底遠我而去。我像面臨畢業，即將與同窗好友們別離的小學生一樣，有很多說不出口的不捨，但一邊不捨的同時，我又深感慶幸，這一回，在與出版社討論過後，只要能把稿子修潤調整好，它們就不必永遠躺在我的電腦硬碟中，而能有機會，讓它們透過紙本傳播的方式，分享給更多朋友。

儘管我也知道，很奇怪的，我自己愈喜歡的故事，它往往銷售量愈低落（不信我下次把歷年出版的版稅結算報表貼在臉書專頁給你們看）。但這次，我總壓抑不住想把故事早一步寫完，可以早一步展開連載的衝動，所以幾乎沒有間斷的，在每天寫五千字的速度下，把第二部完成。

這樣一個故事，想表達的除了作者自己對故事人物的喜好之外，當然也有一些對愛情或對人生的觀點在其中，而我特別喜歡的，除了顏眞旭或故事中的某些人，他們或多或少闡述的愛情觀點之外，直到篇幅的最末，我最認同李于晴說的那句話：這世上眞的有所謂的壞人嗎？他們不是壞，他們只是在「想讓自己變得更好」的過程中，用錯了一些方法而已。

不過這既然是一篇愛情爲主的故事，當然劇情架構上，總難免要依循著主要的題材路線。他們都已經離開了校園，都已經走在社會化的步伐上，這樣的愛情故事，將不若我們以往在校園中的直接或果斷，要不要愛、還要不要再愛一次、該怎麼去愛一個人，以及在愛情裡應該怎麼相處與對待，會是這些人在自己原本的生活步調外，當他們要觸碰愛情的議題時，會比較需要考慮到的事情，也因爲多了更多的考慮與猶豫，於是，才有了舊日如浮光，凝望時特有的茫然與感慨。

因爲每個人有每個人對愛情的不同觀點，這些觀點會隨著我們成長與改變生活環境出現變化，於是乎，駱子貞不再那麼勇敢，她收斂了；李于晴終於知道自己要的不是蜻蜓點水式的愛情，也在幾乎失去了一切之後，發現自己還是渴望一份最初的愛。還有閃婚的謝筑寧、笑著成全別人的江承諒，乃至於總是若有似無，連是不是眞的在一起了都讓人搞不清楚的楊韻之與孟翔羽……這世上有很多種不同的愛情面向，每個人都應該找到自己適合的那一面。

花了大約一年時間，終於寫完這兩個自己好喜歡的長篇故事後，我需要休息，也想趁著紙本書愈來愈難賣的時候轉換跑道，去找別的工作。如果下回你們再在書店裡看到作者名爲「東燁」的小說，記得拿起來去結帳，因爲那表示我還在寫，但如果我就此拜了，你們也不要太難過。因爲比起在別人寫下的故事裡，嘗試著去尋找自己的影子，不如更仔細一點去體驗你們絕對更眞實，也更多挑戰的人生，大家都要加油。而與此同時，如果遇見我很開心地在路邊賣蔥油餅或西瓜汁，請記得光顧，但不可以殺價。

故事後記寫到這裡，願我們都能熬過生命中最嚴寒的冬天，也在春雪融盡後，盼到一個可以凝望浮光，滿是歡喜的季節。

東燁 二〇一四年十二月三十日，中和

國家圖書館出版品預行編目資料

凝望浮光的季節——春雪／東燁著. -- 初版. -- 臺北市；商周，城邦文化出版；家庭傳媒城邦分公司發行, 民 104.7
面 ； 公分. --（網路小說；247）

ISBN 978-986-272-747-8（平裝）

857.7 104001348

凝望浮光的季節——春雪

作　　者／東燁（穹風）
企畫選書人／楊如玉
責任編輯／楊如玉、陳名珉

版　　權／翁靜如
行銷業務／李衍逸、黃崇華
總 編 輯／楊如玉
總 經 理／彭之琬
發 行 人／何飛鵬
法律顧問／台英國際商務法律事務所　羅明通律師
出　　版／商周出版
台北市中山區民生東路二段 141 號 9 樓
電話：(02) 2500-7008　傳真：(02) 25007759
Blog：http://bwp25007008.pixnet.net/blog
Email：bwp.service@cite.com.tw
發　　行／英屬蓋曼群島商家庭傳媒股份有限公司城邦分公司
聯絡地址：台北市中山區民生東路二段 141 號 11 樓
書虫客服服務專線：(02) 25007718・(02) 25007719
24小時傳眞服務：(02) 25001990・(02) 25001991
服務時間：週一至週五09:30-12:00・13:30-17:00
郵撥帳號：19863813　戶名：書虫股份有限公司
讀者服務信箱 Email：service@readingclub.com.tw
城邦讀書花園網址：www.cite.com.tw
香港發行所／城邦（香港）出版集團有限公司
地址：香港灣仔駱克道 193 號東超商業中心 1 樓
Email：hkcite@biznetvigator.com
電話：(852)25086231　傳眞：(852) 25789337
馬新發行所／城邦（馬新）出版集團【Cité(M)Sdn. Bhd.】
41, Jalan Radin Anum, Bandar Baru Sri Petaling,
57000 Kuala Lumpur, Malaysia.
電話：(603) 90578822　傳眞：(603) 90576622

封面設計／黃聖文
排　　版／游淑萍
印　　刷／高典印刷有限公司
總 經 銷／高見文化行銷股份有限公司
電話：(02) 2668-9005　傳眞：(02) 26689790
客服專線：0800-055365

■ 2015 年（民 104）7月2日初版　Printed in Taiwan

定價／220元

ISBN 978-986-272-747-8

商周出版

廣	告	回	函
北區郵政管理登記證			
台北廣字第000791號			
郵資已付，免貼郵票			

104台北市民生東路二段 141 號 2 樓

英屬蓋曼群島商家庭傳媒股份有限公司　城邦分公司

請沿虛線對摺，謝謝！

商周出版

書號：BX4247　　**書名**：凝望浮光的季節——春雪　　**編碼**：

請於此處用膠水黏貼

商周出版

讀者回函卡

謝謝您購買我們出版的書籍！請費心填寫此回函卡，我們將不定期寄上城邦集團最新的出版訊息。

姓名：______________________________ 性別：☐男 ☐女

生日：西元____________年______________月______________日

地址：____

聯絡電話：____________________ 傳真：____________________

E-mail：____

學歷：☐1.小學 ☐2.國中 ☐3.高中 ☐4.大專 ☐5.研究所以上

職業：☐1.學生 ☐2.軍公教 ☐3.服務 ☐4.金融 ☐5.製造 ☐6.資訊

☐7.傳播 ☐8.自由業 ☐9.農漁牧 ☐10.家管 ☐11.退休

☐12.其他 ________________________________

您從何種方式得知本書消息？

☐1.書店 ☐2.網路 ☐3.報紙 ☐4.雜誌 ☐5.廣播 ☐6.電視

☐7.親友推薦 ☐8.其他________________________________

您通常以何種方式購書？

☐1.書店 ☐2.網路 ☐3.傳真訂購 ☐4.郵局劃撥 ☐5.其他__________

您喜歡閱讀哪些類別的書籍？

☐1.財經商業 ☐2.自然科學 ☐3.歷史 ☐4.法律 ☐5.文學

☐6.休閒旅遊 ☐7.小說 ☐8.人物傳記 ☐9.生活、勵志 ☐10.其他

對我們的建議：____

____

____

____

____

【為提供訂購、行銷、客戶管理或其他合於營業登記項目或章程所定業務之目的，城邦出版人集團（即英屬蓋曼群島商家庭傳媒（股）公司城邦分公司、城邦文化事業（股）公司），於本集團之營運期間及地區內，將以電郵、傳真、電話、簡訊、郵寄或其他公告方式利用您提供之資料（資料類別：C001、C002、C003、C011等）。利用對象除本集團外，亦可能包括相關服務的協力機構。如您有依個資法第三條或其他需服務之處，得致電本公司客服中心電話(02)25007718請求協助。相關資料如為非必要項目，不提供亦不影響您的權益。

1. C001辨識個人者：如消費者之姓名、地址、電話、電子郵件等資訊。
2. C002辨識財務者：如信用卡或轉帳帳戶資訊。
3. C003政府資料中之辨識者：如身分證字號或護照號碼（外國人）。
4. C011個人描述：如性別、國籍、出生年月日。

請於此處用膠水黏貼